Ulrich A. Büttner
Vier Meinungen über Mathias Keh

Vier Meinungen über Mathias Keh

Borowiaks letzter Fall

Ulrich A. Büttner

Roman

Orginaltitel: Schäkewees zon Kakania
Texte: Aus dem Kakanischen
herausgegeben, kommentiert und
mit einem Nachwort versehen
TWENTYSIX – Der Self-Publishing-Verlag
Eine Kooperation zwischen der Verlagsgruppe
Random House und Books on Demand
© 2021 Ulrich A. Büttner
D-80807 München
Herstellung und Verlag
: BoD – Books on Demand, Norderstedt
ISBN: 9783740772802

Wenn ich diese Zeilen übersetze, dann weil ich glaube, dass Mathias Keh noch existiert, als Amöbe, als Reptil oder als Leser dieses Buches. Ebenso Ben Borowiak und die anderen Detektive, die die Wahrheit herausfinden wollen

PROLOG

Bis zur Pflegestation ist es ein weiter Weg. Ich darf sagen, dass es nicht leicht ist, so weit vorzudringen. Es erfordert eine Menge Geduld, die Transformation zu verstehen. Seit dem Tag meiner Geburt ist kein Augenblick vergangen, an dem ich mich nicht ein Stück verwandelt hätte. Meine ersten Versuche, mich über das menschliche Dasein zu erheben, endeten kläglich – mit Unfällen und dem Spott der Mitmenschen. In Kakanien lernte ich, das Raue, Kranke, Unperfekte als Mittel zu nutzen. Auch die Kunst der Verstellung habe ich perfektioniert. Erst hier komme ich der Vervollkommnung nahe, die ich so lange angestrebt habe.
Die Tür steht einen Spalt breit offen. Vom Flur dringen die Geräusche herein: quietschende Gummisohlen auf Linoleum, klapperndes Geschirr auf rollenden Servierwagen, vom Pausenraum des Personals gedämpfte Gespräche, die Schritte orientierungsloser Besucher, die vor meinem Zimmer kehrt machen, die markige Stimme der Oberschwester. Ich kann nicht sagen, was ich während der letzten Stunden gedacht habe. Manchmal verliere ich mich in schwarzen Löchern. Die Station ist voll davon, ob es sich um Tapetenmuster oder den leeren Monitor des Fernsehers handelt.
Als Kind bin ich einmal auf einem Baum eingeschlafen und träumte von einem Tarnkleid, das mich unsichtbar werden lässt. Im Traum erlebte ich, wie ich

mit der Rinde verschwommen bin, mit ihr identisch wurde. Oder ich lehnte an einer Ziegelmauer und spürte, wie porös und lebendig so ein Untergrund ist, ein atmendes Wesen, nahezu ein Freund. Doch das war Anfängerglück! Das Außergewöhnliche ist nicht offensichtlich und es dauert lange, bis es von einem Besitz ergreift. Wenn ich das Gedächtnis verliere, so repräsentiert das nur die Vergangenheit, die man hinter sich lässt. Mein Blick geht über die Flachdächer der Hochhäuser, schweift ins Unendliche. Das Sein verästelt sich im Unscheinbaren. Dann ein schneller Schritt, Klopfzeichen. Jemand holt Atem. Ein Kopf wird sichtbar mit weiß geschminkten Bäckchen, rot bemalter Nase; ein weiß gepudertes Gesicht unter einer rot-weißen, sternförmigen Kappe erscheint

„Hallooooo", singt eine weibliche Stimme, „darf ich eintreten?" Und schon schiebt sich ein Oberkörper herein, eine bunte, ärmellose Weste über beigem Rollkragen-Pullover. Darunter eine lilafarbene Pluderhose. „Iiiiich bin der Kliiiinik-Clown" sagt sie mit langgezogenen Vokalen. „Wie heisst du?" Sie klingt optimistisch und hell, ihre Worte fallen wie Kieselsteine eine Steintreppe hinab, während sich mein Teil des Zimmers finster und tragisch anfühlt

ich mag Krankenhäuser nicht. Schon der Geruch

„Wer sind Sie? Was wollen Sie?" fahre ich sie an.
„Ich kenne dich. Du bist der Mathias, stimmt's?"
So wie sie spricht muss ich 8 oder 10 Jahre alt sein. Ich nicke wie selbstverständlich.
„Die Schwester hat mir deinen Namen verraten."

Während ich mich wundere, dass diese Frau mich duzen darf, baut sie sich neben meinem Bett auf, nimmt die Kappe ab. Graues, langes Haar fällt herab.
„Ich soll dir was mitbringen." Wieder dieser Tonfall, der einen neugierig machen soll.
Jetzt, wo sie die Kappe abgenommen hat, wirkt ihr Gesicht noch faltiger und fast indianisch. Ihre linke Hand hält ein Tuch, die rechte die Kappe. Sie murmelt einen Zauberspruch, zieht eine Orange hervor.
„Schau mal, die goldene Kugel habe ich aus dem Brunnen geholt. Sie kommt vom anderen Ende der Welt."
Das klingt pädagogisch und wie eine Finesse des Krankenhaus-Regimes. Ich denke an die Bevormundung durch die Oberschwester und den Chef, die Gängelung durch Pfleger und Angehörige. Ich habe keine Lust, mich wie ein Kind behandeln zu lassen.
„Wie heissen Sie", frage ich nüchtern und gar nicht erstaunt über ihren Trick.
„Lisetta". Sie streicht mir über den Arm. „Ich bin gekommen, um mit dir ein Liedchen zu singen."
„Kennen wir uns, Lisetta?" frage ich und schaue auf die zwei wohlgeformten Höcker unter ihrem Pullover.
„Das verrate ich dir nicht" ruft sie keck.
„Du bist von hier. Speisesaal, DVD-Zimmer, Anmeldung. Ich habe dich gesehen."
„Schon möglich", sagt sie neckisch.
Sie erinnert mich an Mädchenspiele. Doktorspiele. All das ist lange her.
„Was wollen wir singen?"
Mit einem Satz springt sie auf den Stuhl und tut als hätte sie eine elektrische Gitarre in der Hand.

„Highway to Hell" krakeelt sie. "Highway to Hell."
„Oder magst du etwas anderes?"
Sie hüpft zum Kleiderschrank, nimmt die Hand vors Gesicht, als ob sie ein Mikrofon hält und röhrt mit betörender Stimme: „Love me tender, love me so."
„Das ist Elvis" rufe ich erfreut. „Ist lange her."
Dass ich jede Beziehung zur Zeit verloren hätte, sagen sie, dass ich ohne Orientierung in der Nacht umher wandere auf der Suche nach Erinnerungen. Sie sagen, dass ich nachts zurückfalle in einen animalischen Zustand. Ich mag diese Leute nicht, egal was sie behaupten. Sie kommen mir vor wie die Geheimpolizei. Ich weiß, dass ich unter Beobachtung bin.
„Was machst du den ganzen Tag?"
Ich erzähle Lisetta, dass ich diese Pillen esse, trocken und pulvrig. „Alle paar Stunden nehme ich ein blaues, grünes oder gelbes Teil. Das nennen sie Therapie."
„Puh. Abhängig zu sein von diesem Zeug - schrecklich. Gaaanz schrecklich. Geh lieber zu deiner Biografiestunde."
Nein, sage ich. Ich will einfach die Stopptaste drücken. Nichts mehr aufnehmen. Nichts mehr rekapitulieren. Mir nichts mehr vorlügen. Die Einflüsterungen löschen.
„Das Vergessen ist keine Krankheit", sage ich zu Lisetta

Vergessen ist eine Leidenschaft

sie will dem Patienten helfen, gegen das schleichende Vergessen, das sukzessive Verlöschen anzukommen. Er soll sich erinnern, aber an was denn, zum Teufel?

Seit Tagen fühle ich mich blockiert, als ob ich eine schwere Migräne hätte. Bestimmte Dinge, Namen, Daten, Termine sind ums Verrecken nicht da. Wie ausgelöscht. Manchmal blinzelt meine Vorgeschichte wie ein Sonnenstrahl durch die Wolken, erhellt den Geist für Minuten.
„Ich soll dich daran erinnern, dass du Besuch bekommst – wenn die Pandemie vorbei ist. Weißt du von wem?"
Ich schüttele den Kopf.
„Von deiner Frau", sagt sie.
„Meiner was?"
„Es ist Teil der Biografiestunde. Ihr sprecht über Mathias Keh."
„Fühlst du dich bereit?", fragt sie, doch ich verstehe ihre Frage nicht. Nun schaue ich aus dem Fenster, verlegen. Aussicht auf eine Mauer, die nur wenige Meter entfernt ist, darüber ein Stück Himmel. Wahrscheinlich meint sie mich mit diesem Namen. Sie zieht die Vokale nicht nur in die Länge, auch in die Höhe. Der Nachname, ausgesprochen durch ihre Stimme, klingt unentschieden, klingt gleichförmig und leer. Mathias Keh? Wenn mir etwas zu Ohren kommt über diese Person, werde ich davon berichten.
Und wenn sie doch mich meinen sollte? So wie die anderen?
Egal. Ich werde ihr etwas erzählen - auch wenn mir nichts zu Ohren kommt. Mittlerweile habe ich gelernt, mit Erfindungen zu leben, mit Lügengeschichten, die ebenso wahr sind wie falsch, die genauso richtig sind wie das, was die anderen sagen,

und die viel besser sind als die Erklärungen, die andere parat haben.

„Die Pflegekräfte wollen, dass du dich mit deiner Biografie beschäftigst. Nur so können sie dich aus deinem Loch herausholen."

„Du kommst mir bekannt vor, Lisetta", sage ich und schaue auf die höckerförmigen Erhebungen. „Kann es sein, dass du bei uns wohnst, im fünften Stock?"

Lisetta lächelt. „Zimmer 505. Erkennst du mich?"

„Nein. Gesichter, Namen, Termine sind nicht mehr da. Sind wie gelöscht."

„Nimm den Schreibblock."

Hui. Sie hat einen Block aus ihrer Clown-Kappe gezaubert.

„Simsalabim – und dazu einen Stift. Du musst Vergangenes reaktivieren. Durch Übungen und Gespräche zu dir finden." Sie lächelt optimistisch.

Ich zücke den Kuli. „Als erstes notiere ich mir deine Zimmernummer"

Notizen auf dem Schreibblock

wie mit Kreide auf Glas geschrieben, so schauen meine Hieroglyphen aus, bröckelnd, unsicher. Die Farbe ihrer Augen hellbraun bis honiggelb, je nach Lichteinfall, wie Bernstein, der unter Wasser steht. Auf dem Tisch ein Blumenbukett aus Plastik. 13 mal 9. Ihre Rechenaufgaben beschäftigen mich noch, als sie längst aus dem Zimmer gegangen ist. Danach lese ich, was ich auf das Papier geschrieben habe.

Schon immer wollte ich hoch hinaus. Doch erst seit ich in Kakanien bin, sehe ich mich zu jenem Kunststück fähig, zu dem ich berufen bin. Am Anfang fiel es nur den Kindern auf. Mein ungewöhnlicher Auftritt entzückt diejenigen, die noch nicht viel gesehen haben und eine natürliche Neugier besitzen. Kinder reagieren auf die giftgrüne oder purpurne Farbe, mit der ich mich kleide, während Erwachsene mich meist nicht bemerken. Kinder jauchzen, wenn sie mich sehen, Erwachsene greifen zum Besen. Ich muss gestehen, dass ich heute noch vor jeder Metamorphose ein Herzklopfen verspüre. Eine große Spannung befällt mich vor dem Augenblick, in dem es passiert. Vielleicht ist einem Schauspieler ähnlich zumute, der sich für den Auftritt auf der Bühne vorbereitet. Dabei gilt meine Bemühung nicht dem Publikum. Ich will einzig und allein näher bei mir sein, will zu meiner wahren Bestimmung gelangen. Wenn ich die Farbe meiner Tarnung gewählt habe, sagen wir grasgrün, rindenbraun oder maulbeerfarben, lege ich mich auf den Bauch. Ich fühle, wie sich Finger und Zehen sortieren, sich in Zweiergruppen zangengleich gegenüber stehen. Wie die Handflächen feucht werden, die Füße ein Sekret ausscheiden. Wie Krallen und Lamellen auswachsen, mit denen ich mich an winzigen Vorsprüngen festhalten kann. Die Oberflächen der Wände sind weit unebener als es scheint. Auf einer völlig glatten Fläche könnte mir mein Kunststück nie gelingen. Ich hebe mich leicht vom Boden ab, setze die eine Hand vor die andere, einen Fuß vor den anderen, klettere nach oben. Was gibt es für ein größeres Glück als dieses freie Spiel der Gliedmaßen? Mit dem ich mich über die Köpfe der anderen hinweg hebe, mich aufschwinge zu unbekannten Perspektiven? Vor allem beglückt mich die Leichtigkeit, mit der ich mich der Schwerkraft widersetze. Schon als Kind wusste ich, dass ich zu Höherem geboren bin. Es hat lange gedauert, bis ich mich zur Meisterschaft ausbilden konnte. Man muß an sich glauben und den Eindruck des Selbstverständlichen hervorrufen – auch bei sich selbst. Erst dadurch entsteht die Poesie, die meinen Zeitgenossen fremd ist.

Natürlich, alles hat seinen Preis. Auf Rücken und Brust leuchten mir die Zeichnungen und Prägungen einer rätselhaften Schrift. Niemals werde ich sie lesen können, niemals werde ich verstehen, was diese Veränderung bedeutet. Ich habe mich entschlossen, meine Natur zu leben, ganz ohne Kontrolle über sie und ohne Gedächtnis für das, was ich tue. Ich habe mich zu diesem Schritt entschlossen, weil es nicht lohnt, weiter über die Welt nachzudenken. Meine Geschichte endet dort, wo die Natur beginnt. Über mir Blattwerk und Sichelmond, tief unten die neidischen Blicke der anderen, die mich erklären wollen. Nein, ich bin nicht Mathias Keh. Längst habe ich aufgehört, zu widersprechen. Meinetwegen bin ich sein Nachfolger, in gewissem Sinn, aber ich bin nicht er. Diese verdammte Geschichte

GULÁŠ I ZALAT

Es war ein unwirtlicher Morgen, an dem sich keiner glücklich fühlte. Unmerklich brach die Nacht in Stücke und man sah, wie Fledermäuse die Runde machten. Draußen auf der Medvedovej heulten Motorräder mit knatterndem Auspuff, Männerstimmen wurden laut, wüteten in einer harten, konsonantenreichen Sprache. Die policijska patrola trug olivgrüne Plastikhäute. Um sie herum dampfte die Luft, dazu öliger Nebel mit Regen, so dass niemand an Flucht dachte. Ich blies Rauch gegen die Fensterscheiben und beobachtete, wie er am Glas hängenblieb, dünner wurde und verschwand. Vor mir erschien das Wasser der Donau aufgewühlt und braun, gab den Hochhäusern von Petržalka ein bedrohliches Aussehen. Eine Stadt mit solch einem Fluss konnte jeden atmosphärischen Zug annehmen. Ich lief hinüber zur Westseite des Zimmers, die in ungewisser Dämmerung lag. Draußen schaukelte eine am Draht hängende Lampe im Wind. Sie beleuchtete die gipsernen Torwächter, zwei Engel von abstruser Hässlichkeit. Der Regen war dabei, den Schmutz aus ihren Augenhöhlen zu waschen, so dass es aussah, als weinten sie Tränen aus Taubendreck. Cola- und Bierdosen bedeckten, zerquetscht und zertreten, Treppen und Gehwege. Niemand kümmerte sich darum. Um mich herum Gestalten in Schlafanzügen, die in dem als *Salon* bezeichneten Saal herumliefen, mit einem Schuh und einem Pantoffel, mit heruntergezogenen Strümpfen, barfuß oder in Wollsocken. Manche nur

in Unterhose. Halbnackte Männer, die sich den Bauch kratzten und dabei ihr Frühstück verschlangen. Immer wieder kamen neue Leute aus Nebenzimmern oder der Eingangshalle. Sie rochen nach kaltem Rauch, nach Alkohol und Schweiß. Ich fühlte mich fremd in dieser Umgebung und glaubte nicht, mich an den Betrieb des Sanatoriums gewöhnen zu können. Aus dem Pulk löste sich ein Kerl mit paranoiden Zügen, der mich seit Tagen beobachtet hatte.
- Sind Sie Mathias Keh?
- Nein, auf keinen Fall!
- Hören Sie auf, mir diese Komödie vorzuspielen. Ich kenne Sie exactement.
- Gehören Sie zum Personal?
- Als europäischer Staatsbürger kann ich nicht länger schweigen. Ich weiß, dass Sie sich den Platz im Sanatorium erschlichen haben. Sie sind ein Betrüger!
- Lassen Sie mich in Ruhe.
Inzwischen weiß ich, dass es sich bei dem Mann um einen Belgier handelt. Der Belgier ist kein glücklicher Mensch. Es heißt, er habe sich bestechen lassen, habe in großem Umfang Geld unterschlagen. Er fällt auf, weil er einen braunen Anzug trägt. Keiner sonst läuft im Jackett herum. Ich ertrug diesen Morgen mit stiller Demut, eine Zigarette nach der anderen paffend, als eine Dame im Nachthemd auftrat, die ich als Frau Slobodan kennenlernte. Frau Slobodan schaute mit flackerndem Blick in die Gesichter, irrte kopfschüttelnd von einer Person zur anderen, und fragte schließlich: „Ist das mein Haus, in dem wir gerade sind? So viele Gäste sind hier versammelt. Was feiern wir eigentlich?" Sie stoppte vor einer Frau im Lumberjack: „Ist es deine Hochzeit, Claire? Aber nein,

das kann ich mir nicht denken. Du bist hässlich wie die Nacht und hattest noch nie einen Freund!" Sie sagte es mit dem Unterton von „Man muss den Tatsachen ins Auge sehen" oder „Hab ich dir's nicht immer schon gesagt?" Die Angesprochene lief rot an, ihre Adern verstopften sich an einem Ende und das blähte sie so auf, dass kaum ein Ton aus ihrer Kehle drang. Sie wollte protestieren, aber es zischte nur aus ihrem Mund. „Nein, Claire, du bist auch diesmal nicht die Braut", fuhr die Alte unaufhaltsam fort wie ein Sattelschlepper in voller Fahrt. „Ich habe die wirkliche, die wahre Braut gesehen, eine stattliche Frau aus Berlin mit den hübschesten Kleidern, die man sich vorstellen kann. Sie kommt öfters zu uns. Natürlich besucht sie nicht so ein Dummchen wie dich, Claire. Sie kommt zu ihrem Bräutigam. Ihr wisst alle, wen ich meine: unseren Mitbewohner Mathias Keh."

Lubomir, der Pfleger, grinste mich an und zeigte schwarze Zähne mit Zahnlücken. Er fühlte sich nicht verpflichtet, Frau Slobodan wegzuschaffen, ließ sie phantasieren und mit zunehmender Intensität den Besuch ausschmücken, den ich angeblich gehabt hatte. Unwillkürlich machte ich eine Bewegung zur Tür, ein Fluchtimpuls, der von der rotierenden Dame sofort durchschaut wurde. Sie tänzelte an mir vorbei als leide sie unter RESTLESS-LEGS und verstellte den Weg. „Na, junger Mann, Sie wollen doch hoffentlich nicht kneifen?" sagte sie und zwinkerte nervös mit den Augen. „Dabei wissen wir doch alle, es ist deine Braut, die bei dir ein und ausgeht. Die Frau, die du heiraten wirst!" Ihre Augen glühten vor Begeisterung, vielleicht auch vor Fieber, als sie ihre Worte an die

Anwesenden richtete. „Es gibt ein großes Fest in unserem Haus. Ein großes Fest! Und alle seid ihr eingeladen!" Schwärmerisch breitete sie die Hände wie bei einer Segnung. Ich erinnerte mich an die Behauptung der Ärzte, bereits verheiratet zu sein; und eine mir ganz und gar unangenehme Frau hatte am Vortag etwas Ähnliches behauptet. Dass sie im Sanatorium aufgefallen war, verwunderte mich nicht, auch nicht die krankhafte Ausschmückung. Mich verblüffte die Reaktion der anderen, sie mussten Frau Slobodan doch kennen, und wissen, dass sie eine Meise hatte; aber ganz im Gegenteil: Frau Slobodans Worte hatten eine durchschlagende Wirkung. Jedermann im Saal war plötzlich überzeugt, dass ein Großereignis bevorstand. Die versammelten Idioten applaudierten, als würden sie dafür bezahlt; und ein leises, unterdrücktes Schluchzen der Frau im Lumberjack (die keineswegs Claire hieß) zeugte davon, dass auch sie an die Fantastereien glaubte.

Ein klapperdürrer Mann strahlte mich an mit breitem Schnauzbart und dunklem Bartwuchs. Kaum der deutschen Sprache mächtig, radebrechte er: „Hochzeit! Ein' Hochzeit!" und hielt mir seinen Flachmann hin. Verunsichert schaute ich zum Pfleger, und erwartete, dass er einschritt. Alkohol war doch verboten, oder? Lubomir machte keinerlei Anstalten einzugreifen.

"Du musst trinken, sonst beleidigst du ihn. Karamfilov legt großen Wert darauf, dass du sein Gast bist." Alle Aufmerksamkeit richtete sich auf mich, den Mann in der blau-weiß gestreiften Schlafhose, als gäbe es nichts Interessanteres als diesen Hausgenossen in seiner eigenartigen Gezwungenheit. Es wurde so still, dass man die Lüftung der Küche rauschen hörte. Der versammelte Mob übte einen enormen psychischen Druck aus, die gespannte Erwartung wurde mir unerträglich; also griff ich zum angebotenen Fläschchen, obwohl ich Alkohol nicht vertrage

schlimmer als Vodka. BRRRRR

ich fühlte, wie mir der Fusel zu Kopf stieg, fühlte mich nicht betrunken, aber spürte, wie die Knie weich wurden und der Blutdruck sank, wie mir die Worte für eine Reaktion abgingen, und dass die Kraft fehlte, um, ohne das Spektakel der anderen zu beachten, einfach aus dem Raum zu gehen. Stattdessen sah ich die verkrümmten, nackten Füße von Frau Slobodan mit den gelblichen Fußnägeln vor mir, ein Bild, das meinen Magen reizte. Es lag am Frühstück, an diesem widerlichen Sirup, in dem Zuckerrüben und Kochbananen verquirlt sind, oder einfach an den Konstellationen dieses Tages, dass ich verschwinden, mich unsichtbar machen wollte.
Karamfilov setzte nun seinerseits an und ließ den Schnaps aus zwanzig Zentimeter Entfernung in die Kehle rinnen. Unter dem Gejohle der Zuschauer warf er die leere Flasche gegen die Wand und rief „Ein' Hochzeit! Lasst uns feiern!" In diesem Augenblick erhob sich ein unerträgliches Getöse. Der Lärm entstand, weil Karamfilov damit begann, auf den Tisch zu trommeln und alle klatschten. Kurz darauf setzte eine Flöte ein. Der Musiker aus Dänemark zog

sie bei jeder Gelegenheit hervor, und machte auffordernde Gesten, die einer jungen Frau galten, die schließlich eine Violine aus dem Kasten zog. Erst später erfuhr ich, dass die beiden zum Musizieren verabredet waren. Zusammen schmetterten sie ein Stück zwischen irischer und türkischer Folklore. Der Blinde von meinem Stockwerk tappte auf mich zu, griff meine Arme und versetzte uns in kreiselnde Bewegung. Er hat eine Stimme, die wie Sandpapier schmirgelt und stieß kakophonisch jaulende Laute aus. Zugleich formierte sich um uns ein Ring fremdartig aussehender Menschen in Unterhosen, Pyjamas, mit aufgesetzten Zipfelmützen, Zigaretten in der Hand oder Schnapsflaschen. Die Männer legten eine fahrlässige und bösartige Ausgelassenheit an den Tag, schrien laut durcheinander, meldeten Toaste an; die Frauen kreischten und quietschten vor Vergnügen. Weitere Gäste kamen hinzu, drängten in den Raum mit Lachen und Geplärre, der Salon war zum Bersten angefüllt mit Leuten, die ich nie zuvor gesehen hatte. Mein Blick streifte vorstehende Kinnladen, gespitzte, mit Lippenstift verschmierte, offenstehende Münder, blieb hängen am geistlosen, unbestimmten Ausdruck auf dem Gesicht des Pflegers, der das Treiben zur Kenntnis genommen hatte wie ein ferner Zuschauer. Nun aber, nachdem eine Flasche nach der anderen an der Wand zerschellte, kam Leben in ihn. Durch den schwarz gebrannten Fusel schien die Situation innerhalb von Minuten zu kippen. Lubomir rückte ab zur Küchentheke, wo ein roter Signalknopf leuchtete wie ein Apfel. Das hysterische Schreien der alten Slobodan, das sich zu einem Schreikampf steigerte, splitterndes Glas und das Toben der Männer bekamen etwas Bedrohliches, waren schon der Anflug einer Revolte, so dass der Pfleger die ganze Maschinerie in Gang setzte. Man hörte den ausgelösten Alarm in der Pforte pulsieren, wo Pflegekräfte und Security Karten spielten. Natürlich waren sie dort schnell auf den Beinen. Denn der Chef ärgert sich gewaltig, wenn etwas nicht vorschriftsmäßig ist. Mit seinen Trockeneis-Augen überwacht Gregor Sulík die Bildschirme und steuert seine Männer durch knopfgroße Lautsprecher, die sie im Ohr tragen. Keine Frage, dass Sulík den Befehl zum Losschlagen gab und das medizinische Personal alarmierte. Also kamen sie von zwei Seiten. Die harten Jungs jagten durch den Flur die Treppe hoch wie Bluthunde. Die Wände und Treppen summten und schwirrten von ihren Tritten, als sie in den Salon stürmten. Auf der anderen Seite die Weißgekleideten, die sich vor der Schwingtür zum Küchentrakt aufbauten und einen nach dem anderen abtransportierten. Paul bekam ein paar Schläge mit dem Knüppel, die er kaum spürte. Aber Gemütserregungen setzten dem Blinden furchtbar zu sowie die Tatsache, dass für ihn die Aktion unabsehbar kam, quasi aus dem Nichts. Er ließ sich auf den Boden fallen, begrub das Kinn unter den Händen und schrie wie ein wildes Tier. Mich fischten sie regelrecht heraus, als sei ich der Rädelsführer; sie schleppten mich durch die Schwingtür und warfen mich, das Gesicht nach unten, auf eine Matratze. Einer setzte sich mir auf den Rücken, bis mir die Puste ausging. Als ich den Kopf drehte, erkannte ich den Chef, der eine lange Spritze mit Vaseline einrieb. Als sich Sulík über mich beugte, blickte ich in die riesigen Löcher seines schweinischen Riechorgans. Dann wühlte die Nadel im Fleisch. Als sie sich zurückzog, stellte sich Nebel ein, der immer dichter wurde, bis ich mich in ihm verlor. Wie bei einem, der durchs Moor geht und irgendwann versinkt. Mir ist bis heute schleierhaft, wieso gerade ich?

der Genuss dieser Maßnahme

verstimmte mich irgendwie. Als ich aufwachte, wusste ich nicht, wohin sie mich verfrachtet hatten und was vorgefallen war. Der Nebel lichtete sich langsam, so dass ich nur einen Streif sehen konnte. In diesem Streif schauten mich vier Kohlköpfe an; ich merkte nicht, dass sie unbewegt auf einem Regal lagen und nicht auf mich reagierten. Neben Knoblauchgirlanden entdeckte ich ein vereinsamtes Glas Wasser, in dem tote Insekten schwammen. Zum ersten Mal erlebte ich das Schnalzen meiner Zunge. Eine unwillkürliche Bewegung, mit der sie sich selbständig macht, wenn es erstrebenswerte Ziele gibt. Bei diesem ersten Versuch war die Zunge dreimal so lang wie sonst und hatte eine purpurrote Färbung. Sie fühlte sich klebrig an, als sie rückwärts rollte. Ich spürte, wie das Herz klopfte bei dieser Äußerung meines animalischen Seins. Auf diese Entfernung konnte das Kunststück nicht gelingen, jedenfalls nicht auf Anhieb; ein zweiter Zungenschuss erübrigte sich. Als meine ungewohnt samtige und feingliedrige Hand zum Wasser griff, las ich, was in Spiegelschrift auf der Glastür stand: „Gulāš i Zalat[1]". Das von außen hereinfallende Neonlicht schrieb diese Worte auf

---

[1] *vermutlich Erinnerungsfehler des Erzählers; gemeint ist wohl der Schockraum des Sanatoriums*

das Linol der kleinen Kammer, die nach allerlei Speisen roch. Irgendwie war es schwer, sich ein Bild zu machen. Draußen merkte man, dass ich mich regte und brachte mich auf die Isolierstation. Ich fühlte mich, wie ich zu Protokoll gab, schrecklich müde. Über dem rechten Auge zeigte sich eine purpurrote Färbung. Mein Gesicht ansonsten kreidebleich, aber das war Tarnung, war die Farbe der Wand. Man verabreichte mir Ritalin und eiskalte Duschen, doch das änderte nichts daran, dass ich mich müde fühlte. Es dauerte Wochen, bis ich die Station verlassen durfte. Ich hatte alles vergessen: Namen, Sprache, Werdegang. Mein Hirn ist wie Brei, also frage ich die anderen: Wer bin ich? Das war der Anfang meines Aufenthaltes. Manche nennen dieses Haus Sanatorium, aber ich würde es ein Moratorium nennen. Wenn ich diesen Anfang nicht in meinem Tagebuch notiert hätte, wäre alles vergessen. Bevor ich hierher kam, hatte ich Aussetzer, nun aber bin ich krank. Es müssen Monate vergangen sein, seit ich diesen Anfang niedergeschrieben habe. Vor diesem Anfang muss es noch einen anderen Anfang geben, aber ich erinnere nur den Klinikaufenthalt, das rätselhafte Personal eines Bubenstückes, das kein Ende mehr nahm. Nur eines ist gewiss: ich bin nicht Mathias Keh!

TAGEBUCH I

Der erste Anfang war einer von vielen. Wie immer saß ich in meinem Büro in Neukölln, las die Berliner Zeitung und wollte gerade Kaffee machen. Die Stimme am Telefon klang überdreht, hektisch, nicht gerade sympathisch, wenn Sie wissen, was ich meine. „Sie müssen mir helfen, meinen Mann zu finden." Wieder so eine dämliche Eifersuchtsgeschichte, dachte ich. Seit Jahren war es nur noch das. Ich wünschte mir, in Rente gehen zu können wie all die Staatsdiener, städtischen Langweiler und die anderen Nasenbohrer, die von der Staatsknete leben, oder könnte auf Staatskosten krank machen und ein paar Monate auf Reha gehen.
Wie beschreibt man die Wissmanstraße? Ich wohne Nähe Hermannsplatz, seit ein paar korrupte Bullen mein Apartment in der Mainzer Straße verwüstet haben. Nicht weit von hier. Ja, Neukölln, an der Hasenheide, Volkspark Hasenheide, eine nette Altbauwohnung, nur das Kopfsteinpflaster stört, und das alles, bevor die Gegend richtig hipp wurde, Clubs, Cafes, Restaurants eröffnet haben, der Lärm geht einem ziemlich auf den Wecker, die Miete steigt, Sie wissen schon …
„Die Nachrichtenlage ist sehr unübersichtlich. Nehmen Sie lieber ein Taxi."
„Habe ich bereits. Ich stehe vor Ihrer Haustür."
Kurz darauf klingelte es. Ich hätte ihr sagen sollen: kein Aufzug, das Gebäude ist aus der Gründerzeit. Aber sie war offenbar gut zu Fuß. Wenig später stand

eine passable, stämmige Frau vor mir, Mitte 40, die Haare blond und onduliert, was einigermaßen konservativ wirkt. Sie trug eine blaurote Lesebrille um den Hals.
„Mein Mann ist verschwunden."
„Kommen Sie in mein Büro"
„Aber nicht hier. Nicht in Berlin."
Die Frau trug Stiefel, schwarze Stiefel. Unter dem Mantel ein tailliertes Kleid, das ihr bis zu den Knien ging, alles in abgetöntem Rot, nicht weiter auffällig.
„Gottseidank. Hier verschwinden täglich Leute seit sich Russen und Rechtsradikale breit machen. Wie heißt er denn?"
„Keh. Mathias Keh."
Die Frau nahm ihren Mund-Nasen-Schutz ab. Ich erkannte ein paar grau-blaue Augen, so trübe, als hätte sie einen Schnupfen.
„Haben Sie ihn als vermisst gemeldet?"
„Nein. Bloß keine Polizei. Erstens machen die sowieso nichts…"
„Und zweitens?"
Sie zögerte, dachte nach.
„Das ist Ausland. Exterritorial, südlich von Bratislava. Die EU hat die Gegend ausgegliedert. Der Landstrich nennt sich Kakanien."
„Mir unbekannt. Ich hatte einmal einen Fall in der Slowakei, als ich noch beim LKA war. Das ist fast 30 Jahre her, das war östlich, in der Hohen …"
„Die Sache ist nicht so leicht, wie Sie denken. Es gibt Reisewarnungen und Reisebeschränkungen. Seit dem Lockdown lässt man niemanden rein, es sei denn …"
„Mich wundert, dass ich bislang nichts davon gehört habe."

„Die übliche Lügerei. Die Staatsmedien haben kein Interesse, sie dürfen wahrscheinlich gar nicht berichten."

„Dann frage ich mich: wie ist ihr Mann – Mathias Keh – überhaupt dorthin gelangt?" Dabei fixierte ich ihre grau-blauen Augen. Die Vorgeschichte war entscheidend. Sollte es sich um einen Seitensprung handeln oder eine übliche Trennungsgeschichte, dann war ich nicht bereit, ins Ausland zu fahren.

„Mathias hat diese Aussetzer. Er nennt es Vergesslichkeit, ich sage dazu Demenz. Es wurde schlimmer, er sprach selber von einer matschigen Birne, so dass ich ihn überreden konnte, sich in der Charité untersuchen zu lassen. Dr. Glaser hat ihn dann in ein Sanatorium in der Nähe von Bratislava überwiesen."

„ Und Sie waren damit einverstanden?"

Die Frau in Rot rückte unruhig auf ihrem Stuhl. Mag sein, dass ihr unbequem war, das angestaubte Mobiliar gefiel nicht jedem und insbesondere dem Publikum nicht, das aus Zehlendorf kam.

„Weil Berlin ein Hotspot ist. Seit der Pandemie tummeln sich überall Kriminelle, selbst in den Krankenhäusern …"

Ihre Stimme überschlug sich und sie fing an, hektisch zu hüsteln. „Entschuldigen Sie, das sind die Nerven."

„Also dachten Sie, er sei da unten besser aufgehoben?"

Sie nickte und lächelte verlegen. Mir fiel auf, dass sie keine Augenbrauen hatte und stattdessen mit Kajal hauchdünne Striche gezogen waren.

„Naja, die Unterschiede in der Demographie, die anderen Testverfahren und Behandlungsmethoden. Schon allein die Luftveränderung …"

„Wer braucht das nicht."

„Woanders hätte man ihn in Quarantäne gesteckt."
„Ist man in Kakanien weniger vorsichtig als in anderen Ländern?"
„Das weiß ich nicht. Das Land ist abgeschnitten von der EU, deshalb habe ich den Kontakt zu meinem Mann verloren. Man spricht dort einen eigenen Dialekt. Der Chefarzt Dr. Sulik hat mich schriftlich informiert, und meinte sogar, dass ein Selbstmord in Betracht käme… vor zwei Wochen wurden mir seine Sachen zugeschickt."
Ich blickte in diese trüben, schlammigen Augen und dachte, dass in diesem Fall die Lebensversicherung nicht ausgezahlt würde. Wollte Sie deshalb keine Polizei?
„In dieser Branche bin ich ein Dinosaurier unter den alten Hasen. Trotzdem die Frage: wie sind Sie auf mich gekommen?"
„Sie werden es nicht glauben. Ihr Zahnarzt hat Sie empfohlen."
Damals hielt ich den Spruch für Ironie, weil meine Detektei im Branchenbuch steht und für alle sichtbar im Internet wirbt. Nie hätte ich gedacht, dass man mich an Hand meiner Zähne aussucht. Die besondere Zahnformel. Und weil ich genügend Plomben aus Amalgam hatte, die dabei waren, mein Hirn zu zerfressen.
„Sie kommen nur mit ärztlicher Überweisung ins Land. Kakanien unterhält keine Botschaften. Das heißt, Sie müssten zu einer kleinen Charade bereit sein."
Ich nannte ihr meine Konditionen. Sie war einverstanden und unterzeichnete den Vertrag mit *Barbara Keh*. Danach betrachtete Sie mich durch die Lesebrille.
„Woher stammen Sie, Herr Borowiak? Ihr Name ist bei uns selten."

„Da hat sich ein polnischer Einwanderer in meine Familie eingeschlichen, mein Großvater. Ich selbst bin mit 19 Jahren von Nordrhein-Westfalen …"

„Hören Sie, Herr Borowiak: Sie müssen seine Spur verfolgen. Helfen Sie mir!"

Warum fragte sie überhaupt, wenn sie keinen Wert auf eine Antwort legte? Und dann hatte die Kuh zum Abschied noch etwas gesagt, was sie eigentlich nicht wissen konnte: „Ein Kuraufenthalt wird Ihnen gut tun."

CHARADE

Schon seit Kindertagen: der Blick von oben auf eine seltsame, geschäftige Welt. Was gibt es für ein größeres Glück, als sie aus sicherer Entfernung zu beobachten? Und was zählt mehr, als die Bereitschaft zur Metamorphose, hin zu einem unbekannten Sein? Ich weiß nicht, wer oder was ich bin oder war, es lohnt nicht, darüber nachzudenken. Das Vergessen ist eine Leidenschaft, weil man sich dazu entschließt, sich nicht mehr zu erinnern. Als ich Dr. Glaser meine Ansicht mitteilte, einem leitenden Arzt der Charité, drückte er mir eine Werbebroschüre in die Hand. „In dieser Klinik hat man zeitgemäße Techniken entwickelt, um Sie wieder flott zu machen", erklärte er jovial, ohne meine Argumentation zu beachten. „Wenn auch die Diagnose nicht eindeutig ist! Amnesieforschung ist schließlich keine Mathematik, wir wissen, dass die Störung an den Synapsen viele Ursachen haben kann. Plastik in der Nahrung, Phtalate[2] und so weiter. Selbst Infusionsschläuche enthalten Weichmacher. Trotzdem sehe ich bei Ihnen die Chance, nicht zum grumpy old man zu werden - hahaha. Sie werden sich bei k&k wohlfühlen wie ein Vogel in seinem Nest." Der Hochglanzprospekt richtete sich scheinbar an vermögende Patienten und versprach Heilung durch alternative Methoden. Das Foto zeigte eine Gruppe von Patienten in einer Empfangshalle,

---

[2] *Weichmacher in Kunststoffen, die den Hormonhaushalt beeinflussen*

ausgelegt mit italienischem Marmor. Entweder blätterten sie interessiert in Journalen oder nippten an langstieligen Cocktailgläsern. Dazwischen stand ein Arzt wie ein indischer Mönch im weißen Gewand, ein Heiler, umgeben von seinen Jüngern; allerdings sah der glatzköpfige Mann dem Verwalter hier im Heim sehr ähnlich, so dass ich Gregor Sulík schon fragte, ob ein Zwillingsbruder von ihm in einem schicken Sanatorium arbeite. Der Mann antwortete nicht, so dass ich nicht weiß, wen man da abgebildet hatte. Der Text in der Broschüre erklärte: Die Pflege und Betreuung von Demenzkranken erfordert Fingerspitzengefühl und hohes fachliches Know-how. Besonders bei der Auswahl der angebotenen Tätigkeiten muss darauf geachtet werden, dass nachlassende intellektuelle Fähigkeiten, Sprachverlust, verschobenes Zeitgefühl und Orientierungslosigkeit häufig nur einfache Aktivitäten zulassen. Aus diesem Grund betreibt k&k neben den zahlreichen Wohnstiften zwei Sanatorien speziell für dementiell erkrankte Menschen. Wie man weiter ausführte, gebe es eigene Abteilungen für deutschsprachige Gäste; die Kosten der anerkannten Einrichtung für die allgemeine und aktivierende Pflege seien nach dem Pflegeversicherungsgesetz weitgehend gedeckt. Das zweite Foto auf dem Folder zeigte einen Mann am Klavier, einen Salon mit Gästen im Hintergrund. Die Bildunterschrift lautete: Eine Vielfalt von Aktivitäten und Stunden der Gemeinschaft eröffnen den Bewohnern trotz ihrer Krankheit neue Freiräume. Der letzte Textblock fasste alle Vorteile zusammen: Die Sanatorien der k&k bieten ihren Bewohnern eine 24-Stunden-Betreuung im eigenen Appartement oder im stationären Bereich. Mit der Geborgenheit der eigenen vier Wände und der Bewegungsfreiheit innerhalb der beschützenden Häuser und den dazugehörigen Parkanlagen bieten die Sanatorien ihren Bewohnern ein Stück Heimat und Lebensqualität. Hinter der Betreiber Gesellschaft vermutete ich eine staatliche Einrichtung, wobei ich nie herausfand, was das Kürzel k&k bedeutet; sie ist wohl Teil eines weit verzweigten Pharmakonzerns. Die Broschüre, die mir Dr. Glaser (?) damals aufnötigte, befindet sich noch in meinem Besitz (ich weiß leider nicht genau wo sie liegt). Ich habe sie einigen Bewohnern meines Stockwerks gezeigt, auch dem Pflegepersonal und den Betreuern, habe mich beim Pflegedienstleiter erkundigt; niemand weiß, ob es sich bei den genannten Sanatorien um unsere Einrichtung handelt.

19.12.2025[3]

Es geschah … durch eine gut ausgetüftelte Intrige. In ungewohnter Klarheit blicke ich auf meine Einweisung im Sommer dieses Jahres. Leider habe ich keinen farbigen Eindruck von dem Arzt, der von einem „Haus in bester Lage" sprach, als wollte er mir eine Immobilie verkaufen. Er überreichte mir einen Antrag, unterschrieben von dieser gewissen *Barbara Keh*. Ein winziges Detail ist mir geblieben: an seinem Kittel fehlten zwei Knöpfe, so dass die beiden Seiten scherenförmig nach unten auseinander liefen. Ich blickte auf seine abgetragene Hose, deren Latz offen

---

[3] *Zeitpunkt der Niederschrift*

stand, und erkannte … eine Sicherheitsnadel, die den Stoff anstelle eines Reißverschlusses zusammenhielt. In diesem Moment griffen die Hände des Mannes, ziemlich grobe Hände mit abgekauten Fingernägeln, nach den beiden Kittelhälften und legten sie übereinander.

„Wie viele Finger sehen sie hier?" fragte der Mann und hielt mir die Hand entgegen.

„Vier" sagte ich.

„Wie heißt Ihre Frau?"

„Weiß ich nicht."

„Die Frau, die Sie hergebracht hat?"

„Wen meinen Sie?"

„Und sie können sich wirklich nicht erinnern, wo Sie ihr Geld deponiert haben?"

Vergeblich versuchte ich, ein aufsteigendes Misstrauen zu unterdrücken. „Ist das wichtig? Ich meine … für den Befund?"

„Nein, überhaupt nicht." Der Arzt wandte sich seinem Schreibtisch zu, kritzelte etwas auf einen Zettel und kam zurück. „Nehmen Sie das zur allgemeinen Stärkung. Ich wünsche Ihnen viel Glück, Herr Keh!"

Als er mir das Rezept reichte, merkte ich, dass seine Hände zitterten. Ein Hauch von Alkohol lag in der Luft, als er mich verabschiedete. Das bot mir eine griffige Erklärung für die merkwürdige Anrede. Der Name „Keh" war mir ziemlich fremd.

Als ich das Behandlungszimmer verließ, traf ich auf diese Frau, Mitte 40, blonde Haare, diesmal viel Lippenstift. Sie winkte, während ich, etwas verlegen, das Rezept in der Hand, an ihr vorbei wollte. Zu meinem Erstaunen sprach sie mich an mit den Worten.

„Kennst du mich nicht?" Ihr Ausdruck zwischen abwartendem Lächeln und subtilem Unwillen, so dass ich ernsthaft überlegte, ob ich mit ihr in meinen Studentenjahren eine Nacht verbracht haben könnte, trat einen Schritt zurück, um ihre Figur zu betrachten, ein entscheidendes Kriterium für eine solche, aus dem erotischen Spiel erwachsende Bekanntschaft. „Ehrlich gesagt…" Meine Gedanken zogen eine Schleife durchs Universum, was ihre Geduld offenbar strapazierte. „Barbara! Du wirst dich doch erinnern!" Das alles vor den Augen des Arztes, so wie es geplant war. Ohne ihren Familiennamen zu verraten, hakte sie sich ein und zog mich durchs Foyer, in dem dunkle Gestalten in Pyjamas humpelten oder Zeitung lasen. Meine rätselhafte Liaison trug ein rotes Kleid, eine Haarspange und roten Nagellack. Das sommerliche Outfit wirkte ausgesprochen attraktiv, dazu der dezente Geruch nach Vanille, also ging ich von einer Art Geburtstagsüberraschung aus und ließ alles Weitere auf mich zukommen. Es schien, dass sie über meine Befindlichkeit Bescheid wusste. Ohne Umschweife erklärte sie mit lauter Stimme: „Wenn du schon nicht ins Krankenhaus willst, um dich operieren zu lassen, und auch sonst nirgends hin, dann probier doch das Sanatorium." Da musste also eine Verbindung zu dem Arzt bestehen, den ich konsultiert hatte. Offensichtlich war alles abgesprochen, man hatte sich erst mit mir, dann hinter meinem Rücken über ein Theaterstück verständigt, damit ich meinen Auftrag in Kakanien ausführen konnte. Ich sollte den Part des Mathias Keh übernehmen. Sie fragte: „Hat er dir irgendwas verschrieben?" Laut las ich vor: „Wiederholungsrezept über eine Großpackung Resperidon", ohne zu begreifen, worum es dabei ging. „Antrag auf

Unterbringung in der gerontopsychiatrischen Klinik der k&k." Ein älteres Ehepaar in identischen Windjacken, dass vor dem Sprechzimmer auf Hockern saß, nickte zustimmend oder auch verschwörerisch. Manchmal fällt es mir schwer, solche Gesten richtig zu interpretieren. Während ich mich von meiner Dame über den Flur leiten ließ, sprach sie so eindringlich auf mich ein, als hätte sich seit langem etwas bei ihr angestaut. „Mir scheint, dass es das Beste ist! Das ist doch Wahnsinn. Die Medikamente lehnst du ab. Überleg doch mal. Das geht schon seit Monaten. An mich denkst du gar nicht. Auch eine Frau hat ein Recht auf Leben. Weißt du, wann ich das letzte Mal in der Oper war?" Eine Afrikanerin in weißem Kittel verließ gerade das Schwesternzimmer und drehte sich nach uns um.

„Wirst du jetzt machen, was der Arzt sagt?" fragte die Frau hörbar laut. Eine Pause entstand. Ich wartete, bis die Schwester um die Ecke bog und flüsterte.
„Das war kein Arzt."
„Was soll er denn sonst gewesen sein?"
„Ein miserabler Schauspieler. Wir können die Charade jetzt beenden. Sagen Sie ihm, dass er ein miserabler Schauspieler ist."

21.12.2025[4]

Ich versank im Leder des Beifahrersitzes. Die Frau legte routiniert die Gänge ein und schwieg. Wir passierten gepflegte Parks, leuchtende Vorstadtvillen und eine Einkaufsstraße, die mich an meine Studienzeit

---

[4] *Zeitpunkt der Niederschrift*

erinnerte. Meine Gedanken bewegten sich rückwärts, ich dachte daran, wie ich mich in Berlin für das Studium der Rechtswissenschaften eingeschrieben hatte - am neubegründeten Lehrstuhl von Professor Magnus Knoll. Als einer der ersten Studenten dieses phantastischen Kriminalisten, der die Grundlagen für das moderne Profiling legte. Plötzlich flatterten mir Erinnerungen zu wie Tauben einem Taubenschlag: Anekdoten zu Ernst Gennat[5], das Mansardenzimmer eines baufälligen Hauses am Victoriapark, oder ich im Kreis der Referendare am LKA, gerade dabei, einen Tost auszubringen. Gerne hätte ich mich dem Reigen der schwarz-weißen Reminiszenzen hingegeben, wenn mich nicht die penetrante Stimme der Taxifahrerin abgelenkt hätte. Aber nun, nachdem ich mich gedanklich weit entfernt hatte, fragte ich mich selbst, was ich eigentlich in Zehlendorf wollte. Ich betrachtete im Rückspiegel die Reihe meiner unteren Zähne, die neu waren, und die Brücken und Zahnkronen im Oberkiefer, die der Zahnarzt (wie-hieß-er-doch-gleich?) erneuert hatte.

Die Fahrerin bugsierte den Wagen in die Schützallee und hielt vor einer Villa mit säulengestütztem Portal. Das Anwesen sah aus, als hätte man alle Baustile zwischen Renaissance und Moderne gleichzeitig ausprobiert. Der Wind, der aus der Richtung des Dreipfuhlparks (?) kam, roch nach Feldblumen und wilden Kräutern, nach Rosensträuchern und getrimmten Thujahecken. Auf der Tür der Name „Mathias Keh". Das protzige, messingfarbene Schild glänzte in der Abendsonne und wirkte so neu, als hätte man es ge-

---

[5] *legendärer Berliner Kommissar, Begründer der Mordkommission (1903 – 1939)*

rade erst angeschraubt. Durch ein geräumiges Entre geriet ich in einen orangefarbenen, mit Lüstern und schweren Sesseln ausgestatteten Salon, der auf eine Veranda ging. Vor dem Kamin ein Gestell mit Schürhaken; ich erinnere mich an den Geruch nach verbranntem Fleisch. Keine persönlichen Fotos. Küche und Toilette gleich nebenan, gaben keinerlei Hinweise, woher Keh die Blondhaarige kannte, seine vorgebliche Frau, die nirgendwo aufzufinden war. Langsam wanderte ich die Treppe hoch, immer darauf gefasst, mich für mein unbefugtes Eindringen entschuldigen zu müssen, um gleich darauf Schubladen und Schränke zu öffnen. Im ersten Stock untersuchte ich die von der Diele abgehenden Räume, die mit ihren gelben Vorhängen und Biedermeier-Stühlen so persönlich wirkten wie Hotelzimmer mit internationalem Standard. Die Spiegel zeigten: eine Person in schwarzer Jeans, die sich offenbar verirrt hatte, sehr dünn, bleich, sie eilte unsicher hin und her, zuckte nervös mit den Armen. Lederjacke, blaues Hemd, die eckige Brille zu groß für das Gesicht. Reglos geworden schaute sie in den Spiegel. Wie ein Hund, der seinesgleichen im Fernseher sieht, aber sich selbst nicht erkennt. Dieses Gegenüber, das war ich! Dahinter begehbare Kleiderschränke, vollgestopft mit Frauenklamotten, dazu Schubladen und Körbe mit Strümpfen, Blusen, Taschen und Accessoires – Labyrinthe aus Kleiderständern voller Kostüme, Jacken und Anzughosen. Für Momente schwindelte mir in diesem Kabinett schreiender Farben. Der Fundus eines Theaters. Eine Künstlergarderobe, mit Schminksachen und Haar-Färbemittel in allen Varianten. Im nächsten Zimmer, mit Ölgemälden und schweren Wandleuchten, das gleiche, nur dass hier Slips, Leggins und sehr viele Schuhe untergebracht waren, vielleicht zweihundert an der Zahl, und dass das Männchen im Spiegel noch ratloser wirkte, angespannter, hilfloser. Zurück, in der Mitte des ersten Raumes, entdeckte ich einen braunen Lederkoffer, auf dessen angehängter Lasche der Name des verschwundenen Gastgebers prangte. Der Eindruck drängte sich auf, dass man mir partout dessen Identität überstülpen wollte. Ich machte mir kein Gewissen daraus, den Koffer zu durchsuchen, der ja offenbar mein eigener Koffer werden sollte und für mich gepackt war. Neugierig wühlte ich in der Unterwäsche, fand Waschzeug, Nadel und Faden, schwarze Socken, zwei Sportjacken, einen Pullover, den ich sofort anprobierte, einen Pyjama, der nicht passte. Die Kleidung war zwei Nummern zu groß, hing über Hände und Füße hinaus wie bei einer Vogelscheuche. Eine Lesebrille im schwarzen Etui – offenbar war Keh kurzsichtig. Die vergammelte Ausgabe der Berliner Tageszeitung. Eine Sammlung klassischer chinesischer Gedichte. *Der kalte Wind, stöhnend, bläst dir entgegen./ Ich fürchte, bald wird es dir schwer fallen zu stehen./ Im Obergeschoss lässt der Gelehrte sein weißes Haar fallen./ Er dreht sich dem Wind zu, atmet den Duft und weint.* Im zweiten Fach entdeckte ich Sonnenbrille, Baseballkappe, Badelatschen, ein Portemonnaie und weitere Utensilien, darunter eine mit schwarzem Lack überzogene Schatulle. Auf dem Deckel eine Echse mit Saurierkopf. Innen war das Kästchen mit Filz ausgeschlagen. Unwillkürlich dachte ich an eine Urne; es befand sich nichts weiter darin als Asche. Sollte es die Asche eines Verstorbenen sein? Während ich nachdachte, fragte ich mich, warum ich dazu auserwählt war, die Rolle des Mathias Keh weiterzuführen, dessen Asche ich in der Urne vermutete. Wollte man etwas vertuschen, ein Verbrechen oder einen Unfall? Man musste eine Menge Chuzpe besitzen, um so einen Plan zu entwickeln: einen Patienten aus der gerontologischen Abteilung zu entführen, ihm eine neue Existenz verpassen und prophylaktisch ans Ende der Welt zu verbannen, um sich das Vermögen seines Doppelgängers unter den Nagel zu reißen. Glasklar sehe ich die Winkelzüge des Planes vor mir, jetzt, da ich alle Fakten gesichtet habe. Ich erinnere mich an diesen Sommertag, nicht weil ich mich erinnern will, sondern weil ich heute, 5 Tage vor Weihnachten, ausnahmsweise nüchtern bin, geistig klar, meine Pillen nicht geschluckt habe. Natürlich, der vorgebliche Arzt war im Bunde. Mich zu beauftragen, Mathias Keh zu finden war… verbrecherisch. Ich probierte die Lesebrille. Es fühlte sich an wie ein Schlag aufs Auge. Nichts passte, und ich zweifelte, dass ich die Charade mit diesen geborgten Utensilien lange durchhalten könnte. Ich ging zurück bis vor die Haustüre, klingelte und rief den Namen - *Barbara* - dann lief ich, einem Impuls folgend um die Villa herum in den Garten, wo es nicht mehr nach Blumen und Kräutern roch, sondern nach Plastik und Holzbrand. Die Frau, jetzt in dunkelroter Trainingshose und ärmellosem Unterhemd, stand links vor der Veranda und warf Gegenstände in eine Regentonne, um sie dort zu verbrennen, während sie fluchte und wütende Sätze ausstieß. Ohne mich zu bemerken, griff sie in einen Haufen angesammelter Papiere, darunter Notizbücher, Steuerunterlagen, Briefe, aber auch Dinge wie Herrensocken, Fotos, Krawatten und alte Zahnbürsten, es stank und rauchte, dazwischen hörte ich Satzfetzen wie fahr-zur-Hölle, du-egoistischer-Idiot, ich-brauch-dich-nicht, du-wirst-schon-sehen, und andere Hasstiraden, gerichtet an einen Mann, was angesichts der fehlenden Zuhörerschaft einen verwirrten Eindruck machte. Die Situation hatte Anklänge an Augusto Boals unsichtbares Theater, bei dem die Mitspieler unerkannt bleiben, um das Publikum nach allen Regeln der Kunst zu verunsichern. Ich setzte mich auf die Freitreppe, die zur Terrasse führte und beobachtete das Schauspiel. Es erinnerte mich an bemitleidenswerte Personen, die vorzugsweise in Berliner Bahnhöfen randalierten.

„Sind das die Sachen von Mathias Keh?"

„Du brauchst sie nicht", sagte sie, ohne sich umzudrehen. „Alte Sachen. Ich bin dabei, auszumisten."

Anscheinend hatte mir die Klientin das „Du" angeboten. Mein Koffer sei bereits gepackt und der Abholdienst für morgen früh bestellt. Alles war vorbereitet, dass ich mit derselben Diagnose, dem Ausweis und sogar mit der Kleidung und dem Necessaire ihres Mannes reisen konnte. Sie schickte mich ins Haus, wo ich warten sollte - möglicherweise war ihr der Auftritt peinlich. Schließlich verriet sie damit, dass sie nicht ernsthaft mit einer Rückkehr ihres Mannes rechnete, unabhängig davon was meine Recherche im Sanatorium ergeben würde. In der Küche bereitete die Dame Kaffee mit Milch und Zucker, während ich sie von der Seite betrachtete, ihr feines, zu einem Nest gebundenes Haar, aus dem gelegentlich Strähnen rutschten. Eine Frau, die mich kennt, hätte sicherlich gewusst, dass ich den Kaffee schwarz und ohne jede Zutat trinke. Sie machte alles falsch und sprach indes über den taillierten Zuschnitt von Damenjacken, über topaktuelle Outfits und Schneider aus der High Society. Die milchige Substanz aus meiner Tasse schmeckte abscheulich und schürte, trotz der beruhigend plätschernden Worte, mein Misstrauen. Was sollte dieser private Ton? Um nicht unhöflich zu sein, wollte ich nicht gleich nach ihrer Profession fragen. Vorstellbar war, dass sie als Krankenschwester in der Klinik gearbeitet hatte und so mit Keh bekannt wurde. Sie hatte sich sein Vertrauen erschlichen, um an das Vermögen zu gelangen. Eine andere Möglichkeit, die ich ernsthafter erwog: ein Escort Service. Wenn Keh sie über eine Agentur bestellt hatte, in den Äußerlichkeiten so, wie er sich eine attraktive Frau vorstellte, dann wusste sie auch Privates von ihm. Nicht zuletzt deshalb, weil er zuvor der Agentur eine Reihe von persönlichen Daten auf einer Sedcard mitgeteilt hätte.

„Du altersschwacher Idiot" fauchte sie, als ich eine Andeutung machte. Ich zog es vor, zu schweigen, um mir keine Blöße zu geben, und verschlang das angebotene Knoblauchbrot mitsamt der dekorativen Nelken. Ihre Reaktion zeigte mir, dass sie keineswegs dem Bild eines charmanten Escorts entsprach, und meine Vermutung ein unbegründetes Kompliment an sie war.

Auf den Kaffee hin wurde ich schlagartig müde. Mit einem Mal erschienen mir die Stimme der Frau und die Geräusche in der Küche gleichermaßen laut, als ob ein Filter in meinem Kopf ausgefallen wäre. Ohne etwas zu erklären, ging ich in den ersten Stock, um mich auszuruhen. Heute, fast ein halbes Jahr später,

bin ich mir sicher, dass - *Barbara* - mir ein Sedativum eingeträufelt hat, um mich gefügig zu machen.
„Was machst du?"
„Ich wollte mich gerade umziehen", wisperte ich.
„Das ist der Koffer fürs Krankenhaus. Warum hast du alles ausgebreitet?"
„Um mir einen Überblick zu verschaffen."
„Es ist nötig, dass du jetzt schläfst. Die Untersuchung war anstrengend", sagte sie, und morgen wirst du abgeholt. So, wie wir es abgesprochen haben.
„Ja", flüsterte ich. „Die Untersuchung war anstrengend. Ich muss jetzt ins Bett."
Als ob die Machtverhältnisse zwischen dieser unverschämten Frau und mir materiell in die Tiefe meines Körpers eindrangen, fühlte ich mich matt und hilflos. Sie führte mich zu dem mondänen Wasserbett und deckte mich eigenhändig zu. Dann löschte sie das Licht und flötete ironisch „Gute Nacht, Herr Borowiak". Unter dem goldgelben Pyjama, der mir viel zu groß war, trug ich noch das Hemd, aber das war egal; ich fühlte mich in dieser Situation so heimisch als läge ich auf einer städtischen Bühne, einem tausendköpfigen Publikum ausgesetzt und außerstande, mich zu entspannen. Sprachlos wartete ich darauf, dass die Scheinwerfer angingen und die Zuschauer applaudierten. Wenn dies keine Komödie war ... oder ein Trick! Was wäre, wenn die Blondhaarige ausrastete, weil sie eine Psychose hatte ... unwillkürlich tastete ich nach dem Taschenmesser ... schwingend und mit schwimmenden Bewegungen erreiche ich den Bettrand, griff nach dem elektrischen Licht. Froh, festen Boden unter den Füßen zu haben, forschte ich nach meiner Lederjacke. Sie lag woanders, weit entfernt, die

Taschen entleert. *Barbara!* Dass die Frau bei der Durchsuchung auch das Messer entsorgt hatte, überraschte mich nicht. Sie war der Typ Mensch, der auf Nummer sicher geht. Außerdem hatte ich ihre Schränke zuvor ebenfalls durchwühlt und musste mit einer Aktion der Gegenseite rechnen. Mich quälte die Frage, wie ich die Situation interpretieren sollte. Ratlos stocherte ich in herumliegenden T-Shirts und Socken, sortierte Schuhe, Cremes, Waschzeug und Jacken, als mir etwas an der Box mit dem Saurierkopf auffiel: der Boden des inneren, geöffneten Kästchens schien nicht so tief, wie die ganze Schatulle von außen. Mit einem Zahnstocher hebelte ich den doppelten Boden heraus. Darunter lag ein flaches Notizbuch mit Codes und Kontonummern einer Schweizer Großbank. Plötzlich lag es vor mir wie eine Offenbarung. Hastig schob ich alles zurück. Wollte von dem geplanten Coup nichts wissen. Packte den Kram in den Koffer, in der Absicht, mich aus der Villa zu stehlen. Ich drückte leise die Klinke der Tür und verharrte – sie war von außen verriegelt. Kurz überlegte ich, welche Möglichkeiten ich hatte, aus meiner Rolle herauszukommen. Mir schwindelte, weil ich begriff, dass ich mich auf gefährliches Spiel eingelassen hatte. In Panik hämmerte ich gegen die Tür wie ein Irrer, hörte ihre Anschuldigungen und Vorwürfe, ihren Spruch, wir hätten eine Vereinbarung getroffen, aber nach einer Weile reagierte ich nicht mehr. *Vor meinem Bett strahlt der Mond./ Mir ist, als wäre es Reif am Boden./ Ich hebe meinen Kopf und sehe diesen Mond an./ Ich senke meinen Kopf und denke an zuhause.* In dieser ungewissen Nacht zermarterte ich mir das Hirn, warum die Blonde ausgerechnet mich für ihr Vorhaben gewählt hatte. Die

Manipulationsversuche der Außenwelt sind umso schwieriger zu parieren, je weniger man über sich weiß; und da ich einen Totalausfall hatte, gab ich das perfekte Opfer ab. Während die Gedanken kreiselten, sehnte ich mich danach, auf Bäume zu klettern, wollte alle Anspannung loslassen und über den Wipfeln schweben. Ein Rückfall in die kindliche, die tierische Sphäre. Dass ich mich an nichts erinnern kann, an die Absprachen, die ich mit ihr getroffen hatte (?), kann an einem Unfall liegen... oder an Medikamenten. Neuroleptika sind eine chemische Fixierung, eine Fußfessel, die das Weglaufen verhindert. Die Pharmazeutika - und nichts anderes - sind schuld an meiner widerstandslosen Verbringung, die mir sie – *Barbara!* – verabreicht hat. Wer weiß, welche Substanzen ich zu mir genommen hatte in der Annahme, es handele sich um eine Tasse Kaffee. Mein Misstrauen war also nicht unbegründet. Ich zermarterte mir das Hirn, wollte wissen, was zwischen mir und der Blonden vorgefallen war. *Mein Gesicht zum Wein gewandt, habe ich die Abenddämmerung nicht gespürt./ Fallende Blüten haben die Falten meiner Kleidung gefüllt./ Betrunken stehe ich auf und nähere mich dem Mond im Bach./ Die Vögel sind weit weg und Menschen sind auch rar.*

„Wirst du machen, was der Arzt dir vorgeschlagen hat?" fragte die Frau mit drohendem Unterton, als sie am nächsten Morgen die Tür öffnete. „Ich kann mich nicht erinnern, Ihnen das Du angeboten zu haben!"
„Aber den Vorschuss für die Zahnarztrechnung haben Sie gerne genommen, Herr Borowiak! Und mich hinterher noch in ihr Bett gezerrt!" Die Spannung am Küchentisch. Ich wünschte mir die Euphorie eines befreienden Moments, wollte heraus aus den Be-

drängnissen. Wollte alles vergessen. Emporsteigen. Nur das kann ich zu meiner Entschuldigung vorbringen. „Ich werde machen, was der Arzt vorgeschlagen hat", flüsterte ich. Ich war der Mensch, der alle äußeren Zwänge und Strukturen akzeptiert, sie verinnerlicht und irgendwann sogar selbst durchsetzt. Damals, beim Gedanken an die Schatulle mit dem Echsenkopf, witterte ich noch die Chance, an einen Batzen Geld zu kommen. „Ja", flüsterte ich. „Ich fahre nach Kakanien."

BIOGRAPHIESTUNDE

Draußen auf der Medvedovej heulen die Motorräder, Männerstimmen werden laut. Ich blase den Rauch gegen die Fensterscheiben und beobachte, wie er am Glas hängen bleibt und sich verteilt. Vor mir, das Wasser der Donau aufgewühlt und braun. Gestalten in Schlafanzügen, manche nur in Unterhose, die Füße in Pantoffeln, wollen immer wieder ins Nebenzimmer. Neugierige oder Irrläufer. Die Therapeutin, am Eingang postiert, lässt nur diejenigen herein, die geladen sind. Sie trudeln ein, begrüßen mich; denn ich bin Mittelpunkt dieses Spiels, das sie therapeutische Sitzung nennen.
- Wer wird heute therapiert?
- Weiß ich nicht.
- Ich habe gehört, dass es um dich geht.
- Sagen wir mal um: Keh /Mathias Keh.
Sie geben mir diesen Namen, legen sich auf dieses Thema fest, wollen unbedingt über mich diskutieren, während ich in den Rauch blase. Rost blättert vom Fensterrahmen. Eine abgeteufte Grube liegt vor mir, dort, wo bald ein Ensemble von Baukränen stehen, ein Fertigbau des Typs QP3 die Sicht versperren wird

was will ich eigentlich?

mehr erfahren über die Zielperson. Dazu bin ich hier, das ist mein Auftrag. Stammt Keh nicht wie diese Jugendstil-Engel aus einer anderen Epoche? Nach seiner Einlieferung hat ihn die Verwaltung in eine Klarsichtfolie gesteckt und die Aktendeckel über ihn geschlossen. In dieser milchigen Folie hatte er gerade so viel Sauerstoff, wie man braucht, um als Kleinstlebewesen zu existieren. Wenn man den Ordner wieder aufschlägt und die Büroklammern entfernt, erwacht er, gefühlt in einem anderen Jahrhundert, irgendwo in Kakanien. Ich trage ein Foto von ihm in meiner Brusttasche; aber ich erwarte nicht, dass Keh diesem Foto ähnlich sieht. Ein Anzugfoto, wie man es früher hatte, vor einem dunkelblauen Wandpapier in einem Studio aufgenommen. Auf dem Bild trägt er eine Hornbrille, dahinter erkennt man blaue Augen. Er ist sauber rasiert, hat kurze, im Ansatz graue Haare, ein Mann in mittleren Jahren, durchaus sympathisch aber ohne besondere Kennzeichen. Auf meinen Streifzügen durch Gebäude und Nachbarschaft ist mir bislang niemand begegnet, der dieser Mensch sein könnte, zumal viele ihre Gesichter verdecken wegen der Pandemie. Von daher kam es mir zupass, dass mich Dr. Vegesack am 1.10.2025 in seine Sprechstunde bestellte.

Als man mich zu ihm brachte, fühlten sich meine Körperteile so kribblig an, dass ich Mühe hatte, seinem Vortrag zu lauschen. Die Isolation innerhalb des Sanatoriums sei nicht gut für mich, meinte er. Der Mensch brauche Kommunikation. Die Vorstellung, die man von sich selbst habe, bekomme man schließlich durch andere vermittelt, und der eigene Selbstwert richte sich doch primär nach dem Wert für die Gemeinschaft. Dr. Vegesack, der mich durch eine runde Brille anblickte, empfahl mir, an der Biographiestunde für Deutschsprachige teilzunehmen und schrieb einen Vermerk an den Leiter der ärztlichen Station. Ich solle außerdem Tagebuch schreiben, um mich gegen das Vergessen zu wappnen. Da er bei mir eine <u>oppositionelle Trotzstörung</u> diagnostiziere sowie <u>diverse soziale Phobien</u>, verschreibe er mir ergänzend zu den anderen Neuroleptika noch *Luvox*, damit ich die Aggressionsschübe in den Griff bekäme: „Die nehmen Sie täglich vor dem Schlafengehen. Damit werden die biographischen Sitzungen für Sie erträglich. Oder besser gesagt: zu einem Erlebnis. Sollte es zu übertriebenen Reflexen kommen, zu Trockenheit im Mund, Halluzinationen oder Gedächtnisverlust, dann können wir das Medikament selbstverständlich absetzen. Sie werden sehen, dass Ihnen der Kontakt in der Gruppe zuträglich ist und Sie von den Beiträgen der anderen profitieren

die anderen sind mein Gedächtnis

also warte ich gespannt darauf, dass die Stunde beginnt und die letzten Nachzügler eintrudeln. Vor dem Fenster läuft, die Füße auf ungesunde Weise auswärts gestellt, ein Mann mit rundem Rücken. Er sieht aus wie ein geschlagener Hund. Sein Oberkörper steckt in Gips. Den rechten Arm trägt er vor sich her wie einen Bauchladen, als er sich in Trippelschritten nähert. Der hagere Mann, der von dem gegenüber liegenden Wohnblock kommt, steuert auf die Engel zu und taucht, einen Baumwollschal um Hals- und Mund geschlagen, wenig später in unserem Zimmer auf.
- Die Vögel haben mich angegriffen.

– Die Chinesen haben dieses Virus gezüchtet. Es macht Vögel aggressiv.
Er nimmt den Hut ab und klopft das Wasser von der Krempe. Ohne das Accessoire wirkt er kläglich, die Haare sind ihm ausgefallen. Der Schnauzbart ... ja, es ist Karamfilov (ich erkenne ihn, weil er spindeldürr ist). Gedämpft erzählt er uns, was ihm zugestoßen ist, in rhapsodischen Sätzen. Normalerweise höre ich nicht auf die Geschichten, die sich die Patienten erzählen. Die Tonfolge sagt mir, dass es sich um monotone und mühselige Aufzählungen handelt, um Unrecht und Verhängnis. Ihre Wehklagerei langweilt mich, es ist die Form der Liturgie, die man überall antrifft. Ich nenne dieses Land Kakanien, weil das Wort *Kaka* alles ausdrückt, was seine Bewohner bewegt. Die Anwesenden lachen jedoch, als würde der Mann Witze reißen; das überrascht mich und weckt mein Interesse. In der Runde sitzen lauter Fremde, aber ich will nicht ausschließen, dass unter ihnen Bekannte sind, Kollegen und Nachbarn, Menschen von einer gewissen Bedeutung, die einen sonntags besuchen, ein Stück Kuchen in der Hand

wenn ich alles richtig gecheckt habe –

checken, das ist so ein Wort, das häufig während der Sitzungen benutzt wird. Fast jeder fängt seinen Satz so an, führt ihn weiter so gut er kann, verheddert sich, strauchelt, bricht ab und kann auf Nachfrage doch nicht erklären, warum er hier ist. Oder klar machen, was er eigentlich sagen wollte. Diese schwarzen Löcher inmitten der Sätze erschrecken mich, manchmal fehlen Substantive, manchmal Adjektive oder

Verben, Teile der Jugend oder der Erwachsenenwelt sind ausgelöscht und kommen, in einer anderen zeitlichen Dimension zum Vorschein, fragmentarisch und sinnlos. Schuld daran ist das Zeug, das in der Nahrung ist, Plastik. Ich rede von Partikeln, die sich im Gewebe einlagern. Deswegen schreibe ich alles auf, ich will meine Gedanken ordnen. Wenn ich also richtig checke, was Karamfilov gerade erzählt, dann schreiben wir das Jahr 2025

oder wollt ihr mir einen Bären aufbinden?

ein schrecklicher Handelskrieg tobt mit den Chinesen. Er entzündet sich an einem Essstäbchen, in dessen Holz man giftige Substanzen entdeckt. Zufall oder Absicht? Die EU verhängt ein Importverbot für chinesisches Esszubehör. Im Gegenzug untersagt Peking den Verkauf von europäischem Wein und Schweineohren in China. Brüssel schützt daraufhin seine Solarindustrie. China stoppt den Import von Luxus-Autos und liefert keine Seltenen Erden mehr. Die EU verbietet dafür alle PVC-Artikel, Textilien und Elektrogeräte aus dem Reich der Mitte. Schuhe, Strümpfe, T-Shirts werden zu horrenden Preisen gehandelt. In Europa trägt man Selbstgestricktes. Buntbedruckte afrikanische Dschellabas werden zum Luxusartikel, insbesondere Parlamentarier tragen sie, nicht nur die Vertreter der Grünen Partei, auch die Sozialisten, während die Konservativen Parteien auf katholische Messgewänder zurückgreifen. Die EU belebt stillgelegte Plaste-und-Elaste Kombinate und streicht die Umweltauflagen, um chinesische Billigprodukte zu ersetzen. Der Smog an den Ostgrenzen der EU ist dichter als der in Shanghai oder Peking, man sieht die eigenen Füße nicht mehr. Man hat das Gefühl, durch Nebel zu gleiten, wenn man eine Straße überquert

die Gedanken keimen

wenn ich sie so reden höre, sie keimen zu außerordentlichen Geschichten. Mein Blick fällt auf die Engel, die im Garten kauern als seien sie notgelandet. Im schrägen Morgenlicht hat es den Anschein als ob sich die Gestürzten durch einen scheelen Seitenblick, durch ein kaum hörbar geflüstertes Wort über ein unsagbares Ereignis verständigen. Kann es sein, dass sich die Verhältnisse in meiner Abwesenheit so radikal verändert haben? Mir scheint es, als hätte ich gestern Berlin verlassen, sei für Momente abgetaucht, nur kurz auf der Krankenstation gewesen, aber wenn es stimmt, was die anderen erzählen …

wenn die Chinesen kommen

werden alle freilaufenden Hunde geschlachtet, was bei uns in Kakanien natürlich ein Vorteil ist, weil es zu viele gibt und man sich auf den Straßen bedroht fühlt, aber das Problem ist, dass die Chinesen nicht nur Hunde essen sondern alles, was Beine hat, was fliegt, kriecht oder sich sonst wie bewegt. Natürlich kommen zuerst die Haustiere dran, die Hühner und Kaninchen, die Kinder müssen auch ihre geliebten Mäuse und Meerschweinchen hergeben, und wenn die vertilgt sind entdecken die Chinesen die Tiere im Zoo. Der Zoo ist für sie ein Schlaraffenland, weil die

Tiere ja nicht wegrennen können. Mit den gefangenen Tieren haben sie keinerlei Mitleid. Ihr müsst Euch nur mal vorstellen, wie viel Fleisch so ein Elefant hat, eine Giraffe oder eine Seekuh. Davon können die Chinesen schon ein paar Tage satt werden, wenn sie sich die Portionen gut einteilen. Aber so ein Zoo hält auch nicht ewig. Von jeder Tierart gibt es dort immer nur wenige wie bei der Arche Noah, und wenn sie die verspeist haben, dann machen sie sich über die Kleintiere her, die in den Wäldern leben. Die Chinesen sind unzählig viele. Wenn sie nach Europa kommen, fressen sie wie die Heuschrecken alles kahl und leer, Wiesen und Felder, nichts bleibt mehr übrig für die Einheimischen. Die Chinesen leben zu acht oder zehn Personen in einem Zimmer, das so groß ist wie ein Kinderzimmer, und schaffen es, darin auch zu waschen und zu kochen. Gebügelt wird bei ihnen nicht, diese Mühe machen sie sich nicht, sondern sie ziehen die Wäsche gleich über, wenn sie aus dem Eimer kommt und tropfnass ist. Wenn es dunkel wird, legen sie zuerst die jüngsten Kinder ins Bett. Sobald sie eingeschlafen sind, hängt man sie mit einer speziellen Vorrichtung an die Wand und bringt die Nächstältesten zum Einschlafen. Mit denen verfahren sie genauso. Am Ende hängen alle wie Motten am Gemäuer. Das Bett ist für die Großeltern bestimmt und, wenn noch Platz ist, für den männlichen Erben. Schwierig wird es nur, wenn so eine Großfamilie einmal Besuch bekommt von einer anderen Großfamilie, aber wie sie das machen, das erzähle ich euch ein anderes Mal, weil unser Thema heute doch ein ganz anderes ist

während sie neben mir sitzen

und reden, kreischen und lachen, schlüpfe ich in mein Manuskript. Ich verschwinde für eine Weile von der Bildfläche, um alles zu dokumentieren, was in der Biographiestunde passiert. Ich kämpfe gegen das Vergessen, will wissen, wer dieser Schattenmann ist, den ich suche. Mit Schaudern lege ich sein Schicksal in die Hand dieser Erzähler, von denen ich nicht weiß, in welchem Verhältnis sie zu Keh stehen. Die Pandemie hilft mir, getarnt durch den Mund-Nasenschutz lausche ich auf das, was sie über ihn sagen. Während ihre Geschichten in mir Entsetzen, Mitgefühl und Revolte auslösen, lerne ich zu unterscheiden: es gibt solche, die lamentieren, und Erzähler, die dem Leben optimistisch gegenüber stehen. Aber ich will nicht vorgreifen und halte mich an die Chronologie. Die Qualität meiner Aufzeichnungen ist gering, oft geraten mir die Fakten durcheinander, Namen und Details verwirbeln. Auch entdecke ich an mir die Züge einer leichten Paranoia. Während sie zusammen sitzen wie ein Haufen gackernder Hühner, denke ich, dass sie über mich lachen oder etwas gegen mich im Schilde führen. Vorsichtshalber fasse ich die Frau näher ins Auge, die in der Runde als Therapeutin oder gar als Logo oder Bio (?) bezeichnet wird. E-R-G-O-TH-E-R-A-P-E-U-T-I-N. Das Wort (ich hab's gegoogelt) entstammt dem Altgriechischen, resultiert aus *érgon*, „Werk", „Arbeit" und θεραπεία, griech. Aussprache *therapeía*, „Dienst", „Behandlung" - aber die Frau dort drüben hat weder Kopftuch noch Tunika, auch fehlt ihr die charakteristische Bolerowveste der Griechinnen mit den aufgenähten Bordüren.

Vielmehr trägt sie einen weißen, dünnen, enganliegenden Pullover mit V-Ausschnitt. Das V besteht aus zwei roten Streifen, rot wie ihre Lippen. Sie besitzt kräftige Lippen, das wirkt sinnlich und großzügig. Auf Ohr- und Halsschmuck verzichtet sie, bloß eine Uhr ziert ihr Handgelenk. Sie hat kräftige, feingliedrige Hände, wirkt athletisch. Ja, jetzt wo ich sie näher betrachte, gefällt sie mir außerordentlich gut, sie kneift die Augen zusammen, lacht mir zu, und in diesem Moment scheint es, dass wir verbunden sind, sei es durch Sympathie oder ein fernes, mir nicht bewusstes Geheimnis. Sie spricht von Mathias Keh, und ich glaube fast, dass sie mich meint. Ich versuche, mir diesen Menschen vorzustellen, mich ihm anzunähern. Seine Geschichte, die nun zu meiner Geschichte wird, ist die eines manipulierten Menschen, der in Gefangenschaft gerät, weil er den Worten der anderen nichts entgegensetzen kann. *Auch wenn sie flunkerten/ war es real/ und was sie sprachen/ spross und keimte. Nichts/ war fruchtbarer als das Nichts.*

- Hörst du uns eigentlich, Mathias?
- Er protokolliert alles und wertet es später aus.
- Iwo - er vergisst sonst unsere Namen und verwechselt die Frauen mit der Krankenschwester.
- *Mais, je vous en prie*, er ist kriminell, ich habe Beweise. Ihr wisst, dass ich durch jedes Schlüsselloch schaue. Man denkt sich seinen Teil, bildet sich eine Meinung.
- *Und vertreibt sich die Zeit. Nichts ist tödlicher als die Langeweile/ deren Mauern uns umgibt/ die Zähigkeit der Vormittage/ sie fließen dahin wie bräunlicher Honig.*

Eine Frau, rot gekleidet, mit glatten, hellbraunen Haaren ergreift das Wort. Dunkles Makeup (Schwarzkirschaugen). Sie lächelt und ruft mir etwas zu. Die Gruppe, die sich um sie herum formiert, lacht jetzt wieder und ich fühle meine Unsicherheit. Ich nehme an, dass sie eine Freundin von Mathias Keh ist, warum sonst weiß sie so viel von ihm. Meine Gedanken schweifen von den Engeln ab, tauchen in das Innere des Raumes, der nichts anderes ist als eine dampfende Erdhöhle voller Winterschläfer. Die meisten Teilnehmer befinden sich in einem Dämmerzustand, was an der lichtarmen Jahreszeit liegen mag oder an der hypnotischen Wirkung der Frau (Heike). Sie kichert, plappert drauf los, schwärmerisch und spleenig (ach ja, die Violinistin). Wäre da nicht das gefurchte und angestrengte Gesicht, man könnte sie für ein junges Mädchen halten. Auf den Gesichtern der Zuhörer lese ich Betäubung, spüre ihre ansteckende Müdigkeit, durch die ich wie ein Nachtwandler taste, dann ist sie wieder da: die Frau mit dem V-Ausschnitt. Mit der dunklen Gymnastikhose. Sie bringt Bewegung in den Haufen (und erzählt etwas über biographische Arbeit).
- Selbst wenn man ihn abgeschoben hat, weil er dement ist, können wir mit ihm reden. Ihm erzählen, was wir über ihn wissen.
- Ich glaube, dass er uns ausspioniert. Er schreibt ein Dossier.
- *Ein Bericht über das Verschwinden.*
- Willst Du nicht die Maske absetzen, damit wir dich besser sehen?
- *Ist zu gefährlich. Wegen der Pandemie!*
- Du fängst an Heike. Du kennst ihn am besten.

HEIKE

Mathias kommt morgens auf leisen Sohlen die Treppe heraufgeschlichen, einskommasechsundsiebzig groß ist der Bursche, der meint, einskommazweiundachtzig, das sei die ideale Mannesgröße. Er sieht aus wie ein Student, wirkt mit seiner Brille und dem wippenden Gang jugendlich, sagen wir mal wie 25 oder 26, jedenfalls nicht älter als ich (und mein Alter verrate ich nicht). Sein chinesisches Sternzeichen ist Schlange, Metall-Schlange. Solche Menschen gelten als rätselhaft, ehrgeizig und klug. Hinter der zurückhaltenden Fassade sind sie empfindsame und nachdenkliche Wesen. Die Chinesen sagen, wer sich von ihrer kühlen, distanzierten Art nicht verunsichern lässt, entdeckt dahinter einen humorvollen, warmen, vielschichtigen und unabhängigen Charakter. Egal ob er studiert oder nicht, die Frauen auf dem Stockwerk interessieren sich für ihn, weil er ein Geheimnis hat. Es hängt mit okkulten Beschäftigungen zusammen, dem zeitweiligen Verschwinden, das sich die Nachbarn nicht erklären können. Es macht mich neidisch, wenn er unser Ghetto verlässt, das spöttisch „Klein-Bohemien" genannt wird. Aber mir hat er alles erzählt, auch wenn ich nicht seine Freundin bin. Einige Nachbarn behaupten das, kein Wunder, die intrigante Slobodan, die vor Eifersucht platzt, tratscht über uns, der Hausverwalter beobachtet uns heimlich, der Belgier, die Aufwärter, die Bauarbeiter, alle reden über uns. Als Musikerin bin ich gewohnt, im Mittelpunkt zu stehen, anders als Mathias. Wir sind Kumpel, weiter nichts. Schließlich bin ich mit Björn befreundet, dem dänischen Flötisten, der mir ins Ghetto gefolgt ist. Ich habe Björn gesagt, dass wir, Mathias und ich, Kameraden sind, und dass wir zusammenhalten müssen gegen die Übermacht an verwahrlosten Menschen, die uns bedrückt, dass wir gegen die Trostlosigkeit der Plattenbauten, gegen die Überwachung und das Reiseverbot ankämpfen müssen, aber sie sprechen nicht miteinander, weder auf Deutsch noch auf Englisch. Mathias nennt ihn „Giraffenarsch" oder „deinen dänischen Kuli". Ich schätze mal, er ist in mich verliebt und will es nicht zugeben

Mathias ist nicht unbedingt mein Typ

ich stehe auf Männer wie Björn, die größer als einsneunzig sind. Alles ist bei Björn hell, die Haut mit den Sommersprossen, die Haare, die Kleidung. Wenn es warm ist, trägt er gern weiße Shorts, Leinenschuhe und natürlich das zugehörige Tenniscappy, um das Gesicht zu schützen, das schon rot anläuft, wenn wir in der Sonne zur Donau spazieren oder vom Rücken des höchsten Hydrozephalus Richtung Österreich oder Ungarn spähen. Die Planer nennen es städtebauliche Dominante, weil man auf die anderen herabschaut. Man sieht von hier Bewohner, die auf der Lauer liegen, um den Treck der Neuankömmlinge zu beobachten. Auf sie warten der Willkommenstrunk in Gestalt einer Flasche Czarny[6], die Begrüßung durch den zuständigen Verwalter und eine kaschierte, kaum fassbare Drohung. Ungehemmter Individualismus nein, ist verboten; Kontakt ja, ist möglich,

---

[6] *ungarischer Schnaps*

angesichts der Pandemie aber nur im Rahmen der bestehenden Hausordnung. Die Hausordnung ist ein mehrbändiges Mammut-Regelwerk, das vom ZK der Hausmeister novelliert, diskutiert und nach Gutdünken ausgelegt wird. Ich liebe diesen Ausblick, auch wenn sich die Hässlichkeit Kakaniens erst recht offenbart. Vom Standpunkt des Feng Shui aus könnte man sagen, der Drache, der über den Fluss kommt, findet seinen Weg durch das Häuserwirrwarr nicht, er übergibt sich und fliegt nach China zurück. Doch Björn versteht nichts von Feng Shui, er ist wortkarg und verträgt die Sonne nicht.

Mathias wiederum harrt eine halbe Stunde auf einem Sonnenfleck, ohne sich zu regen, er ist das krasse Gegenteil. Ich habe ihm gesagt, nimm dir ein Beispiel an Björn, er bügelt messerscharfe Falten in die Hosen, er bügelt sogar Taschentücher und riecht nach parfümiertem Waschpulver. Das ist immerhin besser als wenn er nach Zigaretten stinken würde wie du. Darauf sagt er süß-sauer *Ich reiche Euch in goldnem Becher guten Wein/ Aus Schildpatt im Jadekasten/ die geschnitzte Laute.* Er rezitiert „Mühevolle Wege" von Bao Zhao, um mich zu belehren. *Lasst nun ab vom Kummer/ Zerstört auch Euere Grübeleien/ Hört wie ich schlage das Lied von der Reise!* Er findet mich kleinlich; doch ich schäme mich meiner hygienischen Triebe nicht. Im Gegenteil: ich finde es faszinierend, die bulgarischen und moldawischen Frauen, die keinen Zugang zu einer Waschmaschine haben, bei ihren Säuberungsritualen an der Donau zu sehen. Sie haben nach Region und Brauchtum unterschiedliche Waschplätze, an denen sie miteinander plaudern und trocknende Textilien bewachen. Vom Nachbarhaus kann man am Spätnachmittag ihre Wanderungen betrachten, wenn sie im Gänsemarsch, die Waschkörbe auf dem Kopf, nach Petržalka zurückkehren und sich auf die verschiedenen Gebäude verteilen. Das ist doch das Interessante an Kakanien, dass man zu uralten Lebensrhythmen zurückfindet.

Die Männer wiederum, die aus Mittelmeerländern stammen, versuchen sich oft als Fischer. Sie verbringen die Tage an dem verschmutzten Fluss, um den einen oder anderen Waller aus den Schäumen zu ziehen, der das Abendessen bereichert; meist ergebnislos. In der Kloake schwimmt nur noch Plastikmüll, der von den Chemieabwässern nicht zersetzt werden kann. Erfolgreicher sind die Karpatenjäger aus Polen oder Rumänien, die sich auf Kaninchen oder andere Kleintiere spezialisieren. Ich habe gehört, dass sie Jagdgruppen bilden mit eigenem Totem; einem Totem, das sie geheim halten und an geweihten Stellen vergraben. Sie verbringen die Nächte häufig an Lagerfeuern östlich von Rusovce, wo die Donausümpfe beginnen. Auch sie kehren im Gänsemarsch auf der E 575 zurück.

Die Donau ist der Lebensmittelpunkt in Kakanien, jedenfalls für die meisten. Ich finde es langweilig, wie Mathias dem Echo zwischen den Häusern nach zu lauschen, Beton und Wind intime Botschaften anzuvertrauen, oder Wut und Enttäuschung an besonderen Kraftorten herauszuschreien. Lieber liege ich am Ufer, genieße das kribbelnde Gefühl, wenn Ameisen Arme und Beine hochwandern, bis es unerträglich beißt und reizt. Oder zeichne Kreise in den feinen Kies, denn ich mag runde Formen. Kürzlich hat mir ein Fremder mit Namen Wladimir von seinen Piroggen abgegeben. Er hat mir Komplimente gemacht und gesagt, wie schön ich bin. Später habe ich erfahren, dass er sie geklaut hat; nicht etwa aus einem Picknickkorb der Wäscherinnen oder von einer Feuerstelle der Zigeuner. Von einem heiligen Baum hat er sie geholt, aus der Nähe des Niemandslandes. Dort opfern die Bewohner, um die Dämonen zu besänftigen, und stellen Speisen hin. Ich bin nicht abergläubisch; mir hat das Teiggericht geschmeckt. Außerdem beweist es, dass ich immer noch attraktiv bin!

Mathias zeigt keine Ambitionen

sich als Jäger oder Fischer zu betätigen, obwohl er klagt, das Leben in Kakanien bestünde nur aus einer Abfolge von Mahlzeiten. Wenn man fragt, was ihm Spaß macht, wird er melancholisch; an guten Tagen zeigt er nach einer Weile auf den verrotteten, mit dem Wort *Hajé*[7] bezeichneten Park, auf die Raffinerie Slovnaft, beide auf der slowakischen Seite, und auf Bratislava, Staré Mesto. Dann lacht er wieder und sagt: „Da war ich schon: Das ist der Burgpalast, 74 Meter über der Donau, mit Exponaten aus der Steinzeit. Ein Stück daneben das Palffyno-Palais, dann siehst du die Slovenská Národná Galéria, und weiter rechts das Nationalmuseum, mit einer abgefahrenen Ausstellung von Sumpfvögeln." Das sagt er einfach so, obwohl technisch gesehen alle Brücken über die Donau gesperrt sind. Obwohl der „Ufo" genannte

---

[7] *kakan. Garten; tatsächlich ein von der EU geförderter Spielplatz mit Sandkasten und Schaukel*

Leitstand über der Nova mosta Brücke schwebt und jede Bewegung an der Grenze registriert. Das ist abgefahren. Das hat Stil! Denn eines ist bei allen närrischen und kriminellen Freiheiten gewiss: dass man Kakanien nur unter größter Gefahr verlassen kann!

das Leben ein mühsamer Traum

morgens die Treppe, wenn Mathias sie heraufsteigt, wirkt er neuerdings wie gerädert, trägt dunkle Ringe unter den Augen und macht den Eindruck eines vielgeplagten Geschäftsführers. Er nimmt sich kaum Zeit, mit mir zu reden: er sei ausgelaugt, der Ausflug habe Kraft gekostet, jedes Mal sei es schwieriger, zurück zu kommen. Er sagt, die Medikamente hätten fatale Nebenwirkungen; aber mehr erzählt er nicht. Man fragt mich, wie Mathias verschwindet, wohin und warum, aber das verrate ich nicht. Ich darf nicht von seinen Exkursionen[8] erzählen; nicht einmal in der Biographiestunde! Ich verspreche es ihm hoch und heilig, dann lässt er mich in sein Zimmer ein, fährt die Heizung hoch, schaltet den Luftbefeuchter ein. Innerhalb von fünf Minuten ist er eingeschlafen. Verärgert bleibe ich auf dem chlorophylfarbenen Sofa zurück, während er in die Gefilde des Traumes entflieht. Wie kann man eine attraktive Frau derart ignorieren? Verfluchtes Babylon! Ich bewege mich in einem Labyrinth aus Unverständnis und Anonymität, seit ich mich entschlossen habe, dieses nutzlose Fach zu studieren: Sinologie. Technisch gesehen war es ein großer Fehler, auf diese Sprache zu setzen, ein ekla-

---

[8] *Möglicherweise Phantasiereisen, die von den Therapeuten angeregt werden*

tanter Missgriff; wer hätte gedacht, dass sich der Handelskrieg mit China zum finalen Kulturkampf auswächst. Björn versteht meine Zweifel nicht, er hat sich mit den Umständen arrangiert. Monatlich erhält er von den Eltern einen Scheck, mit dem er im Euroshop einkauft – Kleider, Putzmittel, italienische Nudeln, Olivenöl und anderen Luxus, von dem für mich einiges abfällt. Ich genieße die Privilegien. Bevor Björn zu uns kam, erhielt ich Geschenke von Männern, die hinter mir her waren. Leider nur Sachen, die ich nicht wirklich brauchen konnte: Schraubenschlüssel, Hirschfänger, Autohupen und Angelruten. Björn hat Geschmack, beispielsweise hat er mir diesen dreiteiligen Schminkspiegel geschenkt, den Filmproduktionen verwenden, klappbar, tragbar, handlich wie eine Sporttasche. Es stört mich nicht, dass mein Lebensstil von ihm abhängt. Mich nervt allein, wenn Leute wie Mathias mich deswegen kritisieren. Dann streiten wir. (Einmal hat er mich „altes Schrapnell" genannt und ich habe 4 Wochen nicht mehr mit ihm gesprochen.)
Mir bleibt die Hoffnung, dass Sinologie von der zentralen Einstufungskommisson in Brüssel wieder als produktives Studienfach anerkannt wird und ich Kakanien verlassen darf. Schließlich ist China, trotz des idiotischen Handelskrieges, ein prosperierendes Land, chinesisch eine Weltsprache. Für Björn stehen die Chancen weit schlechter, der Verbannung zu entgehen, eine Tatsache, die seine scheinbare Überlegenheit mehr als kompensiert. Wer braucht schon einen akademisch ausgebildeten Blockflötenspieler? Er hätte nie sein Engagement bei der walisischen Volkstanzgruppe Owain Glyndwr in Abergavanny aufge-

ben dürfen, das ihm das Europäische Arbeitsamt vermittelt hat.
Mathias ist im Vergleich zu Björn unterprivilegiert, aber er merkt es nicht - weil er bescheiden ist und keinerlei Wert legt auf das Äußere. Die Kleidungsstücke, von denen niemand behaupten würde, dass sie sich in gutem Zustand befinden, hängen ungeordnet über dem Stuhlrücken oder sind achtlos im Raum verstreut. Beispielsweise liegt das Jackett wie eine Flunder neben der Eingangstüre, als wäre es von einem unsichtbaren Garderobehaken gerutscht. Ähnlich ungeordnet liegt er selbst im Bett. Mit seiner oberen Körperhälfte liegt er über dem Deckel des braunen Lederkoffers, in dem er gerade noch gewühlt hat, um einen Pyjama zu finden, neben sich Sportjacken, Socken, und Pullover, während das rechte Bein schlaff über den Bettrand hinaus hängt. Der Kopf ist auf die Schulter gezogen, so dass sein grünlich schimmerndes Haar helmartig absteht

selbst die Zehen des rechten Fußes

stehen nicht ordentlich in Reihe, der Größe nach, sondern sind einander paarweise gegenüber gestellt. Meine Augen springen im Dreieck, von dem Schlafenden zum Jackett, vom Jackett zum Stuhl, von da wieder zum Koffer. An der Rückenpartie, die er jetzt behäbig räkelnd aufdeckt, erkenne ich, dass seine Epidermis stellenweise verhornt, sie hat eine trübe und verwaschene Zeichnung. Warum geht er nicht zum Arzt, wenn er unter Schuppenflechte leidet? In der kurzen Zeit, in der ich in diesem Zimmer bin, hat er es geschafft, eine Atmosphäre von Chaos und

Ratlosigkeit zu erzeugen. Man könnte ihn für einen dieser Hominiden halten, die man in unserem Archipel ausgesetzt hat. Ich hasse Durcheinander; mich versöhnt allein, dass er die Kalligraphien, die ich ihm zum Geburtstag schenkte, an die Wand genagelt hat. Nun ja. Ausgerechnet das Zeichen für Glück befestigt er ordnungsgemäß, also mit der Oberseite nach oben; in China ziert es Eingänge und wird auf den Kopf gestellt. Glück, so glauben die Chinesen, kommt von oben, und so hat er wieder alles falsch gemacht. Als könne er meine Vorwürfe hören, grummelt er, röchelt und zischt; das klingt als wäre er in einem Keller gefangen und riefe um Hilfe. Wie so oft ringe ich um Erklärungen, ich habe immer wieder überlegt, wie er das Land verlässt, technisch gesehen, alle wollen es von mir wissen; was ich euch beschreiben kann, sind Äußerlichkeiten

deswegen das Rätsel

er hat Möglichkeiten, die ich faszinierend finde, andererseits: wozu verschwindet er, wenn er mir nichts mitbringt, kein Geschenk für mich, und auch sonst nichts, was die Lebensumstände verbessert. Er verlässt sein Zimmer ängstlich und auf Zehenspitzen, damit ihn niemand bemerkt. Es ist schon dunkel, wenn er den kakanischen Hochhausstreifen verlässt, der sich nach Süden windet. Die Straßen sind breit wie ein großstädtischer Boulevard, aber die Fahrbahn ist aus gestampfter Erde und wie ein Dorfplatz voller Löcher und Grasbüschel; an ihrem Ende steht ein Bauzaun. Geübt schwingt sich Mathias über die Bretterbarriere, steigt über die Einfriedung aus Stacheldraht und schleicht ins Niemandsland, das von österreichischer Seite streng überwacht wird. Dort wuchern schamlos Disteln, schießen blindwütig Kletten empor, Unkraut geifert mit funkelndem Gift und asiatisches Springkraut verdrängt andere Arten der Vegetation. Zwischen Abfällen und aggressiv expandierenden Dornensträuchern brüten schwarze Vögel, die keinen Namen haben. Grell leuchten Zündschnüre fanatischer Löwenzähne. Kommandos wildernder Klettergewächse lassen sich über Zäune und Mauern herab, Armeen von Brennnesseln dringen vor in die gepflegten österreichischen Blumenkulturen. Der Weg durch Tretminen und Selbstschussanlagen[9], den er mit traumwandlerischer Sicherheit findet, führt ihn an den Saum des Feldes heran, das die natürliche Farbe verliert. Es wird gelb, orange, rot und grün. Mathias nähert sich der südöstlichen Zone, an der künstliche Farben den konventionellen Flüchtling bloßstellen. Dann muss er den Körper platt auf den Boden drücken, um das nächste Drahtgeflecht zu passieren. Echsengleich schlängelt er sich durch die eng gepflanzten Wachstationen an der ungarischen Grenze

wie eine erdfarbene Perlenkette, von oben gesehen

nichts entgeht den grimmigen, mit Ferngläsern versehenen Wachposten, die in ständigem Funkkontakt miteinander stehen – bis auf die leise Bewegung im Gras, dies entfernte Rascheln unter einem Busch,

---

[9] *Offiziell existiert in Kakanien eine Frontex-Mission, die Eindringline von außen abwehren soll*

dieses kaum hörbare Züngeln, mit dem sich der clevere Bursche orientiert, unsichtbar für Nachtsichtgeräte, Bewegungsmelder und Kameras. Mathias, der hinter ihnen verschwindet, passt sich, vergleichbar einem Chamäleon, in der Farbe an: wird zum Feld, zum Wachturm, zur Hecke und verschwindet ins Unerreichbare, sobald er das Archipel verlassen hat. Jedes Mal, wenn ich ihm gefolgt bin, habe ich ihn aus den Augen verloren. Was er zurückbringt, wenn die Nacht in Stücke bricht und er schemenhaft in Rakúsko auftaucht, wenn die Dämmerung ein Foto belichtet von einem illegal Reisenden, der erschöpft über den Zaun gleitet und sich fortstiehlt durch die Wege der schäbigen Retortenstadt: das seien Erfahrungen: die abgestreiften Häute gefährlicher und bissiger Raubtiere. So hat er es einmal erklärt, verklausuliert als ob er mit einer dementen Alten spricht. Tja - nichts bringt er mir mit außer schimmernden Schuppen, die ihm von der Haut rieseln, und ein paar luftige Gedankenspiele - wo er weiß, dass ich materielle Dinge sehr schätze. Kleider, Schmuck, Geschenke! Stattdessen drückt er sich geheimnisvoll aus. Seine Lieblingsworte sind „plutonisch", „strahlend" und „absonderlich", sie entsprechen seinem Hang zu romantischer Verklärung. Was die anderen als seltsam oder krankhaft bezeichnen ist doch das Interessante an ihm. Ich liebe seine Phantastereien. Sicher, er hat diesen Tick, seit einiger Zeit darf ich ihn nicht Mathias nennen; dann ist er bockig und behauptet, dass er ein anderer ist. Einmal fand ich ihn im Badezimmer vertieft in die Betrachtung meiner schwarzen Stöckelschuhe aus Mailand. „Ein Frauenschuh!" sagt er erschüttert, in andächtiger Meditation die Linien der filigranen Halte- und Zierbänder nachzeichnend, als gelte es eine Hieroglyphe zu entschlüsseln. *Was für eine Provokation, auf diesem Anagramm aus Lack und Leder einherzuschreiten, dessen schlüpfrige Buchstaben so leicht zu raten sind! Ich fühle luft von anderem planeten. Ich steige über schluchten ungeheuer/ Ich fühle wie ich über letzter wolke/ In einem meer kristallnen glanzes schwimme.*

- Ich kann dem Geschwätz nichts abgewinnen. Dein Vortrag zeigt nur, dass der Kerl verdächtig ist.
- Weil du ein Bürokrat bist, Bruno. Ein dummer, belgischer Bürokrat.
- Meinst du, Heike hat sich alles nur eingebildet?
- Zerbrich dir nicht den Kopf. *Mei you quanxi*[10].
- Was bedeutet das?
- Chinesisch. Mehr verrate ich nicht.
- Liebst du ihn?
- Nein. Ich habe doch erzählt, dass ich nicht seine Freundin bin. Mein Freund ist Björn.

---

[10] *Ist mir doch egal*

INTERMEZZO

Ich muss zugeben, dass ich irritiert bin über die Frau im Zentrum, über ihre Geschichte, die ich gleichwohl aufgeschrieben habe. Da ist die Frage meines Alters, die mich seltsam berührt (obwohl ich nicht Mathias Keh bin). Wenn ich meine Hände betrachte, sind sie, mit ihren Einkerbungen und Falten, nicht die eines jungen Mannes, andererseits, Hand aufs Herz, habe ich durchaus noch das Lebensgefühl eines jugendlichen Menschen. Mich verärgert, was sie über unser beiderseitiges Verhältnis erzählt. Wen meint sie, wenn sie von Mathias Keh redet? Kann sie überhaupt erkennen, welche Person sie vor sich hat? Jetzt, wo sie immer wieder betont, dass er nicht ihr Freund sei, fühle ich mich enttäuscht, rücke ab von der Frau im Zentrum und zerbreche mir den Kopf, welchen Eindruck ich von ihr habe. Ihre Haare scheinen mir gefärbt, zeigen einen grauen Ansatz im Scheitel, dazu Krähenfüße, gegen die auch Faltencremes machtlos sind. Noch sehe ich ihre Schwarzkirschaugen vor mir und frage mich schon, welche Erlebnisse ich mit ihr teile. Nervös stöbere ich durch meine Manuskripte, um einen Anhaltspunkt zu finden. Mir fällt auf, dass ich in alten Aufzeichnungen suchen müsste, in Berichten vom letzten Sommer vielleicht, sie liegen irgendwo im Stapel meiner Papiere, wenn sie Heike betreffen, oben im Zimmer. Ein aufgescheuchter Nachtschmetterling, noch einer; Motten flattern durch den Raum, die Flügel wie von einer Rinde abgeblättert. Auf die Wellen des Vorhangs werfen sie Schatten wie Vögel, die dicht über das Meer fliegen.

- Willst du nicht zu uns in die Gruppe kommen?
- *Nein.*
- Du sitzt im Stuhl wie eine beleidigte Leberwurst.
- *Ich sortiere Manuskripte.*
- Warum treibe ich den Aufwand, wenn du nicht zuhörst?
- *Eigentlich dachte ich, du willst zum Mitmachen auffordern, zum freien Assoziieren. Deswegen stelle ich mir vor, wie es wäre, über das Meer zu fliegen.*
- Das ist doch für alle interessant. Willst du uns deinen Einfall genauer erklären?
- *Nein. Ausgerechnet jetzt muss ich auf Toilette.*

Die Sinologin könnte wissen, wo Keh abgeblieben ist. Langsam nehme ich die Farbe der Tür an, die auf den Flur weist, dahinter öffnet sich ein klappriger, quietschender Aufzug, der so muffig riecht, als sei er niemals geputzt worden. Genauer gesagt liegt Küchendunst in der Luft, der Geruch nach Kohl und Bratfett, und sobald ich ihn bemerke, verliere ich die Maserung des Holzfurniers, dem ich mich angepasst habe; nichts lenkt mich mehr von meinen Zielen ab als das Mittagessen. Was ich suche, werde ich im vierten Stock finden, in den Fächern meines Schrankes

die Tagebücher werden mir helfen

unser Verhältnis zu klären, hoffe ich, und das noch vor dem Lunch. Das verfluchte Lunch drängt sich in mein Bewusstsein, ich weiß nicht warum, es hat nichts zu suchen in dem Reigen zärtlicher Gefühle, mit dem ich den Fahrstuhlschacht nach oben steige. Heike ist ein guter Name für eine Freundin, finde ich, auch wenn ich jetzt an Isa denken muss, meine Ex-Frau, und meine Tochter Jamina, mit der ich seit der Verwüstung meiner Wohnung in der Mainzer Straße keinen Kontakt mehr habe. Jetzt geht es den Flur hinunter, bis die Tür mit der Zahl 408 vor mir erscheint. Der Zimmerschlüssel passt, auch der Rollschrank ist dort, wo ich ihn vermute, allerdings versehen mit einem Zylinderschloss. Das ist mir völlig neu, dass ich meine Notizen derart akribisch verwahre, das hat bestimmt seinen Grund. Dieses kleine, unscheinbare Metall mit dem zweimal gezackten Bart könnte es sein – nein. Da gibt es neben dem Zimmerschlüssel noch zwei andere an meinem Bund, länglich geformt, mit Bäuchen und Erhöhungen, aber keiner von ihnen eignet sich für die ringförmige Öffnung. Vielleicht liegt das richtige Exemplar im Bleistiftfach! Dort entdecke ich Radiergummi, Spitzer, zwei Kulis und jede Menge schwarzer Minen, sowie einen eckigen Briefkastenschlüssel. - Sollte der …? Aber nein, das sieht jedes Kind, der gehört zu einer ganz anderen Rasse von Langfingern, und was er an diesem Platz zu suchen hat, ist mir schleierhaft (gehört zu meiner Berliner Wohnung). Ich finde es einigermaßen lästig, dass ich den Zugang zu meinen Tagebüchern nicht finden kann. Die Ungeduld packt mich, ich rüttle an dem blöden Kasten, bearbeite ihn mit der Faust, dass er auf seinen Rollen davon springt. Man könnte ihn mit Gewalt aufbrechen, dazu bräuchte es ein Stemmeisen oder einen stabilen, länglichen Gegenstand, den man in die Ritze zwischen Holzwand und Holztür schieben kann. In einer anderen Ecke des Zimmers habe ich einen Schraubenzieher, dort wo die Kleider sind - da existiert ein metallener Kasten mit Werkzeug, darunter ein Hammer. Jetzt gibt es Saures. Ein paar wuchtige Schläge, das Holz spreiselt, nichts bewegt sich. Die Sache kann nicht länger warten, ich drücke und hebele, dresche auf das Holz, laut fluchend, das Schloss ist im Arsch, aber der Kasten springt auf. Endlich, ich schiebe einen Stapel Papier beiseite mit dem Datum September 2025, und lese eine Notiz vom Oktober, datiert mit *18.10.2025*:

Bruchstücke von Gesprächen, in den Fluren oder im Speisesaal, das Anhören dieses schattenhaften Geredes, die wenigen Alltäglichkeiten, in denen sich das Bewusstsein erschöpft, geben mir das Gefühl der Langeweile, Angst, zu verdorren, sobald ich in die Gemeinschaft dieser Leute gezwungen werde. Es genügt eine Abfolge von Sätzen wie … Du hast ja gesagt, ich soll anrufen…, der Pfleger hat ihm den Urin vor die Nase gehalten…, ich habe nichts dagegen machen können … er hat es mir direkt ins Gesicht gesagt. Ein Satz folgt wie selbstverständlich dem vorhergehenden, ich will nichts wissen von diesen automatisierten Zusammenhängen

Getuschel

ich höre es jetzt, wo ich diese Zeilen lese; dieses permanente Flüstern und Wispern ist wohl eine Facette des kosmischen Dauerrauschens.

20.10.2025. Heute habe ich mich sinnlos und müde durch die Straßen geschleppt. Ich weiß nicht, wonach ich suchen soll, um meinen Auftrag zu erfüllen. Meine Seele ist in diesen Herbsttagen geschrumpft, und ich habe vergessen, dass ich ein anderer bin. Irgendein träger Wind hat mich vom Erdboden fortgewirbelt, ich irre durch den grauen Nachmittag. Auf einmal schälen sich Marktfrauen aus dem Nebel, Ungeheuer mit riesigen Körben. Wahrscheinlich sind es Moldawierinnen, geschmückt mit ihrer Landestracht. In ihrer Ursprünglichkeit wirken sie wie Gäule bei traditionellen Umzügen, mit Federn, silbernen Knöpfen und Wappen. Ich trete einige Meter zur Seite, und höre, wie sie mit klackernden Schuhen in der Entfernung verschwinden.
(Ohne Datum) *heute früh, beim Aufwachen,* fand ich mich in einem verwirrten und verzweifelten Zustand. Vielleicht ist es wahr, dass Träume eine desolate Stimmung auslösen, oder sind es Nahrungsmittel, Medikamente, Elektrosmog? Die morgendlichen Verrichtungen im Bad erledigte ich widerwillig, wie unter Zwang. Es war wie eine Strafe, nicht länger im Ungefähren schweben zu dürfen und in der physischen Realität zu erwachen.
nachts um drei. Plötzlich habe ich das Gefühl, allein zu sein in einem sonst mit Menschen und Geräuschen erfüllten Haus. Kein Geschrei auf dem Flur, kein Türen schlagen. Klospülungen rauschen nicht, Wasserleitungen pochen und gurgeln nicht wie sonst. Nicht einmal die streunenden Hunde draußen vor der Tür bellen. Diese Stille ist überwältigend. Man

fühlt sich mutterseelenallein, Naturgewalten und finsteren Mächten ausgeliefert. Es wird klar, dass man als Einzelexistenz durchs Weltall reist ohne großartige Bestimmung oder Beistand. Die Gegenstände bekommen ein Eigenleben, der Garderobenständer scheint sich zu bewegen, Stühle rücken hin und her. Ist es nur das Flackern des Kerzenlichts? Man fühlt sich den Dingen näher als den Menschen

hinter meinem Rücken

genau so ist es, denke ich beim Lesen des Tagebuchs, und je weiter ich mich vorarbeite, desto stärker habe ich den Eindruck, dass sich für mich im Grunde nichts verändert hat, seit ich in Kakanien bin, wenn *ich* es bin, der diese Sätze geschrieben hat, aber es erschließt sich mir nicht, was diese Frau in rot alles weiß und welche Hinweise sie über Kehs Verschwinden geben kann. Hilfesuchend wende ich mich um, vielleicht auch, weil ich dieses Rauschen höre: da stehen zwei Damen auf dem Flur, Frau Slobodan im Türrahmen, keine vier Meter von mir entfernt. Offenbar stehen sie schon länger da und beobachten mich. Wie konnte ich die Tür mit der Nummer 408 vergessen, sie steht sperrangelweit offen (daher der kratzende Geräuschteppich). Frau Slobodan inspiziert mit Glupschaugen das Mobiliar und die herumliegenden Gegenstände. Sie trägt ein bodenlanges Kleid mit Puffärmeln; es hat rote Einsätze und Goldborten. Die alte Henne winkt noch jemanden heran, der über den Flur läuft. Kennen Sie dieses Zimmer? Ist es das Zimmer von Mathias Keh? Ich versuche, die Dreiergruppe zu ignorieren und lese wie selbst-

verständlich weiter, um diesen Leuten das Gefühl der Normalität zu vermitteln.
23.10.2025 Ich habe in einer plötzlichen Eingebung bemerkt, dass ich niemand bin. Niemand und ganz und gar nichts. Alles, was mich ausmacht, besteht aus Gewohnheiten des Körpers und Denkschemen, die man mir eingetrichtert hat. Wenn ich geglaubt hätte, eine Ortschaft zu sein, hätte ich jetzt nur noch die Vermutung, einmal ein Ort gewesen zu sein, dort, wo man bei Ausgrabungen alte Mauern findet, Schmuck und Grabbeigaben, und wenn man weitergräbt, Schicht um Schicht, bis zur Steinzeit, wird man letztlich nichts mehr entdecken als die Erfahrung der Natur. *Wasser und Erde bin ich / Tierkadaver und Grabbeigabe / Nichts als / Erfahrung, die das Nichts umgibt.* Die letzten Zeilen habe ich halblaut gelesen und deutlich artikuliert, um aller Welt zu zeigen, dass ich ein Dichter bin, und deshalb ein Maximum an Konzentration benötige. Frau Slobodan hat Wurzeln geschlagen, als wollte sie wie ein Zeuge Jehovas den *Wachturm* verkaufen, gänzlich unbeeindruckt von meiner Abwehrstellung; sie befindet sich im Gespräch mit weiteren Personen außerhalb des Türrahmens und macht weiterhin Radau. Um sie zu vertreiben, brülle ich den Eintrag vom *1.7. 2025* hinaus, dem Tag meiner Ankunft: „Die Pforten hinter mir schließen sich und erneut teilt man mir mit, dass man mich wegen des <u>diagnostizierten Verlustes an kognitiven Fähigkeiten</u> nach Kakanien überwiesen hat. Wegen des <u>Ausfalls beruflicher und sozialer Funktionen</u> ist dem Patienten <u>im höchsten Maß</u> Biographiearbeit anzuraten ..." - doch so langsam begreife ich, dass die Damen mich nicht wahrnehmen – offensichtlich bin

ich stimmlos und habe mich dem Hintergrund angepasst. Sie sehen einen aufgebrochenen Schreibtisch, sehen den Packen Manuskripte, und davor einen Drehstuhl. Mit dem Datum vom *7.8.2025* lese ich weiter: „... Heike, die mit den Schwarzkirschaugen, ist die Person, die ich kennen lernen möchte. Sie verdächtigt die Anstaltsleitung und macht Gregor Sulik für die Missstände verantwortlich." Das waren die Sätze, nach denen ich verzweifelt gesucht habe. Langsam nehme ich die Farbe der Tür an, werde wahrgenommen wie ein Luftzug, der das Zimmer 408 verlässt und einen Stapel Papier vor sich herträgt. Vorsichtshalber nehme ich die Treppe, um kein Aufsehen zu erregen, gleite abwärts, die Aufzeichnungen von Juli 2025 bis Oktober dieses Jahres in den Händen, lege sie an dem alten Platz am Fensterbrett ab. Ich rücke mit dem Stuhl nach vorne, vorbei an Karamfilov, der wegen seines vergipsten Oberkörpers ein wenig abseits sitzt, rücke vor die anderen 6 Teilnehmer und die Therapeutin mit dem V-Ausschnitt, die in dieser Sequenz wie Zuschauer wirken. Übereifrig, mit hochgerecktem Rücken, durchbreche ich ihre Linien. „Wenn du erlaubst, Heike, dann fangen wir noch einmal von vorne an", rufe ich, und rücke mit dem Stuhl noch weiter vor. „Ich war einen Moment nicht bei der Sache." Ich merke, dass Heike verwundert ist oder verunsichert. Meine Augenbrauen sind hochgezogen, aufgeregt blicke ich nach allen Seiten, als wollte ich ein Insekt fangen, das vor mir Schleifen zieht. Wieder rutsche ich mit dem Stuhl nach vorne, bis ich direkt vor Heike sitze.

- Habt Ihr die Motten endlich gefangen? Es war ja nicht mehr auszuhalten!
- Ich habe den Faden verloren. Weiß jemand, wie es weitergeht?
- Noch mehr pubertäres Zeug, *n'est-ce pas*?
- Waren es nicht deine Stöckelschuhe, die Mathias inspiriert haben? Er hat, seine Lieblingsworte benutzt, *plutonisch*, *strahlend* und *sonderbar*.
- Wohin verschwindet er? Wird er nicht überwacht?

UNTER VERDACHT

Jeder weiß, der Bursche hat etwas zu verbergen. Allein ich bin von seiner Harmlosigkeit überzeugt, ich sehe ihn in seinem Bettchen keuchen, begraben unter einer Lawine aus Federn, ein Reisender, der anstatt eines Zuhauses nur ein Nachtasyl gefunden hat. Es ist lange her, dass er ins Zimmer 408 einquartiert wurde. Mit finsteren Kugellampen, dem dunkelgrünen Teppich und einem pissgelbem Badezimmer ist es eine exakte Abbildung meiner eigenen Unterkunft, als wären die Räume durch Zellteilung entstanden, durch eine Wucherung des schlechten Geschmacks. Feuchtigkeitsflecken auf der Tapete erinnern, so die Erklärung des Verwalters, an das Wirken der Natur, der großartigen Mutter, die uns Wasser schenkt; und manchmal knirschen kleine Putzstücke, die sich gelöst haben, unter den Schuhsohlen. Die Schrankwand ist fest installiert, ein Standardprodukt der Budapester Möbelfamilie REKA. Als einziger Bewohner unseres Stockwerks hat es Björn fertiggebracht, sich mit persönlicher Note einzurichten, mit Korbstühlen, einer niedrigen Konsole aus Peddigrohr und einem Schreibtisch aus Zedernholz, die er aus Abergavanny herübergeschafft hat. Seiner unglaublichen Sturheit ist es zu verdanken, dass er bei den Verhandlungen mit den Verwaltern nicht gescheitert ist - wo sprachliche Mittel nicht ausreichten, halfen ihm finanzielle weiter. Kakanier halten ihn für einen Hexenmeister, weil der Ausbau seiner Hütte so schnell voranschreitet.

Als Mathias sein Zimmer bezog, brachte er nur einen Stapel Bücher, ein Bündel Kleider und das Waschzeug mit – Dinge, die in einen einzigen Reisekoffer passen. Und natürlich die geheimnisvolle Schatulle mit dem Saurier, die er vor mir versteckt. Natürlich gebe ich zu, dass ich neugierig bin, so neugierig, wie eine Frau nur sein kann. Mir fiel auf, dass er Beziehungen mit Karamfilov pflegt, weil er öfters nach Schnaps riecht, wenn er von seinen Ausflügen zurück kommt. Schon lange frage ich mich, welche Beziehung Mathias zu ihm hat. Sie sprechen *Kakani čhib*, verständigen sich durch Schlüsselworte oder pantomimisch. Meist geht die Unterhaltung nicht über *latscho dives – sar sijan – mishto ay tu*[11] hinaus. Dass er bei ihm Schreibmaterial kauft, halte ich für vorgeschoben; also habe ich ihm kurzer Hand nachgestellt und gebe vor, *Kakani* zu lernen, die Sprache der Einheimischen. Das Geschäft der Karamfilovs ist improvisiert, alles findet in der Wohnung der Familie statt. Die Sofas drängen sich dort um einen Sperrholztisch, im Hintergrund sieht man eine altmodische Küchenzeile, in der eine Waschmaschine läuft. Häufig wartet jemand auf einem Stuhl, weil Frau Karamfilov gegen Entgelt auch fremde Wäsche besorgt. Kinder verschiedenen Alters purzeln auf dem Boden herum und immer gibt es Besucher, die Schnaps bei ihm trinken. Seine Frau Zyumbul trägt Gewänder mit gescheckten, farbenfrohen Mustern. Sie hat ein furchtbares Gebiss, das sie mit strahlendem Lächeln

---

[11] *Begrüßungsformel, vebunden mit Klopfungen auf Brust und Oberarme*

präsentiert, vor allem wenn das Gespräch auf die Waschmaschine kommt. Sie lebten bereits hier, als der Landstrich noch zur Slowakei gehörte, und waren die Armut gewöhnt. Nun sind sie überrascht von den vielen Dingen, die ihnen angeblich ein anonymer Spender schenkt. Die Waschmaschine sei ihr bestes Stück, erzählt Zyumbul. Die sei ganz legal zu ihnen gekommen: durch einen Möbelwagen aus der PZ[12]; und, wie hier üblich, durch das Geld, mit dem sie Gregor Sulík bestochen hätten. Daneben haben sie ein *mașinărie*[13], ich weiß auch, dass Zymbul von einem *Schischiwadschi*[14] träumt, ich habe jedoch nicht ermitteln können, welche Absprache zwischen Mathias und Karamfilov besteht. Mein Verdacht, dass sie Czarny über die ungarische Grenze nach Kakanien schmuggeln, beruht auf einer Äußerung des Verwalters. Seit langem hat er Mathias überwacht, und nun, bei einer Inspektion, beschuldigte er ihn, ein *Contrabandist*[15] zu sein, drang in das Zimmer ein, zusammen mit seinen Gesellen, man hörte ihn krakeelen, während er Schränke, Kommode, Schreibtisch, Papierkorb und Reisekoffer nach geschmuggelter Ware durchsuchte. In der Art eines Polizisten warf er persönliche Gegenstände auf den Fußboden, wohl in der Annahme, etwas zu finden – Quittungen oder Belege für Artikel, die es nur in Ungarn zu kaufen gibt. Als der Verwalter unter dem Sofa abgeschuppte Häute

---

[12] *Produktive Zone – Kerngebiet der EU*
[13] *Faxgerät*
[14] *Staubsauger*
[15] *Schmuggler, Rebell*

entdeckte, Häute mit blasser Zeichnung, voller Körnerschuppen und Tuberkel, wurde er von einer fiebrigen Erregung gepackt, schimpfte und tobte, dass sich seine Stimme überschlug. „Das nenne ich ein unmögliches Verhalten. A Vahoidn is des. A Vahoidn!" Ich verfolgte den Skandal vom schräg gegenüber liegenden Zimmer, denn ich wohne auf 405, und hörte den Österreicher schreien: „Wie habt Ihr Euch den Schnaps beschafft?" Mathias stritt alles ab, schließlich hatten sie nichts bei ihm gefunden. „Du hast Dreck am Stecken. Dich erwisch ich." Und auf die Frage der Gesellen, wie sie vorgehen sollen, sagte er „wos waaß i, ma waaß ned - der Fehler liegt im Personal, kriminell und bestechlich, das Balkangesindel, aber ich will nicht schimpfen, sonst foins über mi her, de Gfrasta[16]." Er merkte, dass bei der Durchsuchung ein Knopf seines Arbeitskittels abgesprungen war; Angst befiel ihn, er könnte als nachlässig oder gar nicht mehr als Verwalter eingestuft werden; sie trieb ihn dazu, auf dem Absatz zu drehen. So schnell, dass er mich fast im Türspalt entdeckt hätte. Dann wetzte er schimpfend davon, kleiner werdend wie ein schmauchendes Zündholz, stürzte den Korridor hinab in die Tiefe des Treppenhauses, wo sein brenzliger Geruch verflog. Ich verabscheue Sulík, er ist verschlagen, korrupt und stellt den Frauen nach. Er kennt einflussreiche Leute in Brüssel und hat Verbindungen zur GfE, der Gesellschaft, die Kakanien verwaltet. Unter den Bewohnern ist er umstritten, weil er sie derart beschwatzt, dass sie nach Sauerstoff

---

[16] *österr. Nichtsnutz, nerviges Kind*

und Ausflüchten ringen. Weil das Treppenhaus verdreckt ist und die Flure im Dunklen liegen. Weil er den Bewohnern Geld abpresst für Leistungen, die selbstverständlich sind wie zum Beispiel fließendes Wasser im Badezimmer. Ich verabscheue den belehrenden Tonfall, mit dem er fadenscheinige Vorträge hält, die sich auswachsen zu Monologen über technische Maßnahmen, häusliche Sicherheit, zu Auskünften über die Benachteiligung österreichischer Hausmeister, zu vielfältigen Tiraden gegen die falsche Einstellung der Bewohner, insbesondere zur Hausordnung, deren mehrbändiges Regelwerk jederzeit im Speisesalon eingesehen werden könne

ungeheuer freundlich, dieser Österreicher

aber wenn Sulík mit mir spricht, ist es als ob er mich in eine Falle locken will. Hinter seinem lauernden Tonfall vermute ich eine obszöne Lust an erpresserischen Spielen, hinter seinen buschigen, asymmetrischen Augenbrauen ahne ich die Verschlagenheit räuberischer Hunde. Einzig Björn verweist ihn mit seiner kühlen, distanzierten Art in die Schranken. Er hat, anders als Mathias, eine natürliche Autorität, die ihm die Leute vom Leib hält; freilich auch eine farblose Ausstrahlung, die das Interesse rasch erlahmen lässt. Die meisten Bewohner suchen das Weite, wenn Sulík im Anmarsch ist. Der Verwalter, der sich durch das Klappern zahlreicher, mit einem Karabinerhaken am Hosengürtel befestigter Schlüssel ankündigt, hat sich das Haar bis auf den Schädelknochen abrasiert, was die Wirkung der ausgestellten Ohren steigert;

arabesk geformt sind sie, von rotem Schorf gezeichnet. Das Kinn nach oben gestreckt, die dünnen Lippen energisch aufeinander gepresst, stemmt er gerne die Arme in die Hüften - Gliedmaßen so kräftig und fleischig, als würden sie einem Schlachter gehören. Zusammen mit den beiden Gesellen, Lubomír Galko und Ivan Gašparović, sitzt er in der Portiersloge und spielt Karten vor einer Wand, die von unten bis oben mit Monitoren vollgestopft ist

alles bewegt sich

die Geräte zeigen Szenen aus dem Haus, zeigen Flure und Aufzüge, man sieht, wie Leute aus den Zimmern treten oder miteinander sprechen, wie sie in der Küche arbeiten oder die Waschmaschine bestücken, wie sie im Stuhlkreis sitzen oder Gymnastik machen. Als ob das nicht genug wäre, entdecke ich ein Außenbild, aufgenommen aus der Sicht der gipsernen Torwächter. Die Kamera steckt im Auge eines Engels. Aufgrund dieser Apparaturen ist es möglich, jeden Bewohner des Sanatoriums auszuspähen. Einmal hat er mir aufgelauert, unten im Eingangsbereich.
„Ham Sie eigentlich einen Freund, mein Froillein?"
Ich nickte vorsichtig, da ich annahm, dass der Mann bereits Bescheid wusste. Sulík kniff listig die Augen zusammen. „Aber hoffentlich ned an Keh?" Ich schüttelte ängstlich den Kopf. „Sie könnten mich öfters mal besuchen." Er lachte grimmig. „Ich wohne allein. Kommens doch vorbei - zur Afterwork Party! Hahaha." Er lachte, als hätte er einen Witz gemacht. „Afterwork Party in Kakanien! Hahaha." Dann sah er

mich an wie eine Eingeborene, der man das Lachen erklären muss, und exerzierte: Ha-ha-ha!
„Hahaha", erwiderte ich verdattert, und dann stand er auch schon vor mir und drängte mich gegen die Pforte.
„Bist kommen, um mir Gesellschaft zu leisten?"
Schnell begriff ich, wie brenzlig die Situation war. Ich musste mir sofort etwas einfallen lassen. „Haben Sie nicht gehört, Herr Sulík, auf Nummer 408 hat jemand geschrien! Kurz darauf hat es auf dem Flur gescheppert."
„Liebe Frau Holbig – oder darf ich Heike sagen?" versetzte er. „Du host draamt. So was passiert ned bei uns im Sanatorium, wo ois ordentlich is und friedlich hergeht. Vergiss des und wanst wieder was hörst, kumst glei und tuast rapportian."
Ich sage euch, ich war riesig erleichtert, als ich aus der brachialen Umfassung des Kerls schlüpfen konnte. Ich flog die Treppen regelrecht hoch. Erst im 4. Stock merkte ich, dass niemand hinter mir war. Mein Atem ging wie eine Dampflokomotive und das Herz pochte heftig. Da ich eine Weile brauchte, um mich zu beruhigen, setzte ich mich auf den Plastikstuhl am Ende des Korridors. Aufgeregt suchte ich nach meinem Zimmerschlüssel. Da ging das Licht im Treppenhaus an. Verdeckt durch den Schrank, in dem die Putzutensilien lagern, blinzelte ich ums Eck. Der Verwalter schlich den Korridor herauf, kramte ein Stethoskop aus der Tasche und steckte es in die Ohren. Dann legte er das Diagnosegerät an die Tür von Nummer 408, wenige Meter von mir entfernt, und tastete sie leise ab, ohne Ergebnis. Flugs sprang er zum nächsten Eingang auf der gegenüberliegenden

Seite, den ich durch den Spalt zwischen Schrank und Wand im Blick hatte, horchte wieder. Dort wohnt ein älterer, mit einem Laborkittel bekleideter Mann, den wir *Professor* nennen. Er tritt selten in Erscheinung und verhält sich ruhig, so dass der Verwalter keine Verdachtsmomente fand. Leise wechselte er zur anderen Seite, das Diagnosegerät im Anschlag, als ob er das hölzerne Türblatt selbst auf Herz und Leber untersuchen wollte. Trotz aller Gründlichkeit entdeckte er weder bei dem Blinden noch dem Belgier einen auffälligen Befund. Augenblicke später hörte ich, wie eine Tür ins Schloss fiel. Ich wartete noch eine Weile, aber nichts geschah. Es konnte sein, dass der Verwalter in eines der Apartments eingebrochen ist. Dieser Mann ist unberechenbar. Andererseits ist es mir manchmal

als zöge die Krankheit

mich immer tiefer hinein in eine Welt aus Vermutungen & Einbildung (so steht es in meinem ärztlichem Befund). Als könnte ich den infantilen Schub, und Veränderungen des Hirnstoffwechsels durch Neuroleptika nicht kompensieren, bin ich unentwegt auf der Suche nach Gesprächspartnern, die mir die Ängste nehmen; also klopfte ich bei Mathias, weil ich ihm die Geschichte erzählen wollte. Ich fand sein Zimmer unverschlossen – er vergisst schlicht und einfach, in welcher Gefahr er schwebt. Ich schäme mich nicht, bei ihm einzudringen. Auch sehe ich ihn nicht als Schmuggler (eher Karamfilov) sondern als Leidensgenossen. Mich verwundert nicht, dass der Träumer, der im Bett liegt, als ob er auf Armen und Beinen durch das Universum des Schlafes kriecht, das Gewimmel nebelhafter Figuren und Zeichen unter den Lidern, von allen Seiten bespitzelt wird, denn er hat definitiv ein Geheimnis. Wir sind Kumpel, weiter nichts, auch wenn wir uns schon geküsst haben. Als Frau habe ich meine schwachen Momente; beispielsweise jetzt; wenn es wieder unerträglich warm in seinem Zimmer wird, möchte ich mich nackt ausziehen; er schläft, träumt vielleicht von mir, aber er sieht mich nicht, wenn ich meine Kleidung Stück für Stück löse, die ärmellose Bluse, die vorne geschnürt wird, die leichte grüne Stoffhose, den flanellenen Slip; draußen mag es Winter sein, bei mehr als dreißig Grad Zimmertemperatur lege ich fast automatisch meine Textilien ab und denke an erotische Dinge. Meine Nacktheit, die entzückenden Ausflüge meiner Finger über Brüste, Becken und Schenkel, das Streicheln der feuchten Kuppen über die verborgenen Regionen meiner Weiblichkeit gehören zu den Eskapaden, zu denen mich das grünblättrige Sofa inspiriert; die UV-Lampe erinnert an die unbarmherzige Sonne tropischer Länder, der alte Eichenschrank mit seiner unregelmäßigen Maserung lässt mich an Bäume denken, an einen Dschungel, dessen hohe Luftfeuchtigkeit mich willenlos macht, mich diesem beschuppten, fauchenden Tier aussetzt, das mir gegenüber durch das Terrarium seiner Träume schleicht und den kantigen, seitlich abgeflachten Kopf in die Höhlung zwischen den Kissen steckt. Als ob die Bestie auf den Sprung wartet, hinüber auf den Schreibtisch, dessen astreiches Holz genug Platz bietet, um vor dem Fenster auf Fliegen, Spinnen oder Schwarzkäfer zu lauern oder auf einen weiteren Satz zu mir auf das Sofa, um mit blitzschnellem Schlag der Schleuderzunge mein Versteck zu durchforsten, mein kitzliges, verwachsenes Versteck

bin ich sprunghaft & assoziativ

wenn ich - im Bett von Mathias liegend – an Björn denke, ans Aufräumen, ans Putzen und ans Frühstück? Vom Flur drängt jetzt der Lärm des anbrechenden Tages ins Zimmer. Zwei Servierwagen mit quietschenden Rädern rollen heran, mühevoll vorwärtsgeschoben von Bediensteten in abgetragenen, zu klein oder zu groß geratenen Livreen; ihr Gähnen, ihre schlurfenden Geräusche über dem Linoleumboden; wenn sie halten, um barsch anzuklopfen, oder anrucken, um weiterzufahren das Geräusch aneinanderschlagender Blechgefäße; ihr Ruf *Ceai - ciocolata – cafea* in einem rüden, gleichgültigen Tonfall, jeder den Kopf nach unten gerichtet, als ob er zu den aufgereihten Kübeln und Trögen spräche, aus denen die angekündigten Getränke kommen. Weder Mathias, der schläft, noch ich, die ich für gewöhnlich mit Björn esse, reagieren auf das Frühstücksspektakel, das die unrasierten, von Narben gezeichneten Aufwärter veranstalten, die zumeist wegen Hehlerei, Schmuggel, Diebstählen oder Messerstechereien im Gefängnis saßen und auf Bewährung nach Kakanien entlassen werden. Die wenigen Personen, die ihre Türe öffnen, lassen sich ihre Angst nicht anmerken, gebärden sich jovial: „Schenken Sie mir Kaffee ein, alter Junge."
Die Courage rentiert sich nicht. Der Kaffee schmeckt nach bräunlichem Wasser, das man mit Aktivkohle

versetzt hat; die Marmelade, die von europäischen Airlines gestiftet wird, hat das Haltbarkeitsdatum um einige Wochen überschritten und ist flüssig. Daneben gibt es morgens schon Blutwurst aus russischen Armeebeständen, sowie Rindfleisch und überschüssige Butter, die von der Agrarkommission zur Vernichtung freigestellt wurde. Das Brötchen ist eingeschweißt und nur unter größten Schwierigkeiten aus der Verpackung zu schälen, so dass tapsige Herrschaften die Backware mitsamt der Folie hinunterschlingen. Der *Professor* erklärte damals mit tränenfeuchten Augen und einer blau angefärbten Zunge, dass ihn die Aufwärter, jedenfalls die rumänischen, nicht leiden könnten. Er erhalte von ihnen keinen Kaffee. "Sie wissen schon, Frau Holbig, diese dunkle Emulsion mit dem charakteristischen Geruch zermahlener, sich auflösender Kaffeebohnen." Wenn er nicht wenigstens fünf Euro Trinkgeld zahle, fehlten der ausgeschöpften Emulsion die klassischen Merkmale wie Konsistenz, Farbe, Geruch und Geschmack. Auch die Darreichungsform variiere. „Ohne Aufgeld stammt die Lauge aus einem großen Plastikbehälter, den man zum Transport von Reinigungsflüssigkeiten einsetzt." Mathias ist viel zu scheu, um sich mit den Bediensteten auf Nebengeschäfte oder Tauschhändel einzulassen, obwohl das Frühstück dann reichhaltiger wäre. Angst hat er jedoch nicht wie die Senioren von Zimmer 410 und 411, die zitternd hinter der verrammelten Tür stehen und behaupten, sie lägen noch in den Betten, schläfrig, ja so grauenvoll schläfrig seien sie.

Für mich signalisiert der abebbende Lärm auf dem Flur, dass es Zeit ist, in Björns Zimmer zurück zu kehren, der das Frühstück sicherlich aufgedeckt hat: mit trinkbarem Cappuccino, Marmorkuchen und halbwegs frischen Brötchen. Er ist ein echtes Organisationstalent, zielstrebig und akkurat, ich weiß nicht, wie er bei uns an das frische Gebäck und an den Kuchen herankommt. Wenn ich ein Fazit ziehen soll zu Mathias Keh, dann meine ich, dass er im Unterschied zu Björn verschroben ist, verträumt. Selten verlässt er sein Versteck, verschwindet plötzlich. Keiner weiß, was er eigentlich sucht, wenn er unterwegs ist. Ihm fehlt der praktische Sinn, der das Leben in Kakanien menschenwürdig macht; aber ich schätze sein Verständnis, seine Sicht der Dinge, die oft zu poetischen Ausflügen einlädt. Er ist der einzige, der mich zum Lachen bringt. Technisch gesehen hat er das größte Plus.

- Bist du seine Freundin?
- Nein, ich bin mit Björn befreundet. Ich spiele Violine und singe, er ist Flötist – das hat uns nach meinem Burnout zusammengebracht.
- Bevor einer von euch weitererzählt, sollten wir uns locker machen. Am besten sucht sich jeder einen Platz, an dem er niemanden behindert und sich nach links und rechts frei bewegen kann. Wohin gehst du?
- Zurück ans Fenster. Ich muss meine Aufzeichnungen überprüfen. Fangt schon mal an!

FAX an Barbara Keh

Absender: Ben Borowiak c/o Karamfilov

Sehr geehrte Frau Keh,

seit mehr als 3 Monaten ermittle ich in Ihrem Auftrag – das geht weit über den vereinbarten Kuraufenthalt hinaus. Leider haben Sie auf meine Faxe bis dato nicht reagiert. Eine Antwort wird dringend erwartet! Schreiben Sie bitte an die oben angegebene Faxnummer des Herrn Karamfilov. Ich will nicht, dass meine wahre Identität auffliegt. Noch nicht. Ihr Gatte ist womöglich noch im Sanatorium. Es könnte sein, dass Mathias Keh irgendwo eingesperrt ist. Man nennt das hier Quarantäne. Demente Patienten werden immer wieder vermisst, aber aufgrund des massiven Personalmangels nie systematisch gesucht. Ich habe Zimmer gesehen, in dem die Leute in ihrem Urin liegen oder in ihrem Blut. Mit blauen Flecken und Grinden, aber ohne Verbände. Wenn sie gestürzt sind, gibt es niemanden, der sie pflegt. Und niemanden, der für die Pflege überhaupt ausgebildet ist. Die Zimmer sind feucht und in einem katastrophalen hygienischen Zustand, die verabreichten Medikamente oft abgelaufen. Ich habe in so kurzer Zeit nie so eine Konzentration von Unfällen gesehen wie in Kakanien. Alle Mängel begründet man mit der Einhaltung des Sanitärprotokolls und der Pandemie. Ich befürchte, dass hier Schutzbefohlene misshandelt oder sogar vorsätzlich verletzt werden, und dass ich selbst auf der Abschussliste stehe. Ich fürchte den langen Arm der Klinikleitung, weiche Hauptstraßen aus, vermeide die Furdekova, meide die Budatínska,. treibe mich nur noch auf Friedhöfen herum und verstecke mich zwischen den Grabsteinen. Ich lebe wie ein Schatten in der Dämmerung. Barbara, ich bitte dich: hol mich hier raus!

ERGOTHERAPIE

Ein Schatten huscht innen am zugezogenen Vorhang entlang. Er muss von einem flatternden Tier herrühren, einem Vogel mindestens so groß wie ein Spatz. Oder ist es der Nachtfalter? Wieder denke ich, dass ich träume und dies alles nicht real sein kann. In Träumen habe ich alles erreicht, alles gesehen, war auf einer Barke auf dem Weg nach Amerika, habe Schafe gehütet in Neuseeland, war Lama eines Klosters in Tibet. Wie viele Abgründe habe ich überflogen in meinen nächtlichen Ausflügen. Oft denke ich, dass die Außenwelt eigentlich nicht existiert. Draußen vor dem Fenster die Medvedovej, sie gehört zu ihrem trügerischen Bild, die Patrouille der policijska patrola in olivgrüner Regenhaut, das Gespräch der Gruppe und das, was die anderen von Keh erzählen. Ich lebe in einer eigenen Sphäre, abgehoben von den übrigen Bewohnern, in einem Zustand der Schwerelosigkeit. Abwarten, zuhören, berichten! Ich rede mir ein, dass ich ein neutraler Beobachter bin: hier in Kakanien. Nirgendwo sonst gibt es so viel überlebte Tradition, so viele Ausflüge in die Ferne der Zeiten; nirgendwo sonst ist so viel atmosphärische Bangigkeit angehäuft. Der Ort erregt Auflösung, Lähmung und Resignation. Ich drücke die Nase an die gefrorene Scheibe und starre hinaus. Das gelbliche Licht der Straßenlampen spiegelt sich in den Pfützen. Ein Jogger springt über die glasige Fläche, gekleidet in einen leuchtenden Sportanzug, wie man ihn drüben in den Metropolen trägt, und verwischt mit den Farben des Mülls, der die Donau abwärts treibt. Petržalka, einst als Gartensiedlung konzipiert, ist der ideale Ort, um sich von der Welt zu verabschieden

Minuten später

ein Sonnenstrahl dringt ein, energetisierend, und mit ihm die Stimme eines Straßenverkäufers; er bietet *Powideldatschgerln*! und lockt die anderen Teilnehmer ans Fenster. Ein Strahl messerscharfen Lichts zerschneidet den schwarzen Linoleumboden. Noch mehr Licht fällt durch die Jalousie der Oberlichter und wirft ein helles Muster an die Wand; es sieht aus wie liniertes Papier und lädt dazu ein, ein neues Fax an Barbara zu schreiben. Der Sonnenstrahl ist plötzlich in mir, nun weiß ich es wieder, ich bin Privatdetektiv und muss meiner Auftraggeberin berichten

hat mal jemand das Datum? 27.10.2025

erneut wühle ich in den vollgekritzelten Blättern. Plötzlich lese ich unschöne Begriffe: von <u>Wortfindungsstörungen</u> ist die Rede, von motorischer Verlangsamung und einer <u>pathologischen</u> Zunahme der Vergesslichkeit. Auch aggressive Schübe werden erwähnt und der Hang zu tiefer Traurigkeit. (Woher kommen die Unterstreichungen?) Diese Atteste sind das Werk von Ärzten, die mich nicht kennen, und außerdem gehört der Schriftverkehr nicht in die Heftmappe!
Die Frau, die *Dr. Kirsten* heißt, hat Aufstellung im Raum genommen, die Personen positionieren sich

um sie herum und bewegen die Arme analog zu ihr in die linke oder rechte Richtung, und das nach ihrer Ansage „Dehnen links" oder „Dehnen rechts". Dann legen sich alle auf den Boden und rollen dabei mitgebrachte Matten aus. Ich habe leider keine Unterlage mitgebracht und scheine für die anderen nicht mehr zu existieren, die nun Beine und Rumpf nach oben strecken, dann nach einer Weile die Beine auseinander scheren und nach geraumer Zeit ganz erpicht darauf sind, die Füße hinter den eigenen Kopf zu setzen. Es frustriert mich, ihren ungelenken Bemühungen zuzuschauen, und einmal mehr denke ich daran, dass diese Leute krank sind. Das alles gehört zu ihrer Ergotherapie. Sie malen Bilder, beschriften blaue Kärtchen oder formen Skulpturen, ganz so wie Dr. Kirsten es wünscht. Für heute war eigentlich „Biographisches Arbeiten" geplant, ein Fach, das mich überhaupt nicht interessiert. Aber warum sollte ich mich nicht der Gymnastik anschließen? Na klar, ich will mitmachen!

Wenig später liege ich dem Fußboden. Jemand hat mir eine Matte untergeschoben. „Lassen Sie alle Anspannung los. Gehen Sie tief in sich hinein", höre ich die Frau Doktor schräg vor mir kommandieren. Dann scheint sie ebenfalls zu liegen, denn sie klingt eine Terz tiefer. „Sagen Sie mir, was sie sehen." Nun plappern einige Teilnehmer munter darauf los, aber es soll nur ein kurzes Wort sein, eine einzige Assoziation, die reihum jeder Teilnehmer preisgibt. Jemand hat „Ozean" gerufen, ein anderer „Ruhe". Dann stockt der ganze Prozess, bis mich jemand anstupst. Offenbar bin ich an der Reihe, ich fühle die Erwartung im Raum, jetzt etwas von mir zu geben. Über mir sehe ich eine dürftig gestrichene Betondecke. Das wäre nur allzu leicht, von „Beton" zu sprechen. Bei diesem Begriff denke ich automatisch an das alljährliche Betonblockfest, das für Kakanier so etwas ist wie der Höhepunkt der Saison. Kräftige Männer, die Betonklötze stemmen, treten bei diesem Brauch in knappen T-Shirts an, ihre Hosen sind wie bei mittelalterlichen Junkern mit Schambeuteln ausgepolstert, so dass ich das italienische Wort *Bragetto*[17] rufe. Ein Wort, das losgelöst im Saal hängen bleibt. Nein, ich merke sofort, dass ich einen Fehler gemacht habe. Das Wort verhallt im Raum; eine merkwürdige Stille entsteht. Wahrscheinlich hätte ich etwas in deutscher Sprache sagen sollen! Wäre ich doch nur bei meiner ersten Idee geblieben. Kurz darauf korrigiere ich auf „Beton" und danach ändere ich nochmal auf „Erwartungen"; denn das war es, was ich gleich zu Anfang spürte; aber mir bleibt ein Unbehagen, der Eindruck, dass ich etwas verbockt haben könnte. So bin ich froh, dass wir etwas anderes machen.

„Entspanne dich", sagt Dr. Kirsten jetzt. „Sei dir der stillen Gegenwart aller Dinge bewusst. Höre die Geräusche, beurteile sie nicht. Höre die Stille, die alle Geräusche umgibt. Beobachte den Rhythmus deines Atems. Fühle die Luft ein- und ausströmen. Fühle die Lebensenergie in deinem Körper. Erlaube allem zu sein, was ist."

Ach so, dass ist eine Art Auflockerung. Gleich wird Frau Doktor Kirsten erklären, dass wir mit der biographischen Arbeit fortfahren. Gut, dass ich meine Karteikarten eingesteckt habe. Ich gehe schnell noch einmal die Namen der Teilnehmer durch, die ich

---

[17] *it. Latz bzw. Gliedschirm*

alphabetisch notiert habe: Bruno, Francoise, Heike, Henrik, Mathias... - das muss mein eigener Name sein. Paul. Ganz unten lese ich noch *Lisetta*. Könnte skandinavisch sein. Hm. Außer Heike entdecke ich keine Frau im Kreis, schon gar keine Skandinavierin. Vielleicht eine neue Teilnehmerin, die morgen zu uns stößt. Oder ein Mann aus der Gruppe, der in eine Frau umgewandelt werden will und schon mal den neuen Namen genannt hat. Oder so.

- Der Erzähler soll also zeigen, wie das Positive in Erscheinung tritt.
- Mehr noch, Bruno! Eine gelungene Geschichte hilft Mathias, sich zu erinnern. Und sie zeigt ihm, dass es ein höheres Prinzip gibt, das uns leitet: die Liebe.
- Die leider nicht allen zugänglich ist, jedenfalls nicht gehässigen und verbitterten Geschöpfen, die so sind wie Bruno.
- Das verbitte ich mir! Solche Vorurteile. Wer *reellment* Recht hat, das erfahrt ihr von mir!

DER BELGIER

Ich erwache jeden Morgen pünktlich um 7 Uhr 15 und beginne meinen Tagesablauf nicht anders als ich es vorher in Brüssel getan habe. Wenn es mir gelingt, mich aus der Bettlade zu stemmen mit der ausgeleierten Federung und den durchhängenden Matratzen, putze ich die Zähne, um den ekelhaften Geschmack hinunterzuspülen, den schlaflose Nächte in diesen Breiten hinterlassen; ich kämme mich, wasche das Gesicht und höre eine halbe Stunde Radio, um mich über das Weltgeschehen zu informieren. Kurz vor acht setze ich mich in Position auf einen Hocker, dessen Stuhlbeine ich soweit abgesägt habe, dass ich in bequemer Körperhaltung durch das Schlüsselloch schauen kann.

Weder bin ich Spion noch Voyeur, ich verstehe mich als versierter Beobachter, der gewissenhaft alle Vorgänge aufzeichnet. War es früher meine Aufgabe, als Beamter der EU-Verwaltung das Budget für den Getreideankauf u.v.a. m. zu kontrollieren, so prüfe ich jetzt, wie die Mittel für Kakanien eingesetzt werden. Der Zwergstaat wurde von der Kommission nach dem Beitritt von Albanien, Serbien, Moldawien und der Ukraine eingerichtet. Die Einrichtung eines Bezirkes für unproduktive Elemente war Gegenstand der Beitrittsverhandlungen. Offizieller Name ist UPZ[18]. Mit Mitteln meiner Behörde wurden brachliegende Äcker aufgekauft, marode LPGs und die Neustadt von Bratislava (Petržalka), deren Sanierung ca.

---

[18] *Unproduktive Zone*

4,2 Trilliarden Euro gekostet hätte. Stattdessen quartierte man einen Großteil der Pensionäre ein, deren Altersvorsorge nicht ausreichte. Der Aufenthalt in der UPZ wurde durch eine Reihe von Normen und Richtlinien geregelt, die Ernährung der Bewohner durch Agrarüberschüsse sichergestellt. Indem man Kosten für die Vernichtung von Lebensmitteln spart, kann man einen bescheidenen Betrieb von Küche und Personal finanzieren. Ab dem Jahr 2022 ging die Europäische Regierung dazu über, andere Sozialfälle in die UPZ zu exportieren (insbes. Demenzkranke). Warum ich selbst in den großen Urlaub geschickt wurde? Nun, ein Versehen mit den Konten, eine Verirrung von Geldern, schon heißt es, man sei bestechlich. Der Schuss kam aus einem Referat des Finanzausschusses der Agrarkommission. Bei mehr als 29.000 Brüsseler Beamten weiß man bisweilen nicht, an wem man sich rächen soll! Man hat mir vorgeworfen, Insiderinformationen aus dem Getreidesektor an einen niederländischen Handelskonzern verraten zu haben. (Ich bin nicht Flame, sondern Wallone!) Dabei ist SANTOMON gar kein niederländischer Konzern. Aber ich interpretiere meinen Aufenthalt nicht als Deportation, sondern als Versetzung in ein neues, aufregendes Sachgebiet. Geht es nicht darum, Subventionen zu überwachen? Auch hier verschwinden Mittel. Richtig dokumentiert kann mich so eine kleine aufgedeckte Betrügerei schnell in der Rue de la Loi rehabilitieren.

Von daher gehe ich mit der größtmöglichen Professionalität zu Werke. Das Schlüsselloch, das im Regelfall nur den Blick auf das Zimmer des dänischen Flötisten gewährt, habe ich mit Akribie ausgefeilt, so dass ein speziell von mir entwickeltes Instrument zur Verwendung kommt, mit dem Zahnärzte den Mund ihrer Patienten betrachten. Mit diesem winzigen, im Neigungswinkel verstellbaren Spiegel ist es mir möglich, den gesamten Korridor über die schmale Öffnung einzusehen, die sonst nur für altmodische, klobige Schlüssel reserviert ist. Im kreisrunden Ausschnitt meines Instrumentes sehe ich Mathias Keh, wie er sich über den Korridor schleppt; er ist die Person, auf die der größte Verdacht fällt. Sein Alter ist schwer zu schätzen. Er hat volle Backen und ein rundes Kinn wie ein Kleinkind, andererseits lichte Stellen in seinem Haar, Augenringe, wie sie ein Endfünfziger nicht hat. Das Gesicht drückt Intelligenz aus, wenn auch überschattet von einer Skepsis, die sich auch stimmlich bemerkbar macht; er spricht nachdenklich, zögert oft beim Reden. Sein schlanker Körperbau ist da und dort aufgeweicht, wo einmal stramme Muskel saßen, ein Tribut, den er an das schläfrige Leben und die skandalöse Ernährungsweise zahlt. Ich weiß, dass Keh exakt 61,5 Jahre alt ist, aber frühmorgens wirkt er greisenhaft, übermüdet und gedrückt von einem lederartigen, geschuppten Buckel. Seine Füße, deren Zehen verwachsen scheinen, patschen und schleifen auf dem Linoleumboden als wären es die Flossen eines Tauchers, doch in der dämmerigen Atmosphäre des Flurs ist es mir nicht möglich, alle Details genau zu erfassen. Kaum hat er die Tür von Zimmer 408 ungewöhnlich stark zugeschlagen, öffnet sich die Tür des Flötisten, aus der Fräulein Holbig auftaucht, obwohl sie eigentlich auf 405 wohnt, barfüßig und im Kimono, öffnet und schließt vernehmlich die Türe ihres eigenen Zimmers, ohne jedoch einzutreten, und schleicht weiter bis zur Behausung des Verdächtigen, in die sie geräuschlos verschwindet.

Vom inzwischen asbestfreien Berlaymont-Hochhaus mit seinen 516 Meter langen Gängen, den persönlichen Feindschaften, dem Mobbing zum Zeitvertreib, den Machtspielchen und Karriere-Intrigen bin ich Heimlichkeiten gewöhnt, und weiß, wie ich bei solchen Vorkommnissen recherchieren muss. Heike Holbig, die viele Jahre das als unproduktiv eingestufte Studium der Sinologie betrieb, war (laut dem Hilfspfleger Galko) in Kakanien dafür bekannt, dass sie in Hotelbars auf Männerbekanntschaften (er sagte sogar *Freier*) wartete - in ultrakurzem Lederröckchen, mit raubtierhaftem Blick und verzogenen Mund, einem unbedeutenden Schönheitsfehler, der ihr Wesen unterstreicht. Offiziell ist sie mit dem Flötenspieler Larsen befreundet, treibt ihr Spiel aber auch mit Keh. Wahrscheinlich singt der Däne bereits das *Ne me quitte pas*. Da ich inzwischen auch das Schlüsselloch von 408 peu à peu mit einer Feile erweitert habe, zögerte ich nicht, mein Werkzeug einzusetzen: den klitzekleinen, verstellbaren Spiegel, der mir zum unverzichtbaren Begleiter geworden ist. Mit der gebotenen Diplomatie schob ich das Gerät durch die Türe, hinter der sie den Verdächtigen begrüßt, der zunächst befremdet ist über ihr Erscheinen. Da beide am Eingang zum Badezimmer stehen, sind sie knapp einen Meter von mir entfernt, ich kann beobachten, wie Keh seine Augen unabhängig voneinander bewegt: in das Bad schaut, Seife und Zahnbürste im Blick, und parallel mit dem anderen Auge Taille, Hüfte und

Oberkörper der Sinologin mustert, die Geometrie ihrer Rundungen und Wölbungen erforscht

Amour fou? Oder Übersprungshandlung?

da er sich wohl in einem Zwiespalt befindet, schiebt sie den Busen nach vorne, eine Geste aus dem Repertoire einer Frau, die Aufmerksamkeit begehrt. Er bückt sich, formt den Ansatz zum Zungenkuss, ich erblicke den Mund groß auf meinem Spiegel wie auf einer Reklametafel; doch dann geschieht Merkwürdiges; er schreckt zurück, wird sich vielleicht bewusst, dass er die Zähne nicht geputzt hat, und der Mundgeruch bei diesem gewagten Manöver ihr das Küssen ein für allemal verleiten könnte. Er muss erkennen, dass die sinnliche Mademoiselle dieses Zeichen der Zuneigung eigentlich erwartet hätte, und auch jetzt noch den Kopf in zärtlicher Hingabe nach vorne gebeugt hält. Als er sich entschließt, ihr doch einen Kuss zu geben, hat sie enttäuscht den Kopf zurückgezogen und kämpft gegen eine sanfte Verlegenheit, die ihr erste Röte ins Gesicht jagt – eine Reaktion, die ich bei der schamlosen Person nie vermutet hätte. Da bemerkt sie seinen erneuten Ansatz und will ihm zur Hilfe eilen, um die genierliche Situation zu überspielen, doch sie hätte nicht damit gerechnet, dass er sich bereits wieder aufgerichtet hat. Jetzt ist es die Reihe an Keh, die Peinlichkeit des Vorganges wahrzunehmen, bei dem ihr Kuss in der Luft hängenzubleiben droht, fährt wieder mit den Lippen auf sie zu, trifft jedoch nur auf die Stelle, wo sie gewesen ist. Kaum vierzig Zentimeter von meinem Spiegel entfernt sehe ich seine dünne, lange Zunge herausschleudern wie bei einer Schlange, und noch während er sie einrollt, erkenne ich auf der mit glibberigen Speichelspuren bedeckten Fläche meines Spiegels, dass er eine Fliege in sein Maul hineinzieht. Nach einigen Schrecksekunden, während er errötet, sich blamiert ins Bad wendet, verschwinde ich unentdeckt ins Zimmer, wo ich mich frage, ob ich alles nur geträumt habe

Mathias Keh, Jahrgang 64

ich habe es schwarz auf weiß. Spätes Studium bzw. angefangen zu studieren mit 39 Jahren, vorher Abitur nachgeholt. Gelernter Speditionskaufmann. Die über Keh in der Rue du Remorqueur erreichbaren Akten weisen ihn nicht als auffällig aus - gut, dass ich in einigen der 3.700 Büros Vertrauenspersonen habe, die mir die gewünschten Dossiers zusammenstellen. Vielmehr ist er *a typical representative of the lower class*, stammend aus einem Arbeitnehmer-Haushalt mit vier Personen, Beruf des Vaters: *cheminot*[19], ohne nähere Spezifikation. Manchmal mache ich ein Spiel, nur für mich allein. Ich denke mir eine Person, die ich kenne, beispielsweise Mathias Keh, und einen Begriff, von dem ich nichts weiß, also meinetwegen Camouflage, und gebe beides in den Computer ein. Und dann suche ich in allen verfügbaren Dateien nach diesem Zusammenhang, und oft werde ich trotz der Zufälligkeit fündig. So froh ich bin, dass ich mit

---

[19] *Eisenbahner – vgl. DB-Service Kraft*

Hilfe meiner Clique – wir kennen uns von der *Ecole Nationale de l'Administration* - auf EU-Datenbanken zugreifen kann, so sehr ärgert mich, dass sie meines Erachtens nicht gepflegt, auf Aktualität, Genauigkeit oder Widersprüche hin überprüft werden (!) Bei Keh steht unter Geburtsort: Fulda; die nächsten Einträge in das Ortsregister sind Marburg und Wien; alles wird kommentarlos aufgereiht und darauf soll man sich einen Reim machen (!) In der Marburger Universitätsdatei taucht er als Student der Wirtschaftspädagogik auf, zwei Jahre später wird er in Wien unter Pädagogik weitergeführt, allerdings nur zwei Jahre. Soweit ich die sporadischen Einträge interpretiere, bricht er das Studium ab, trotz einiger abgeschlossener Prüfungen; kein Durchhaltevermögen offenbar. Ein einziges, als sehr gut bewertetes Referat über das Sinken der sozialen Mobilität wurde in die Datenbank des Lehrstuhls eingespeist. Eine Rechnung des Bafög-Amtes bescheinigt Schulden in Höhe von 24.800 Euro; das ist nicht sonderlich aufregend, sondern normales *deficit spending*. Über die Suchmaschine des Finanzministeriums konnte ich sogar ein Originalschreiben aufrufen. „Das Europäische Arbeitsamt in Den Haag, Abteilung Studienabbrecher, hat für Sie eine Stelle gefunden als Packer im Hafen von Rotterdam. Bitte melden Sie sich am 1.4. 2008 um 7 Uhr bei Herrn van Eicken etc." Auf diese Recherche bin ich einigermaßen stolz. In meinem eigenen Ministerium konnte ich dagegen nur einen einzigen Hinweis finden, datierend vom 11.5.2009. Mit Bezug auf einen Arbeitsunfall stellt ein ärztliches Attest fest, dass

Mathias Keh für geregelte, einen höheren Organisationsgrad beanspruchende Tätigkeiten nicht zu gebrauchen sei (Asympathekotone orthostatische Hypotonie bei langjähriger diabetis melitus Typ 2 - Erkrankung). Natürlich dauerte es, wenn ich meinen Quellen trauen kann, einige Zeit, bis der ehemalige Student nach Kakanien überstellt wurde – wir sind in Brüssel chronisch überlastet. Es klafft eine Lücke von 17 Jahren, die ich noch untersuchen werde. Eine Vorgeschichte, die mich wegen ihrer Banalität zunächst enttäuschte. Immerhin war die fehlende Rückzahlung des Bafögs eine erste Spur. Wenn das jeder machen würde, nicht auszudenken (!) Wäre er rechtskräftig verurteilt, dann dürfte Keh eigentlich nicht frei herumlaufen. Alles spricht für die Notwendigkeit einer Haftanstalt in Kakanien, so albern es klingen mag, denn dieses Land ist per se ein Gefängnis, durch seine pure Definition ist Kakanien dazu bestimmt, ein Knast zu sein, wie soll man da den Grad der Gefangenschaft erhöhen? Eine normale Haftanstalt böte meines Erachtens gewissen Schutz für Insassen wie mich, die zufällig hineingeraten, aus Versehen und ohne jegliche Schuld, *n'est-cepas*? So eine Haftanstalt wäre erträglich, sie hätte feste Abläufe, Benimmregeln und gesonderte Strafen für die übelsten Verbrecher. Doch in Kakanien ist jeder frei, seinen Nachbarn zu terrorisieren, bei ihm einzubrechen, ihn zu missbrauchen oder auf andere Weise auszunutzen. Wenn man sich schon die Mühe macht, alle auszusortieren, die nicht in die PZ gehören, so muss man die Ausgeschlossenen doch sortieren nach der

Art des Vergehens oder der Stärke der kriminellen Energie. Und auch bei einer Haftanstalt in Kakanien müsste man (vgl. Europol-Ber. UPZ 2025/Akt.zch. 18/122) differenzieren und in dieser Haftanstalt noch kleinere Einheiten schaffen für schwere Fälle, für besonders schwere Fälle und für die härtesten Kriminalfälle. Man bräuchte mehrere Gefängnisse, eines enger als das andere; denn das erst entspricht dem Grundsatz der europäischen Rechtsprechung, jeden gemäß seiner Schädlichkeit zu behandeln – ein Prinzip, für das ich mich in Brüssel einsetzen werde.
Durch konsequentes Beobachten konnte ich immerhin diesen einen Fisch an Land ziehen. Konsequenz, das ist es, was die Personenbeobachtung erfordert. Denn der Tagesablauf wird allein vom Objekt bestimmt, man unterwirft sich ihm total. In gewisser Weise habe ich mich dem ehemaligen Studenten untergeordnet, seine Verhaltensweisen, Gewohnheiten, Neigungen übernommen, habe gegessen, wenn er aß, bin spazieren gegangen, wenn er es wollte, und habe mich mit ihm schlafen gelegt. Das Observieren ist ein unilateraler, unerhörter, totalitärer Vorgang: man gibt sich vollkommen hin oder man scheitert

qui trop embrasse, mal étreint[20]

sagen die Franzosen; also aufgepasst! 11.18 Uhr. Ich sitze seit mehr als drei Stunden auf meinem quadrati-

---

[20] *frz. wörtlich: wer zu viel umarmt, drückt schlecht – frei übersetzt: wenn man zu viel gleichzeitig macht, kommt man zu keinem Ergebnis*

schen Hocker, ein Jäger auf seinem Stand, der darauf wartet, dass sich das Wild endlich zeigt, schon ein wenig ungeduldig, als Keh wieder über den Flur läuft und bei der Nachbarin klopft. Er wirkt jugendlicher als sonst, mir fällt auf, dass er sich aufrecht bewegt ohne zu buckeln, ohne mit den Füßen auf den Boden zu patschen, ich muss geträumt haben: er ist kerngesund und ganz offensichtlich ein Subventionsbetrüger. Wieder ist es ein besonderes Vergnügen, das Aufeinandertreffen dieser Personen zu beobachten. Ein Teil meines Pläsiers stammt sicherlich daher, nichts mit ihnen zu schaffen zu haben: ich muss nicht mit ihnen reden, nicht auf sie reagieren, bin vor ihren Blicken geschützt. Wahrscheinlich lässt sich Vergnügen als ersparter Ärger definieren. Das Wort „Pillen" fällt, es zergeht mir so genüsslich auf der Zunge wie belgische Pralinen, von denen ich nachts schon träume, ebenso wie von exzellenten Gourmettempeln, den Delikatessläden Le Petit Normand, meinem Bridge-Club oder dem noblen 4-Zimmer-Appartment in Woluwé-Saint-Pierre, das ein auswärtiger Sachverständiger für mich verwaltet. Ich habe jedenfalls das schöne Gefühl, dass ich bald dorthin zurückkehren werde, *n'est-ce pas?* Mathias Keh, der Subventionsbetrüger kehrt mit einer Packung Kopfschmerztabletten in sein Zimmer zurück und bekommt ein Küsschen obendrein

11.45 Flötenspiel von nebenan

dazu die helle Stimme von Fräulein Holbig. *Maintenant*, man weiß, dass die Angebetete mit Björn Larsen duettiert; ungewöhnlich ist dieses mysteriöse Surren und Knistern zwischen den Noten. Sowie ich mich auf dem Jägersitz einrichte, sehe ich den Verwalter den Korridor herauf schleichen. Den rechten Arm von sich gestreckt, eine Kamerasonde tragend wie bei der Endoskopie, links den handgroßen Monitor, untersucht er die Türen. „Schau", sagt er zu dem elektronischen Gerät, „du hast scharfe Augen, du kibitzt für mich." Das Videoendoskop, dass sicherlich eine renommierte Firma für Medizintechnik gespendet hat, wurde von Sulík konfisziert und für hoheitliche Aufgaben bereitgestellt. Man sieht den Verwalter damit auf Dächern stehen, über Innenhöfen und Schächten, von wo aus er den Schlauch durch offene Luken einlässt. Bevor ich mich verstecken kann, beugt sich der Verwalter herab und fädelt den Stift mit dem 20cm langen Kabel durch das Schlüsselloch; die Sonde äugt mit grauer Pupille nach allen Seiten, wenige Zentimeter von mir entfernt. Ich versuche, dem bedrohlichen Moment standzuhalten, wie gelähmt vor der eisigen Kälte dieser Inspektion; reiße ein Buch hoch, als sie mich scannt - ein Moment vollständiger Gegenwart, zugleich spannend und von absoluter Leere. Dann verschwindet der eiserne Wurm. Durch das Schlüsselloch beobachte ich wieder den Verwalter, der sich an der gegenüberliegenden Tür zu schaffen macht. Der Flötist verstummt, die Sängerin schweigt. Beide haben - der mir zugewandte Monitor zeigt es - die Köpfe der Tür zugekehrt, von der eine geheimnisvolle Präsenz ausgeht. Wiederum Stille. Dann quietschende Lederstiefel, der Verwalter läuft weiter. Es bleibt das mysteriöse Knistern und Rauschen.

- Wer in Kakanien landet, gilt als abgeschoben, vergessen, ein für allemal weggeräumt. Die Frage ist, wie man mit solchen Leuten umgehen soll.
- Dass Sulík auf dieser Spur fährt, bestärkt mich. Gerade jetzt, wo wir uns im Handelskrieg mit den Chinesen befinden, müssen wir die Kontrollen verschärfen.
- Spätestens seit meiner Tätigkeit am Point Schumann glaube ich nicht mehr an gemeinnützige Motive, weder an Sympathie noch an Altruismus - er hat kriminelle Absichten. Die Vorbereitung von Diebstahl oder sexuellem Missbrauch sind die häufigsten Gründe für eine Kontaktaufnahme in Kakanien, das sagt die Statistik (vgl. Europol-Ber. UPZ 2023/Akt.zch. 13/094). Erst auf Platz drei folgt die Durchführung von Tauschgeschäften, *n'est-ce pas?*
- Dass bedeutet, alle sind verdächtig, Sulík, die Bewohner, die Bediensteten, Mathias Keh …

SCHWELGEN IN ABGENUTZTEN ATMOSPHÄREN

Einsperren! Sie diskutieren die Möglichkeiten des Verwalters, jemanden dingfest zu machen – die ganze Klaviatur autokratischer Gemeinheiten. Gefängnis ohne Verhandlung, Verurteilung ohne anwaltlichen Beistand. Fixieren mit Gurten, mannshohe Bettgitter, Zwangsjacken oder Einsperren auf der geschlossenen Station. Das ist natürlich nichts gegen die Möglichkeiten der Verwalter in China. In China verwendet man rostige Zangen, um alte Menschen in die Zehen zu kneifen. Wenn ein Prüfer kommt, sprechen die Verwalter von Pediküre und verlangen für die Sonderbehandlung Geld. Wer nicht pünktlich zahlt, wird mit Elektrotherapie behandelt. Eines mögen sie dort überhaupt nicht: wenn jemand eine Petition bei der Regierung einreichen will oder wegen einer kleinen Ungerechtigkeit vorstellig wird oder öffentlich meckert, weil er eine Gehhilfe braucht und keine bekommt. Um das zu vermeiden, werden renitente Bewohner an den Bettpfosten gefesselt wie an einen Marterpfahl, und das bei Wasser und Reis. Manchmal werden sie geschlagen, aber sie zucken mit keiner Wimper; denn unter Chinesen gilt es als unanständig, seine Gefühle zu zeigen. Es kommt vor, dass Senioren in den Heimen Textilien produzieren müssen, weil der lokale Verwalter sehr unternehmerisch ist. Sie müssen sich dabei sehr modebewusst kleiden und den allerneuesten Modetrends entsprechen. Aktuell angesagt sind beispielsweise schulterfreie Tops und

Hemden mit Maokragen. Natürlich fälschen sie auch Markenkleidung, denn nur wer hohe Exporterlöse bringt entgeht den drakonischen Strafen. Einbeinige müssen stundenlang auf einem Bein stehen und Leute mit Asthma ...
Ich höre ihr Gespräch wie ein fernes Murmeln, und der Gegenstand ihres Gemurmels schreckt mich nicht. Der schlimmste Urteilsspruch lautet ohnehin *Kakanien* (ist es nicht Strafe genug, in einer Welt von Mittelmäßigkeit, Widersprüchen und Armut leben zu müssen?), weil es keine Aussicht auf Besserung gibt. Was geht mich das an, die Bedrohungen, die Bestrafungen, die Katastrophen, die sie sich ausdenken und verwerfen? Mein Blick schweift zu dem Bullauge, einem kreisrunden Fenster, das den Blick frei gibt in den Grünen Salon. Wie ein Kind, das vor einem Aquarium steht, fühle ich mich hineingezogen; ich sehe wie ein Träumer den Saal mit der aufdringlichen Puff-Atmosphäre. Die Anhäufung von grünen Tapeten, grünen Teppichen, grünen Tischdecken und Grünflächen aus Plastikpflanzen ist geradezu eine Alliteration schlechten Geschmacks. Eigentlich schäme ich mich für das Brüsseler Agrarministerium, das für die Ausstattung der Plattenbauten verantwortlich ist. Grüne Vorhänge verdecken vermauerte Fenster, daneben sieht man blasse Landschaftsmalereien, die man kaum von der Tapisserie unterscheiden kann. Vor diesen abgenutzten Atmosphären stehen Kommoden mit Schonbezügen und Vasen, aus denen mit verschlafenen Augen Pfauenfedern ragen, trübe vor Alter und Schmutz. Für Beleuchtung sorgen neben goldfarbigen Wandleuchten die altmodischen Lüster mit rhombischen Formen, die beredt mit ihrem kris-

tallenen Zierrat klimpern. Ihr diskretes Flüstern mischt sich unter den dröhnenden Lärm vieler, meist älterer Herrschaften: die vorgesetzte Mahlzeit verzehrend, klappern sie mit dem Geschirr; protestierend werfen sie mit kleinen Steinchen nach dem monströsen Suppentrog, der, auf einer Hebe-Bühne ruhend, aus der Küche gehoben, und nach dem Essen wieder in der Küche versenkt wird; sie schreien lauthals, wenn sie sich erregen und schon lange auf Bedienung warten; als sei ihr Zuhause ein Börsenplatz brüllen sie fordernd in Richtung Küche oder drohen dem Personal; sie ereifern sich noch, wenn sie zwischen den Gummipalmen auf- und abgehend rauchen, um die Verdauung der Speisen zu erleichtern. Andererseits hört man aus der Küche Stimmengewirr und Spektakel. Sie liegt ein Geschoss tiefer, mit dem Speisesalon durch Treppen, Schächte und Öffnungen verbunden, so dass der Hall nach oben dringt, wenn sie sich dort unten barsche Kommandos zurufen, blecherne Töpfe aneinander schlagen, Bottiche, Kannen oder Kessel zu Boden stoßen. Während sie dort fluchen, sich jagen, heulen oder mit den Zähnen klappern, meckert man hier oben, regt sich auf und macht aus seinem Unmut keinen Hehl. Die Szenerie ist eingehüllt vom Rauch der Zigarren, man raucht im vorderen Teil des Saals, wo synthetische Büsche neben Sofas, Schachbretttischen und anderem trödelhaften Inventar Cafehaus-Flair verbreiten sollen; eine neonbeleuchtete Vitrine stellt Käsekuchen aus, natürlich Plastik-Attrappen. Einige Damen präsentieren Kostüme aus der Rumpelkammer eines Theaters, bauchfrei, mit angesetzter Bolero-Weste; eine von ihnen, mit hochrotem Puttengesicht, schafft es, wie ein Model über den Teppich zu stelzen, vorbei an Senioren mit Lockenperücken. Man sieht vom Bullauge aus, wie die Frau die Gesichter im Profil passiert, die wie eine Reihe blasser Papiermasken wirken; dann plumpst sie schwer in den frei gewordenen Korbsessel, prustend vor Anstrengung. Im Hintergrund reihen sich, über das Essen gebeugt, haarlose Schöpfe und welkende Gesichter, aus denen die Vergangenheit spricht wie aus Kirchenbüchern. Zurückgelehnt ein Herr mit Strohhut, den Arm kraftlos auf einer barock geschwungenen Lehne. Zwischen ihnen eine EU-Bedienstete, versehen mit Kopftuch und Schürze wie vormals Arbeiterinnen einer Produktionsgenossenschaft; oft sind es Ukrainer, die hier arbeiten. Sie zieht einen dampfenden Eimer auf einem Wägelchen hinter sich her; schläfrig schöpft sie bräunliche Brühe in die Teller. Welch ein Zufall! Dort sitzt Sulík, der Verwalter. Mit wegwerfender Geste lehnt er ab, will nichts von dem Mittagessen wissen. Wahrscheinlich ist er hier in offizieller, also kontrollierender Funktion. Sulík hält einen Apparat in den Händen, an dem er dreht und schraubt. Als die Arbeiterin weiterzieht, sieht man ihn breitbeinig auf einem grünen Sessel, schwarze Kopfhörer aufgesetzt, in der Hand eine Art Gewehr: ein Richtmikrofon mit Halterung und aufgesetztem Windschutz. Der Verwalter hält es in Richtung auf das Bullauge, es zeigt genau auf mich, der ich traumverloren in den Grünen Salon blicke, und während ich auf den schwarzen Punkt an der Spitze des Mikrofons starre, werde ich wieder präsent im Raum und höre die Stimmen der anderen.

- Der Hausverwalter könnte allerdings schneller sein als ich; er könnte Keh arrestieren, bevor ich ihn als Subventionsbetrüger entlarve, *mondieux* ich bin aufgeregt, mir fehlen die Worte. Dann müsste ich Monate … oder Jahre …, *merde* ich fühle die Panik, zittere vor Wut. Am meisten macht mir der Dreck zu schaffen, der hier so universell ist, als wäre er die gemeinsame Sprache, Ruß und Staub überall, sie sammeln sich in meinen Bronchien. Egal woher der Wind weht, immer enthält er ätzende Substanzen. Armes Kakanien, es besitzt keine einzige Fabrik, ist aber von schmutzigen Industrien umstellt; man hat sie direkt an den Grenzen angesiedelt, um die Emissionen abzuführen. Rein statistisch senkt es die Schadstoffbelastung der PZ; ich aber vertrage den *reellment* existierenden Dreck nicht, selbst wenn ich mir ein Tuch vor den Mund halte. Selbst der Auswurf der Lunge enthält schwarze Partikel. Ich muss hier weg!
- Was soll das Gejammere? Jeder von uns hat eine Wohnung mit integrierter Toilette und wir müssen nicht hungern. Das ist ein historischer Fortschritt. Ihr dürft den Medien nicht alles glauben. Sie inszenieren täglich neue Bedrohungslagen. So ist es auch mit der Umweltverschmutzung. Der Handelskrieg mit China, die Lage in Russland, die Pandemie: das sind vorgeschobene Motive, Themen, die uns ablenken sollen.
- *Oui, justement au fait*: Desinformation. Das einzige, was wirklich hilft, ist die eigenständige Aufklärung. Und was ist das anderes als Spionage, das älteste Gewerbe der Welt?
- Erkläre uns, was du darunter verstehst, Bruno.

SPIONAGE IN ZEITEN DER FINSTERNIS

Wie ich hat Sulík das *reglement* erkannt: Entweder man entscheidet sich für das Handeln oder das Fühlen. Zum Handeln gehört, das wir uns nicht in fremde Personen einfühlen. Wer Sympathie empfindet, kommt nicht voran. Besser man instrumentalisiert die anderen und sieht sie als Schachfiguren. Diese Gesetzmäßigkeit gilt *naturalment* im kalten Krieg, wo die Spionage bedeutsame Dienste leistet, um feindliche Strategien aufzuklären; in Kakanien ist sie überlebensnotwendig. Wie Episoden von Pest und Cholera sind angespannten Situationen nicht förderlich für sensible Charaktere wie mich. Man verschanzt sich, lebt aus der Konservendose und kultiviert die Beobachtung, indem man die fortschrittlichste Technik einsetzt. Ich favorisiere den von mir entwickelten, verstellbaren Spiegel, wie ihn Zahnärzte benutzen, und den Einsatz von Datenbanken; dabei ziehe ich mich (mittlerweile) auf die sicherste Position zurück. Wenn ich hinter der Gardine stehend aus dem Fenster linse, wundere ich mich über die Banalität anderer Spione, beispielsweise über Lubomir Galko und Ivan Gašparović, die mit Metalldetektoren die Vorgärten und Wege abgehen – nicht aus Jux und Tollerei, sondern im Auftrag des Verwalters. Sulík liebt diese *Gadgets*[21], und behauptet, dass sie das Sicherheitsgefühl der Bewohner erhöhen. Sobald ein Gerät anschlägt, müssen ihn die Sondengänger informieren. Selbstän-

---

[21] *Technische Spielereien*

dig graben dürfen die beiden Gesellen nicht. Schließlich könnte man bei einem Piepton davon ausgehen, dass etwas Wertvolles im Boden versteckt ist, Münzen, Schmuck, Dekor – was jedoch noch nie der Fall war. Die Metalldetektoren sind auch geeignet, Objekte in Bohrschächten oder Gesteinsspalten aufzuspüren, aber derartige Hohlräume sind selten im Bereich des Sanatoriums. Gelegentlich erlauben sich Lubomir und Ivan einen Spaß und tasten mit den Metallsonden Spaziergänger ab. Die Bewohner des Sanatoriums fühlen sich belästigt. Vielleicht ist es Langeweile; an solchem groben Unfug erkenne ich mangelnde Professionalität. Manchmal entdecke ich den Verwalter selbst, wenn direkt vor meinem Fenster mit langen Metallstangen operiert wird und das Gestänge klackend an den Wänden entlang schleift oder gegen die Gitter schlägt. Lange habe ich überlegt, ob Sulík vielleicht das lohnendere Objekt wäre für meine Recherchen? Kann man ihm, dem Verwalter, etwas nachweisen?

l'art pour l'art

und doch korrespondiert jede Kunst mit den Gesetzen innerer Berufung; ich verspürte eine anfängliche Neigung, ihn auszuspionieren, als ich mich zufällig in der Nähe des Komitats[22] herumtrieb. Dort tagen die Verwalter, palavern über Proklamationen der EU. Bei der letztjährigen Konferenz der Bauminister in Brüssel war das Gremium so groß, dass sich die Delegationen darauf beschränkten, die nationalen Standpunkte vorzutragen; im Schlusskommuniqué immerhin

---

[22] *Verwaltungszentrum der UPZ*

einigte man sich darauf, die Fassaden des Komitats zu sanieren und wertete es durch den Einbau tulpenförmiger Balkone auf. Davor, auf dem *Platz der Modernierung,* erkannte ich Sulík, inmitten eines Komplexes von 12.000 Wohneinheiten mit sowjetischem Charme. Er verabschiedete sich von Kollegen in Latzhosen und karierten Hemden, Handwerkern und Hausmeistern, so könnte man meinen, und eilte an den verzweigten, fächerartigen Bauten entlang zur Warschauer Allee. Woher dieser Impuls, sich in die Büsche zu schlagen, unauffällig zu beobachten, abseits aller Wege und Konventionen? Dort wo früher einmal Bibliothek, Poliklinik, Postamt und Freizeittreffs geplant waren, wo einst ein Zentrum gesellschaftlichen Lebens mit Kulturhaus entstehen sollte, windet sich der Pfad in südöstlicher Richtung durch Matsch und Kies. Zeitweise geleiteten mich die oberirdisch verlegten, metallisch glänzenden Rohre der Gasleitung oder Reklametafeln

en effet - es muss Berufung sein

warum sonst sollte man das einzige Paar eleganter Schuhe riskieren, die Anzughose an Dornen aufreißen, das Hemd an der Rinde nasser Bäume ruinieren auf dem Weg in die äußerste Siedlungszone? Der heimliche Beobachter verhält sich derart, weil er meint, das Schauen erweitere und vertiefe sein Wissen. Er späht nicht nur das Verbotene aus, sondern auch das Unbekannte; mit anderen Worten, die Schaulust entspringt dem Bedürfnis, Unbekanntes oder auch Ungehöriges zu entdecken. Eine Stunde später stand ich mitten im Niemandsland, ein weißer

Fleck auf der Landkarte, den ich bis dato nicht ins Auge gefasst hatte. Da merkte ich, dass eine heimliche Beziehung besteht zwischen der Entdeckungsweise des Voyeurismus und der Naturwissenschaft. Der Verwalter blickte sich jetzt öfters um. Verschärfte sein Tempo, schlug Haken. In diesem Fall führt mehr der Instinkt als der Verstand – man folgt außerhalb der Sichtweite des Objekts der eingeschlagenen Route. Die gelblich gekennzeichnete Zone ist mehr als verschmutzt; sie gilt als unbewohnbar; man munkelt, dass hier Industriemüll lagert und einvernehmlich mit den Verwaltern radioaktive Schlacken deponiert werden; doch was übel riecht könnte durchaus die sumpfige Natur des Landstriches sein. Hier finden sich illegale Bretterkonstruktionen, die zeigen, wie kreativ die in die UPZ deportierte Spezies doch ist, die Holzverschläge baut, Hühnerställe, stachelbewehrte Einfriedungen, in denen barocke Salatköpfe aufschießen, zyklopenhaft die Zucchini wuchern. Allmählich bereute ich den Ehrgeiz, verborgene Geheimnisse erforschen zu wollen, zumal ich Sulík verloren hatte, schlich durch den Parcours, nervös werdend, glaubte aus den Augenwinkeln Bewegungen, Fell zu sehen, erinnerte mich an Gerüchte aus dem Agrarministerium, dass man in entlegenen Regionen genetisch veränderte Schweine ausgesetzt habe. Unkrautbüschel schienen plötzlich ihre Form zu verändern, Libellen surrten vorüber in urzeitlicher Größe, *scénario de apocalypse*. Da entdeckte ich eine Gestalt, die einen Koben zuschlug, sie war nackt, gebückt, schlüpfte in eine Kniebundhose, die sie zuknöpfte, ein Mann, er nahm einen weißen Stock auf, wählte unter lauten Anschlägen auf umstehende Bäume den direkten Weg hinüber nach Rusovce, ein Dorf, dass im letzten Jahr von Petržalka vereinnahmt wurde. Er wankte und stolperte und fiel doch nicht über die Wurzelstöcke; das konnte der Verwalter nicht sein: es war der Blinde von meinem Block. Während er sich durch die Farne fraß, auf Pflanzen drosch und tackerte, erfasse ich, hinter einer Birke stehend, den Verwalter, der sich durch Gebüsch verdeckt hielt und bald darauf den Weg wieder aufnahm. Es war nicht mehr weit bis zu seinem Ziel. Hinter den Sümpfen fällt das Gelände zur Donau ab. Auf der ersten Lichtung duckt sich ein Schober in den Hang. Wiederum blickte er sich um, vorsichtig musterte er den Saum der Vegetation, dann öffnete er die Holztüren nach links und rechts, griff eine Forke, warf zwei, drei Strohballen zur Seite, und da blitzte und glänzte die Kühlerhaube eines edlen italienischen Sportwagens. Chromteile funkelten, der Mann schlüpfte in das schwarze Leder, und so schien mir, als ich näherkam, streichelte das hölzerne Furnier des Armaturenbrettes; er stöhnte wie bei einem sexuellen Akt. Ein solcher Reichtum in Kakanien, wie sollte er möglich sein ohne Korruption, ohne dunkle Machenschaften, ohne das Abladen krebserregender Giftstoffe? Wieder ein Anhaltspunkt für Betrug, so dass ich mich über meine besondere Eignung als Spion freute. Schon rieb ich mir die Hände, dachte an meine Rehabilitation in meinem Ministerium, träumte davon, selbst bald wieder die Autobahnen Belgiens zu befahren - und spechtete nach dem Fabrikat - da knackt es, ein Ast bricht unter meinen Füßen, *merde* (!) Der Kerl springt aus dem Fahrzeug, richtet sich auf zu brachialer Größe und schnappt sich die Mistgabel. Mit seinem nackten, von Schorf gekennzeichnetem Schädel und den ausgestellten Ohren schaut er aus wie ein Bluthund. In solchen Dingen kein Held türme ich, hetze durch die Sümpfe, falle auf die Schnauze; immer hänge ich an Dornenbüschen fest. Dann fühle ich die grauenvolle Anwesenheit von etwas Abartigem. Es sind diese riesigen Brummer in der Luft mit weit ausladenden Flügeln, ihr Leib hat die Größe eines Kinderkopfes. Außer Puste lehne ich mich an den Stamm einer umgestürzten Buche, da flügelt ein Mutant über mir, fährt mit sirrendem Geräusch den langen Rüssel aus, der sich mitten durch die Stirn bohrt. Der Schreck sitzt tief, vor allem weil ich zwischen den Facettenaugen eine Nase und einen spaltigen Mund identifiziere, ein menschliches Antlitz. Sie stürzen sich im Augenblick der Schwäche auf dich, sie wittern es wie Aasfresser, und wer will, kann sie schnuppern sehen. Ich schlage nach ihm, und wenn man einen erwischt, zerplatzt er wie eine Seifenblase, die winzige Mengen Blut umschließt

der Tod, la grand faucheuse[23]

offiziell gibt es ihn nicht, jedenfalls ist er in den Statuten der Hausverwaltung nicht vorgesehen. Trotzdem fragt man sich, was mit den Herrschaften geschieht, die leblos in ihren Zimmern aufgefunden werden. Ob man sie im Niemandsland den Mutanten aussetzt? Über Nacht wären sie ausgesaugt, sie hätten keinen Tropfen Flüssigkeit mehr im Laib. Andererseits müssen ihre Überreste irgendwie bestattet werden. Diese Aufgabe erledigen, wie ich bei meinem

---

[23] *frz. Sensemann*

Exkurs beobachten konnte, Lubomir und Ivan, die zwei Gesellen, derer sich Sulík bedient und die er als *Mitarbeiter* bezeichnet. Sie tragen dunkle Kleidung und haben einfältige, knollige Gesichter. Als ich aus den Sümpfen stakste, bemerkten sie mich nicht, da ich hinter einer Tanne pausierte, geschwächt durch das *fanal satanique*, das mir der Mutant zugefügt hat. Mit einem schweren Bündel beschäftigt, räuberten sie die Böschung hinab. Nach einer Weile befand ich mich topographisch über den beiden Männern, sie steckten hinter den Weidenbüschen am Ufer. Die Donau führte an diesem Tag bleifarbenes Wasser, das sich zäh und schlammig fortwälzte. An manchen Stellen kräuselten sich Blasen und Schäume an der Oberfläche. Das andere Ufer lag umrisslos in der Ferne. Ich folgte den beiden und kletterte den Abhang hinab. Vor Anstrengung schwoll mir die Stirn. Deutlich spürte ich die Penetration einer fremden und klebrigen Substanz und begann zu schwitzen. Mein Speichel verdickte sich als sei er mit Mondamin verrührt. Durch die Umrahmung der Zweige beobachtete ich, wie die beiden, von einem Bollerwagen aus, eine lederartige Gestalt über den Kies schleiften, dorthin, wo die Steine in den Schilf ragen. Die Haut des an Oberkörper und Füßen nackten Mannes war von mittelgrauer Farbe. Deutlich zeichneten sich Muskelpartien und Rippen ab. Mehr erkannte ich nicht, weil entweder Lubomir oder Ivan davor standen. Mich fröstelte, als ich sah, wie sie Schwung holten und auf Kommando den Körper in die Donau stießen. Mich irritierte das seitlich einfallende Licht, seine Spiegelung, das ruhelose Flirren auf dem Wasser. Erschöpft lehnte ich mich zurück, spürte das

Gift aus dem Stich des Flügelanten einerseits, halluzinierte andererseits ein Mandala aus grünen, roten und blauen Ästen. Meine Hände, bläulich verfärbt, fingen an, die Gestalt zu verändern. Ich lachte heftig und lange, das Lachen kam in Form von bunten Energieströmen aus meinem Leib. Alles um mich herum schien verstärkt, intensiv, verändert! Der Baum, unter dem ich lag, begann zu glühen und rauschte wie ein Fabelwesen. Buchstaben quollen aus der Donau, stiegen flimmernd in der Gischt nach oben. Als ich mich erhob, um Wasser zu lassen, brach ich in Tränen aus, weil ich dachte, dass es schon spät sei. *Je suis en retard.* Das Gefühl dabei war eigenartig dumpf, beschwert von seltsamen, verzerrten Bildern. Vor allem sah ich mich, umzingelt von Büschen, selbst als eine Pflanze, die eingepflockt ist in den tiefen, schwarzen Boden. Ich begriff, dass ich feststeckte und kein menschliches Wesen in der Nähe war, das mir helfen konnte. Stunden müssen vergangen sein bis ich auf die Beine kam. Zitternd vor Kälte erreichte ich die Medvedovej, es war finster; *tard dans la nuit* habe ich mich erbrochen

pour mieux discuter, il faut être d'accord[24]

Ich erinnere mich an jene Feldforschung in der freien Wildbahn wie ein Wissenschaftler, der weit über die Grenzen seiner Disziplin hinaus gedrungen ist. Mein Arbeitsgebiet bleibt Mathias Keh, der Subventionsbetrüger, die Methode allein das konsequente Beobachten durch das Schlüsselloch. Fortan beschränkte ich

---

[24] *Um besser diskutieren (mitreden) zu können, muss man einverstanden sein*

mich auf den enger definierten Ausschnitt des Gebäudes, ergo meine Behausung, einer gesicherten, laborartigen Situation, und voilá, der Erfolg stellte sich ein. Eines meiner Prinzipien, in Kakanien wie in Brüssel, ist es, so professionell wie möglich zu arbeiten, die technischen Hilfsmittel zu nutzen, systematisch zu protokollieren, was geschieht. Und heute, um 12.16 hat sich das Besondere ereignet; in der Kriminalistik ereignet sich, wenn man geduldig wartet, immer etwas, weil der Täter - unbewusst die eigene Bestrafung anstrebend - sich durch Spuren offenbart. Ich erhielt die Bestätigung aus dem medizinischen Referat des Gesundheitsministeriums, dass ein gewisser Dr. Glaser in Berlin das Attest für Keh ausgestellt hat, das seine Berufsunfähigkeit bescheinigt. Um die Fahrkarte nach Brüssel zu bekommen, brauche ich nur ein Email an die Abteilung für Subventionsbetrug zu schicken, zusammen mit dem Hinweis, dass dieser Arzt seine Diagnosen mit Angehörigen vereinbart und Gefälligkeitsgutachten mit Dr. Vegesack abgleicht (a.a.O.). Es genügt ja, dass man eine Nachuntersuchung des Verdächtigen fordert. Als ich, einigermaßen zufrieden mit der Arbeit, mein Besteck, das ich für die Operation benötigte, einpacken will, sehe ich den Blinden von Zimmer 406 auf den Flur hinaus tappen und amateurhaft an der Tür des Professors horchen. Sein Ohr scheint sich in der Stille zu verlängern, sich vor dem Türschloss zu verzweigen wie ein Polyp, der im trüben Wasser wogt. Was verspricht sich dieser Anfänger von solch einer linkischen Aktion? Er verrät mehr von sich, als er auf diese Weise erfährt! Jeder zufällige Passant, jeder Bewohner, der aus dem Zimmer tritt, kann den unbeholfenen Lauschangriff unmittelbar erkennen. Das erinnert mich an Pieter Bruegels Bild „Die Parabel von den Blinden", das ich, glaube ich, im Palais des Beaux-Arts gesehen habe. Der Blinde beleidigt durch sein tapsiges Vorgehen die gesamte Zunft der Spione. Manchmal sehe ich ihn auf meine Tür zukommen, in beigefarbenen Bundhosen, wie sie Wanderer tragen, einen Trachtenhut aufgesetzt, und mache ein Spiel: Ich stelle mir vor, dass ich es nicht weiß, dass er mich belauscht, klicke mich in das Internet ein, stiere auf den viereckigen Bildschirm, spaziere in den virtuellen Räumen des Brüsseler Justizpalastes, lenke mich ab. Selbst wenn ich beschäftigt bin, höre ich die knackenden Gelenke, sein unterdrücktes Atmen, das Streifen des Filzhutes am Furnier. Durch die geschlossene Tür kann ich seine Aufregung fühlen, den pochenden Herzschlag, die schwitzenden Hände, deren feuchten Abdruck ich später beim Polieren des Furniers vor mir sehe. Wenn ich vor lauter Ungeduld durch das Schlüsselloch schaue, blicke ich auf sein Ohr oder ein anderes Detail der unappetitlichen Visage: auf Haare, die als Büschel, Borsten oder lange Pinsel aus Warzen, Brauen oder Nasenlöcher hervorschießen und dem Blinden das Aussehen eines gesträubten Fuchses verleihen. Es wäre mir peinlich, ihn auf frischer Tat zu ertappen, was durch eine Unaufmerksamkeit leicht geschehen könnte. Es dürfte meines Erachtens ein schlechtes Licht auf Kakanien werfen; man hätte den Eindruck, die Bewohner würden sich gegenseitig belauern und am Ende könnte man die Einrichtung einer Zone für unproduktive Elemente überhaupt in Frage stellen *n'est-ce pas?* Nein, für mich steht fest, dass Leute wie Mathias Keh, Frau

Slobodan, Heike Holbig oder der Blinde in die UPZ gehören; sie passen nicht in unsere aufgeklärte Gemeinschaft. Man stelle sich diese Typen in seinem Lieblingsclub, beim Golfen, beim Concert Noble oder in der Opéra National vor! Absurd! Das hat mit Ausgrenzung nichts zu tun. Die Menschen in der Zone sind strenggenommen ein Abbild der EU-Gesellschaft mit ihren kindischen Moden und Normen, ihrem kleinlichen Ehrgeiz und dem Streben nach Wohlstand und Privilegien. Ich habe während meines Aufenthaltes in diesem Department i.d.R. keinen Unterschied zu meiner Behörde in Brüssel entdeckt: man lebt in seiner Zelle, grenzt sich ab, pflegt seine Allüren; aber ich weiß, dass ich mit dieser Klasse von Menschen, die ich hier kennengelernt habe, nichts zu schaffen haben möchte. Sie sollen gefälligst in Kakanien bleiben und Echsen hüten.

- Du hältst dich für clever, weil du einen kleinen Fisch ans Messer lieferst?
- Das ist kein Spiel *n'est-cepas*? Bald werde ich mich von euch verabschieden. Ich erwarte stündlich die Erlaubnis, dass ich diesen Ort verlassen kann.
- Ich möchte daran erinnern, dass wir therapeutisch arbeiten. Keiner darf außerhalb dieser Runde darüber erzählen.
- Was Bruno für Realität hält, sind Tagträume, Hirngespinste, Phantastereien!
- Ich habe Aufzeichnungen gemacht, Vermerke geschrieben, die Uhrzeit genommen, Datenbanken abgerufen. Meine Recherche ist einwandfrei.
- Du bist ein Fall von Paranoia. Weißt du eigentlich, was in deinen Akten steht, Bruno?

- *Die Pose des Schwebens/ frei von Eitelkeit, voll heiterer Demut/ das ist Poesie in edelster Form.*
- Habt ihr das gehört? Wo kam das her?

KARAMFILOV IST TOT!

Längst habe ich meinen alten Platz am Fenster eingenommen, weit weg von den anderen auf dem grünen, mit Kunststoff bezogenen Sessel. Die Polster sind aufgeplatzt und lassen Schnurgeflecht und Spiralfedern durchscheinen. Dennoch, meine Haut glättet sich und vor allem meine Stimmung, kaum habe ich mich niedergelassen. Grünlich werdend bildet mein Körper die runden Nagelköpfe der Lehnenverkleidung ab. Manchmal vergesse ich, dass ich unsichtbar bin und rede vor mich hin. Unnötig habe ich mich aufgeregt über das blasierte und einfältige Gerede; jetzt lausche ich auf das Lied des Sängers, der die Medvedovej herunterzieht. Ob er mit seiner wehmütigen, vermutlich russischen *melódija* betteln will, weiß ich nicht, oder ob aus seinem Gesang die Weisheiten vergangener Jahrhunderte sprechen; es unterscheidet sich wohltuend von dem Gewäsch des Belgiers. Ich sage mir, dass der Verrat dieses Menschen nur eine Pose ist, die Herrichtung eines Als-Ob. Man simuliert eine Wirklichkeit, indem man sich Kompetenzen zulegt, mimt Moral, Methoden und Meinungen - Krücken, mit denen man respektabler Teil der Gesellschaft sein will. Posen sind ihrer Natur nach Schwebezustände, Balanceakte, Momente des angehaltenen Atems, es ist wichtig, sich ihrer bewusst zu sein. Folgt dem Schritt auf dem Seil noch ein zweiter oder öffnet sich der Abgrund? Bruno ist ein jämmerlicher Clown, er wird abstürzen ohne dass man sein kümmerliches Ende wahrnimmt. Warum hat er sich nicht dafür entschieden, abnorm zu sein und ein ordentliches Krankheitbild zu entwickeln? Warum kultiviert er nicht die Vergesslichkeit so wie ich (denn was gibt es schon festzuhalten)? Auch ich verstehe mich auf Posen, vor allem auf die des Beleidigten! Mein Schweigen ist hartnäckig. Je länger es still ist im Saal, umso fragwürdiger wird das Biographie-Projekt; die Runde droht zu platzen. Dr. Kirsten verfügt frische Luft für alle

raus aus der Gruppe: durchatmen & aufschreiben

schweben, das heißt Wirklichkeiten erschaffen – auf dem Papier, mit der Stimme, in der Phantasie – die man sofort preisgibt, in andere transformiert, in einem Taumel gebärender und in-Frage-stellender Choreographie. Zu schweben, das bedeutet ausgesetzt sein an das Haltlose, Ungreifbare, es bedeutet die stete Gefahr des Absturzes, und die Angst, die Schwingen könnten erlahmen. Der unstillbare Widerspruch zwischen der Schwerkraft und dem Wunsch, zu fliegen, treibt Figuren hervor, Schwebewesen, die in der physischen Natur nicht vorgesehen sind, Engel, Vampire, Dämonen, Geister - Geschöpfe einer Wirklichkeit, die momentweise als Möglichkeit aufscheint, unendlich reich und vielgestaltig in ihren Erscheinungsformen, im Augenblick ihres Erscheinens schon in andere Formen und Bilder übergehend. Es sind Geschöpfe einer Wirklichkeit, die aus ihrer Halbexistenz, aus Flüchtigkeit und Vergeblichkeit, ihren Glanz beziehen. Für sie gibt es weder Fortschritt noch Ziel, sie sind illusionär. Schwebe, Unbestimmtheit, das ist auch der einzig reale Zustand des Menschen. All die Kleinigkeiten, die unser Leben ausmachen, Alltag, Arbeit, Hoffnungen sind bedeutungslos, Luftspiegelungen, in der wir nur uns selbst sehen können, infantiles Spiel

philosophische Gedanken

während sie durch meinen Schädel brausen und bunte Schleifen im Kosmos ziehen, sehe ich, dass die Fenster von Staub und Dreck eingeschmutzt sind, aber auch Putzstreifen, ach ja, und dass der Bettler da draußen verfolgt wird. Langsam biegt eine schwarz gekleidete Gestalt um die Ecke, eine Wollmütze auf dem Kopf, schaut hinter sich, schlendert in die Richtung des Sängers. Die Straße ist aufgrund des trüben Wetters leer, so dass ein einzelner Passant auffällt. Ein zweiter Mann mit einer grauen Schiebermütze nähert sich von rechts und ist dabei, die Medvedovej zu überqueren. Möglicherweise hat der Bettler keine Erlaubnis, als Straßenmusikant zu arbeiten oder bräuchte eine Lizenz. Alles schaut nach einem Zugriff aus, der Gesang bricht ab. Der Mann mit dem hellen Stock dreht sich um, tastet zu unserem Haus, wo ein Raucher steht, ihn begrüsst und zu den Engeln geleitet. Die Verfolger kreuzen sich vor dem Portal, sie stehen unschlüssig auf dem Trottoir; einer zieht das Telefon hervor, dann sprechen sie miteinander; es sind die Mitarbeiter, Ivan Gašparovič und Lubomír Galko, gekleidet in schwarze Lederjacken. Dann erscheint der Mann bei uns im Türrahmen, einen Trachtenhut aufgesetzt und in grüne Bundhosen gekleidet. „Karamfilov ist tot", ruft er der Gruppe zu, die ihn wohlwollend empfängt und ihn Paul nennt, so als ob er in den intimen Kreis dieses Gesprächs gehört. Er ist blind, kein Bettler, das muss ich richtig stellen, der geschnitzte Bambusstock gleitet tickend über den Boden; die kratzige Stimme mit der eigenwilligen Sprachmelodie klingt vertraut und auch besorgt; denn der Mann hört nicht auf, diesen einen Satz zu rufen, der draußen so melodiös und volkstümlich klang: Karamfilov ist tot! Die Aufregung ist groß; um den Blinden bildet sich ein Korridor des Erstaunens

Karamfilov, ich erinnere mich

den hatte ich kurz nach meiner Einlieferung kennen gelernt, das war im Juli irgendwann, also letzten Sommer (?); man sah ihm nicht an, dass er Zigeuner war. In seinem weiß-blauen Hemd und der Trachtenweste mit den Hirschknöpfen konnte er durchaus als Alpenbewohner durchgehen. Stets trug er einen Flachmann mit Czarny bei sich. Was ihn vor allen zugereisten Neubürgern auszeichnete, war seine Gastfreundschaft. Er war klapperdürr und wirkte so ausgehungert wie im übrigen die ganze Familie. Nachdem Mathias Keh seine Frau Zymbul (?) und die Kinder kennengelernt hatte, machte er ihm den

Vorschlag, einen Tauschhandel zu eröffnen (ich dagegen wollte nur Faxe verschicken). Allein die Nachricht, dass Karamfilov einen Shop eröffnen würde, sprach sich herum wie ein Lauffeuer; jeder brachte den lächerlichsten Trödel, um ihn gegen Sahnelöffel, Honig, Zigaretten oder Schokolade zu tauschen. Bald florierte der Handel in der kleinen Wohnung. Anfangs wollte ich nur das Gerät benutzen, das er zärtlich *maşinărie* nannte; dann tauschte ich doch Putzmittel gegen Schreibmaterial und Schnaps. Das Besondere war ja, dass es diesen Treffpunkt überhaupt gab - außerhalb der Reichweite des Verwalters. Der Erfolg Karamfilovs war suspekt, Sulík behauptete, dass es sich um Schmuggelware handelt. Soweit ich mich erinnere hatte das kleine, aus einem einzigen Raum bestehende Geschäft einiges zu bieten, was sonst nirgendwo verkauft wird: die Tabakmarke *Kretin do Ror*, deren Packung ein schwarzer Totenkopf ziert, Kokosplätzchen, die in einer Vitrine ausgestellt waren, italienische Nudeln, und seit kurzem das Lotto. Manchmal mag es lebenserhaltend sein, Gespräche über das Wetter oder gesundheitliche Fragen zu führen, und mit den Losen kaufte man zugleich Hoffnung, die Hoffnung, dass sich die Lage eines Tages bessert; die Gerüchte mehrten sich sogar, dass Karamfilov imstande sei, eine kleinere Summe auszuzahlen. So herrschte in den letzten Wochen in dem Stübchen eine drangvolle Enge, man tauschte Neuigkeiten und mitgebrachte Süßigkeiten aus, und kaufte von Zymbul, die immer ein Kopftuch aufhatte, weitere Lose, auf denen jeweils eine handgeschriebene

Nummer stand. Mit einem Lächeln überreichte sie das zusammengerollte Papier, voller Stolz darüber, dass sie die Zettel die Woche über selbst produziert hatte und ihr die Nummern einfach so eingefallen waren. Karamfilov freute sich über die vielen Besucher und schenkte einen Schnaps nach dem anderen aus. Sollte er wirklich tot sein, dieser lebensfrohe Mann, der hin und wieder zum Schifferklavier griff? (ich muss dringend ein Fax verschicken, solange es noch möglich ist) Ja, die Karamfilovs seien ein lebenslustiges Völkchen, meint der Blinde. Nun solle der Zigeuner in die Donau gesprungen sein? Freiwillig? Der Mann, der vor kurzem ein Fest nach dem anderen gefeiert und immer gesungen hat? Niemals! Kein Wunder, dass seine Frau nur noch Schäkewees schreit: Unglück in seiner schlimmsten Form!

aufgeregt & empört

begreife ich, dass der Mann mit dem Trachtenhut auf meiner Karteikarte mit dem Namen *Paul* vermerkt ist. Wenn Dr. Kirsten ihn in diese Runde bestellt hat, deren Ziel die biographische Arbeit ist, und deren Mittelpunkt und Thema zweifellos Mathias Keh ist, dann soll sich dieser Mensch gefälligst nicht so produzieren. Das fällt dem Menschen, der auf meinem Stockwerk wohnt, anscheinend schwer. Welch einen Radau macht dieser Kerl! Ja, Karamfilov ist tot! Aber derjenige, der wirklich betroffen ist, das bin doch *ich*. Erstens will ich das Fax an die Auftraggeberin verschicken, zweitens … hat Keh mit ihm Nachforschungen unternommen. Dr. Kirsten muss den Blinden zur Räson bringen. Schließlich ist es die Biographiestunde, eine therapeutische Maßnahme, an die ich mich gewöhnt habe. Solange ich ihn nicht gefunden habe, existiert Mathias Keh nur in der Erzählung der anderen. Auch wenn es ihre Geschichte ist, die sie erzählen, eine Lügengeschichte, auch wenn ich ihre Erfindung nicht verstehe oder nicht richtig wiedergebe, dann ist es doch ein Puzzleteil - unverzichtbar in meinem Bild.

- Karamfilov hätte den Schnaps ja in einem Kahn über die Donau bringen müssen. Und unbemerkt durchs Niemandsland.
- Hört endlich auf mit dieser albernen Geschichte.
- Paul, du bist neu in der Runde. Ich schlage vor, dass du uns deine Meinung erzählst. Du darfst den Mund-Nasenschutz abnehmen.
- Wie absurd: die Sichtweise eines Blinden. Das werde ich meinen Freunden in Brüssel erzählen …

FAX an Barbara Keh

Absender: Ben Borowiak c/o Karamfilov

Hallo Frau Keh,

auf keines meiner Faxe haben Sie reagiert. Ich habe den Eindruck, dass Sie mich in Kakanien verschimmeln lassen wollen und der Auftrag an mich nur ein taktisches Manöver war. Dass ich aufgrund von äußerlichen Ähnlichkeiten in die Fußstapfen ihres Mannes getreten bin, heißt nicht, dass ich das Spiel bis zum bitteren Ende auskosten will. Der Kontakt über das Fax des Herrn Karamfilov ist inzwischen zu gefährlich, es ist unbedingt nötig, dass Sie einen Weg finden, mich hier herauszuholen, und sei es, indem Sie persönlich erscheinen. Das hat mit den Aktivitäten Ihres Mannes zu tun. Er ist immer wieder von der Bildfläche verschwunden und hat möglicherweise zusammen mit einem Zigeuner Schmuggelware über die Donau gebracht. Der betreffende Herr mit Namen Karamfilov ist kürzlich unter merkwürdigen Umständen verstorben – mit ihrem Mann könnte Ähnliches passiert sein. Von daher stehe ich unter verschärfter Beobachtung und bin mir nicht sicher, dass meine Tarnung als *Mathias Keh* gegenüber der Klinikleitung wirklich funktioniert. Liebe Barbara, ich bin mit meiner Geduld definitiv am Ende. Allein durch die verabreichten Pharmaka werde ich meschugge, leide an Paranoia und werde von Tag zu Tag unberechenbarer. Wenn Du mich nicht rausholst, werde ich den ganzen Schwindel auffliegen lassen. Und dann bist auch Du dran, weil Du letztlich nur am Vermögen deines Mannes interessiert bist und deshalb den ganzen Betrug eingefädelt hast. Eines solltest du noch wissen: *ich bin es*, der die Kontoverbindungen deines Mannes für die Schweizer Banken besitzt, zusammen mit den Zugangscodes!

DER BLINDE

Wenn der Unfall vor zwei Jahren etwas verändert hat, dann dass ich meinen Sinnen mehr traue als je zuvor. Die Polymere waren für mich die Essenz eines eigenbrötlerischen Daseins. Mein Leben spielte sich im Kopf ab, auf dem Bildschirm eines Rechners und in einem 60qm großen Laboratorium an der Avenue de l'Europe. Dann diese Explosion, Reagenzgläser platzten, es war, als ob fliegende, blitzende Vögel auf mich stürzten. Als mir giftige Dämpfe die Augäpfel verätzten, stellte sich heraus, dass die Entlüftungsschächte nicht funktionierten, Rauchmelder und Sprinkler nicht anschlugen, der Notausgang verschlossen war. Die Geschäftsleitung wickelte den Fall unter PR-Gesichtspunkten ab; keinerlei Details drangen an die Öffentlichkeit, solange ich in ärztlichem Gewahrsam war. Das Gerangel um eine finanzielle Abfindung, das an meine unglückliche Lage anknüpfte, beendete die zwölfjährige Arbeit im Strasbourger Chemiekonzern mit einem Schuldspruch. Auf außerordentliche Weise hat sich durch die Affäre mein Gehör geschärft. Nicht durch Maßnahmen der Rehabilitation oder einen transmittorischen Effekt, einer Übertragung der Sehkraft auf einen anderen Sinn, sondern während des Brandes selbst. Ich hörte die Pompiers bereits, als sie ohne jedes akustische Signal aus der zwei Kilometer entfernten Feuerwache ausrückten. Ich hörte die Rede eines Abgeordneten im Europaparlament, der eine Großfusion im pharmazeutischen Sektor ankündigte. Ich hörte Schüler auf dem Heimweg im Pavillon Josephine ein Kinderlied singen. Als der Arzt mich reanimierte, hatte ich mich verpuppt, war eine mir fremde Person geworden. In der Hitze reagierten die im Labor gelagerten Substanzen wechselweise miteinander, es ist denkbar, dass eine seltene chemische Verbindung kreiert wurde, die auf die Synapsen wirkt und Gehör und Gedächtnis auf phänomenale Weise beeinflusst.

Noch heute, wenn ich die Pfade zwischen Mietskasernen und Wohnblocks entlang tappe, registriere ich groteskermaßen jedes einzelne Blatt, das sich vom Baum ablöst, höre wie es durch den kakanischen Herbstwind segelt und auf dem Erdboden aufschlägt. Alles nur Einbildung? Die Fachärzte konnten keine Veränderung meiner Hörkraft feststellen und diagnostizierten extreme nervliche Anspannung. Manchmal befürchte ich, verrückt zu werden, weil sich die unscheinbarsten Geräusche in meinem Gehör auswachsen zu Erschütterungen, Explosionen, Donnerschlägen: Tritte auf dem Flur, das Abstreifen der Schuhe, das Öffnen und Schließen von Türen, die Betätigung der Toilettenspülung, die uncharmanten Laute, die ihr vorausgehen. Nachts verschließe ich die Ohren mit wachsbetropften Stöpseln und Ohrklappen, um das grauenhafte Schnarchen des berühmten, nach sechs Jahren Haft nach Kakanien überstellten Dubliner Mörders nicht zu hören, der mein direkter Zimmernachbar ist. Er gibt mir das Gefühl, in ein Raubtiergehege gesperrt zu sein. Bei nervlicher Belastung nehme ich *Haldol*, ein Beruhigungsmittel, das mir die Hausverwaltung kulanterweise zugesteht. Es stimmt mich mutlos, deprimiert zuweilen, einer Welt ausgeliefert zu sein, die ich nie gesehen habe, ohne Angehörige zu leben, umgeben von einem Dschungel aus zwei Dutzend europäischen Sprachen, deren Tohuwabohu wie bei dem legendären Turmbau zu Babel für endlose Konfusion und Ärger sorgt

spüren Sie das Wunderbare

das in dieser Musik liegt? Von der anderen Zimmerseite vernehme ich das Stöhnen der Sinologiestudentin, ihr ekstatisches Schreien beim Orgasmus, das Schlagen des Bettgestells an die Wand, wenn sie den Flötisten mit ausgesuchter Raffinesse vögelt – Laute, die mich nicht minder touchieren. Trotz meiner Blindheit sehe ich nachts die Mademoiselle vor mir, die seufzt und ächzt und fordert, dass ich meinen Schwanz tiefer in sie versenke. Ich würde ihre Lust durch Schläge auf den Hintern steigern, durch Bisse in den Hals, in die Flanke, die Schenkel, aber auch die kleine Studentin beißt gerne, sie ist, wenn auch niedlich, eine Raubkatze, der es nach Fleisch gelüstet. Ich höre es am entsetzten Aufschrei des Dänen, der um seine Hoden fürchtet, sein angstvolles Flehen, wenn sie ihn unterwirft und den Kolben mit gewagten Lançaden malträtiert, dass er fast bricht. Wenn es ihr gefallen hat, schnurrt sie wie ein Kätzchen, die Silben fließen süßlich lobend ungeordnet aus ihrem Maul. In letzter Zeit hörte ich von Seiten des Musikanten nur noch Schnarchen, nicht bedrohlich wie von der anderen Zimmerwand, sondern harmlos grunzend wie bei einem Ferkelchen, das gerade Milch getrunken hat. Ich denke die Wildkatze sucht nach einem Mann mit Esprit, einem, der sie völlig befriedigt. Was ist die

Flöte doch für ein klägliches Instrument gegen ein Waldhorn!

Sobald die Hausbewohner erwachen und ihre grässliche Lebendigkeit beim Frühstücken in einem höllischen Spektakel kulminiert, verlasse ich meine Loge zur morgendlichen Promenade. Mathias Keh, der neben dem Mörder wohnt, gähnt so konvulsivisch, als ob sich sein Innerstes nach außen kehren will, um Feinstaub und Ballast - die Überbleibsel des gestrigen Tages - aus sich herauszuschleudern. Nachdem er die Zähne geputzt hat, bläst er die Backen auf, stößt in schneller Folge Luft aus, trompetet mit dem Mund, ich höre es im Vorbeigehen, dann sagt er den rätselhaften Satz: „Das Bad riecht nach Bagdad." Von ihm habe ich den Eindruck eines haltlosen Menschen, der mit dem Leben nicht fertig wird. Was besagt so ein sinnloser Satz? Sind das Zwangsgedanken, die einem Unglücklichen morgens durchs Hirn schießen oder schon Emanationen einer alle Konventionen ausradierenden, Defätismus erzeugenden Krankheit? Ich höre die Leute über ihn reden, über seine Nachlässigkeit, an seiner Kleidung hafteten Reste des Frühstücks, des Mittagessens, man sehe es an weißen Flecken, dass er sich gegen Wände lehne, seine Kleidung sei voller Löcher, Motten- und Brandlöcher, wie man hört, und ich habe keinen Anlass, an den Bemerkungen seiner Nachbarn zu zweifeln. Das ungepflegte Äußere ist wohl weniger Ausdruck von Faulheit, Keh ist gedankenlos und fahrlässig oder, in einem anderen Sinn, allzu verkopft. Was immer er sich denkt, vorstellt oder erträumt, liegt ihm näher als das Praktische und Notwendige. Manche Fragen beantwortet er mit der aller größten Detailverliebtheit, beschreibt Ne-

benumstände, erklärt sie eigens durch abseitige Geschichten, die ihm so gefallen, dass er den roten Faden verliert. Die Realität sei ihm einfach zu langweilig, sagt er häufig, um seine Aussetzer zu begründen. Alles, was man von ihm erwarte, sagt er, seien ein paar Standards, aber er hasse Klischees und polierte Oberflächen. Wenn er sich anpasse, empfinde er Ekel und Überdruss; sein Interesse an der menschlichen Kommunikation sei begrenzt. An den meisten Dingen, über die man redet, wolle er jedenfalls nicht teilhaben, sagt er.
Mich wundert nicht, dass sein Kurzzeitgedächtnis nachlässt, Denkvermögen, Sprache, Motorik; es sind dies Symptome einer Komplett-Frustration, die mit den Jahren chronisch geworden sind. Mathias Keh ist kaum älter als ich; früher hatte ich das Sentiment, wir könnten Freunde werden. Ich habe ihn sogar zum Meesti eingeladen, einem unserer Familienfeste; es war wie in Strasbourg mit dem zweiten Turm der Kathedrale Notre-Dame, es wurde nie etwas daraus; später regte ich mich darüber auf, dass er sich nicht im geringsten um mich schert. Während unseres ersten Gesprächs, bei einem Aufeinandertreffen im Speisesaal, wollte ich ihn überreden, das Studium der Pädagogik weiterzuführen und danach eine Stelle beim Staat anzustreben, beispielsweise in einem Amt für Statistik. Von mir aus Altersteilzeit; aber besser als nichts! Da ich über ein exquisites Gehör verfüge, blieb mir nicht verborgen, dass er das Fach aus Weltschmerz abgebrochen hat. Er erzählte es der jungen Dame, von der ich sprach. Sehr obskur! Weil sein Vater früh verstarb und der Familie nichts hinterließ, müsste er sich wahrscheinlich in Brüssel um ein Dar-

lehen für ein Seniorenstudium bemühen, das ist die wahre Bredouille. Wie will er sonst in die PZ zurück? Um ihm seine Situation zu verdeutlichen, verriet ich Keh, dass mein früherer Arbeitgeber, ein großer Konzern, in Kakanien Arzneimittel testet; dass es sich bei der UPZ um eine großangelegte Versuchsstation handelt; ein Firmengeheimnis, dass ich bislang keinem anvertraute. Ich versuchte ihm klar zu machen, dass er auf verlorenem Posten ist. Ich wollte ihm verklickern, dass niemand an unserer Fortexistenz interessiert ist, an der Heilung unserer Krankheiten oder einer adäquaten Ernährung. Wir sind Versuchstiere, die nicht einmal artgerecht gehalten werden. Wie viele von uns sind auf den Verzehr von Gräsern, Eicheln, Sonnenblumen, Beeren und andere wilde Früchte angewiesen, um satt zu werden? Die offiziellen, von Brüssel vorgegebenen Rationen von 300 Gramm an verzehrbaren Lebensmitteln reichen nur theoretisch, der Bedarf ist auf eine 60 Kilo schwere Normalperson ausgelegt, die nur in der behördlichen Statistik existiert. Zudem verschwinden viele Lebensmittel aus Lagern und Kühlhäusern. Die Mahlzeit nährt auch diejenigen nicht, die kaum noch physische Bedürfnisse haben. Wer Vitamine will und ballastreiche Kost, besorgt sie sich in den Wäldern. Auch deswegen haben die meisten von uns Verdauungsprobleme, ich weiß es, ich registriere es aufgrund meines phänomenalen Gehörsinnes wie sie mit geblähten Mägen schimpfen, sich nachts vor Schmerzen in den Betten wälzen, furzen, rülpsen, seufzen, vor lauter Unbehagen zetern und Streit beginnen, auf den Bäuchen trommeln oder unentwegt auf den Toiletten herumdrucksen, und doch wissen sie nicht, dass der infernalische Druck durch keimende, gärende Zusatzstoffe entsteht. Ich selbst wurde Opfer der chemisch erzeugten Nahrung. Nach dem Genuss eines Filets Stroganoff hörte ich ein artfremdes Glucksen in meinem Bauch, dann spürte ich das nahende Gewitter sowohl seitens des Darmtraktes als auch durch die Speiseröhre

mir war endlos übel

ohne dass ich wusste, warum eigentlich. Mir war derart übel, dass ich bei dem angestrebten Verdauungsspaziergang immer langsamer wurde, mich ermattet durch die Medvedovej schleppte, wo mich der zufällige Geruch eines Abfalleimers so reizte, dass ich mich übergeben musste. Zuvor hatten mich fürchterliche Gedanken gequält, abartige Eingebungen, ich sei ein unnützer und parasitärer Sonderling, der kein Recht habe, zu leben. Als ich mich in den Kübel entleerte, erinnerte ich mich sogleich an den künstlichen Geschmack und den künstlichen Geruch des Fleisches. Was aber schlimmer wog, waren die Momente danach; denn als ich mich entfernen wollte, gluckste es wieder; diesmal in der metallenen Box, es grummelte und schlug rechts und links aufrührerisch an die Wände, nicht anders als vorher im Magen, und knurrte böse, als ob es mich angreifen wollte. Sobald ich Land gewonnen hatte, dachte ich daran, den Koch zu erschlagen oder den Verwalter. Das war ein Glück, denn die Wut half mir, den Hauptfeind aller Blinden zu besiegen, die Lebensangst. Diese Wut sagt mir, dass man kämpfen muss, um sich zu behaupten, und sei es mit Tricks und betrügerischen Mitteln.

Und so riet ich Keh, unbedingt die Rückkehr in die
PZ zu betreiben, doch er reagierte auf meinen Vorschlag abweisend. „Dieses kümmerliche Sein, das die
Leute dort anstreben, interessiert mich nicht", sagte
er. Ich erzählte ihm von meinem Unfall, der wunderbaren Gabe, kleinste Geräusche aufspüren zu können. Keh reagierte indifferent, verträumt, wie einer,
der mit dem realen Leben abgeschlossen hat. Er verwahrlost wie ein Clochard. Einmal bin ich beim Vorbeigehen im Flur an seine Zimmertür gestoßen und
habe meine Ohrmuschel beschmutzt. Die Tür war in
der Nähe des Schlüssellochs überzogen mit einer glitschigen Creme aus Marmelade und Senf, die in mein
empfindliches Hörorgan tropfte. Seitdem habe ich
den Eindruck, dass der Mann in den Tag hinein lebt
und sein Heim verlottern lässt. Dabei könnte er mit
$H2O$ und anionischen Tensiden schon einen neuen
Anfang machen! Da lobe ich mir den Dubliner Mörder, der jeden grüßt und mit Manieren begegnet, die
man sich nur in der Strenge des Zuchthauses aneignet.
Im Allgemeinen vergesse ich solche Schmähungen so
schnell wie die Route meines Spazierganges, den ich
täglich mache. Die Vormittagssonne, die mich begleitet, braucht lange, bis sie die Luft erwärmt, man
spürt, dass Mittelgebirge in der Nähe liegen, der
Wind aus Nordosten ist kühl. Die Malé Karpaty reichen bis an Bratislava heran - ich wünschte, ich
könnte sie eines Tages durchwandern, vielleicht mit
Heike, die - wie ich bei unserer letzten Biographischen Sitzung anregte - als Altenpflegerin arbeiten
und sich um mich kümmern könnte Oder mit der

Assoziation blinder Chemiker, ABC, die sich kürzlich gegründet hat mit dem Slogan „Eine starke Gemeinschaft". Bislang konnten wir uns nicht auf eine gemeinsame Sprache verständigen, da wir aus sechs verschiedenen Ländern kommen. Fraglich ist, wer die gemeinsamen Exkursionen anführen soll. Jeder von uns hat, wie die Elektronen im Bor'schen Keulenmodell, eine gewisse Aufenthaltswahrscheinlichkeit, aber tatsächlich finden wir uns nie am vereinbarten Ort. Damit der Verein tagen kann, bedarf es einer Serie gefährlicher Karambolagen. Bei unserer konstituierenden Sitzung stellten wir fest, dass jeder eine Frau sucht, die ihn umsorgt. Wir haben deshalb unser Taschengeld zusammengeworfen, um auf Slowakisch zu annoncieren: „Freies Radikal sucht reagibles Element." Ist das nicht witzig? Wir hoffen auf mindestens sechs Zuschriften.

Der Mangel an Begegnungsstätten, der von offizieller Seite mit dem Handelskrieg und der Situation in Russland begründet wird, führte zu einer bemerkenswerten Initiative engagierter Bewohner, ehemaligen Kulturträgern der PZ. Lange sammelten sie für ein kleines Forum, nicht weil die Leute nichts spenden wollten, sondern weil es nur Bedürftige gibt. Schließlich entstand das Provisorische Theater zwischen Kieshaufen, gezimmert aus Brettern. Die Verwalter lachten und meinten, es sei nur eine Holzarena inmitten von Baustellen und wer würde da schon hingehen! Zumindest für den Anfang behielten sie recht. Auf diesen Bänken saßen die Zuschauer äußerst unbequem, Mäntel und Jacken musste man auf den Schoß nehmen und in den Pausen auf den Rängen bleiben, weil überall Baumaterial, Pfützen und Abfall waren. Zudem konnten sich die Veranstalter nicht auf ein Programm einigen; das Projekt drohte an nationalen Egoismen zu scheitern. Als man in einem Wurfblatt Stummfilme von Charlie Chaplin und Buster Keaton ankündigte, begann ein beispielloser Andrang auf die Vorstellung. Wir hatten für ABC Plätze ergattert, unter Aufbietung aller Kräfte. In der letzten Reihe links saßen wir, angeheitert durch eine Flasche Czarny. Einem besonderen Umstand, der Hilfe einer Ukrainerin, ist zu verdanken, dass wir fast vollzählig waren. Nur der Portugiese fehlte. Die Stimmung entwickelte sich ganz nach meiner Façon, das Fläschchen kreiste und wir lachten uns fast die Kehle aus dem Hals, bis plötzlich jemand auf Deutsch rief: haut schnell ab, da ist kein Film; die Arena brennt! Ja richtig, es knackte und knisterte, meine geniale Hörapparatur hatte versagt. Die gewaltige Hitze, sie rührte nicht vom Alkohol! Sogar der Kittel meines Nachbarn Andrej hatte Feuer gefangen, so dass wir wie wild mit Decken und Schals auf ihn ein klatschten und Beine und Stöcke in die Hand nahmen, um uns zu retten.

Sind die Zigeuner an allem schuld, wie Gregor Sulík behauptet, oder waren es die Ordnungskräfte, die im Auftrag des Komitats handelten? Manche wollen sie erkannt haben an den Schnürbändern und Krawatten, den runden Mützen mit Pelzbesatz und den Stöcken, die in geschnitzten Köpfen auslaufen. Diese Truppe schlägert schnell, wenn man die etablierte

Ordnung nicht respektiert. Musik ist ihnen ein Greuel, jedes Lachen in ihren Augen verhasst. Seltsame Vögel. Wie kann man nur ein so armseliges Theater in Brand stecken?

Trotz des Mangels an Betreuung und des Reiseverbotes fühle ich mich freier als in der PZ Gelegentlich stolpere ich noch über Tierkadaver oder Müllsäcke, die sich zwischen den Hauseingängen stapeln und auf den Abtransport warten; nicht jedoch, wenn ich mich auf den fauligen Geruch konzentriere, der wie ein Nebel über den Sammelstellen liegt. Auf meine Sinnesorgane kann ich mich verlassen. Wenn ich Kröten höre, bin ich in gefährlicher Nähe der Schlingpflanzen, die sich vom Bretterzaun herablassen und auf den übersäuerten Böden ausbreiten

das Waldhorn, endlich, nach langer Pause

draußen, in der rauen Wildnis, relativieren sich die Eigenarten der kakanischen Neubürger, alles Gekünstelte verliert sich zwischen Büschen und Farnen, in deren (wie ich hörte) ausgeprägter Schönheit ich mich gestern hoffnungslos verirrt hatte. Der Spaziergang währte bereits Stunden, mir war nicht aufgefallen, dass ich mich von den Sand- und Kieswegen entfernt hatte, von dem Lieferverkehr und den Menschengruppen. Da ich die Sonne nicht im Rücken spürte, muss es mittags gewesen sein. Lianen an den Bäumen, rankende Parasiten, ich hatte mich in eine unbekannte Gegend verirrt. Sirrende Geräusche, die näher kamen, erwiesen sich als Kinderlaute, freilich eigenartig hoch, wie es der Fall ist, wenn der entsprechende Resonanzkörper für die Stimmbänder fehlt. Als ob man ein Elektrolysegerät anschaltet. Wahrscheinlich waren sie unterwegs, Pilze zu sammeln, von denen (wie ich hörte) viele Arten mit überraschend großer Knolle keimen. Ein wenig mystisch und religiös sind diese hanakischen[25] Waldbewohner, die einen singend umringen, Larven auf den Gesichtern, ein äußerst individualistisches, egalitäres Volk, gegen das Prinzip der Autorität eingestellt; so erkläre ich mir, dass sie mich in fortwährender Kampagne mit den Fingern stießen, hin zu einer exquisiten Affäre, der leidenschaftlichsten, die ich mit einem weiblichen Wesen hatte.

Ich flüchtete in ein ganz gewöhnliches Zimmer, wie man es in Pensionen am Meer antrifft. Vielleicht ist das Rendezvous deshalb für mich von Geheimnis umwoben, weil es banal war, oder weil seit meiner Erblindung die Erinnerung an Ähnliches verblasste; ich zehre von den Vorstellungen, die mir das fickende Paar, sein Stöhnen und Keuchen im Nachbarzimmer des Sanatoriums übermittelt; allein, Geräusche erfüllen mich nicht, solange ich nicht selbst agiere. Kaum erigierte mein zweiter Stock, stellten sich in meinem Kopf Farben ein: das grünlackierte Bett, das vor mir erschien mit gelber Decke, in einem Eck ein roter Schrank. Es konnte kein Zweifel bestehen, dass eine Frau das Budoir bewohnte, da mir starke Gerüche in die Nase stiegen. Gewiss stand irgendwo ein Spiegel, vor dem sie sich frisierte, Lippenstift auftrug oder kokett ein Schleifchen ins Haar zog. Zu Füssen des Bettes ruhte ein ockerfarbener Sessel. Die Stühle hatten orangenfarbene Sitze und

---

[25] *Hanaken: ethnische Gruppe aus Mähren*

Rückenlehnen, jedenfalls in meiner blinden Phantasie, ich sah diese Möbel vor mir, obwohl wir es weder auf dem Stuhl noch auf dem Bett trieben. Das Lebensgefühl der ländlichen Bewohner ist einfach, bäuerlich, es sind Menschen des ersten Impulses; und so drängte sie die Lust, die Sache gleich auf dem hellblau gefliesten Boden zu arrangieren

une coup de foudre[26]

ich fühlte an ihrem Unterleib, dass sie kaum weniger erregt war als ich. Sie hatte sich an die weißgetünchte Wand gelehnt, den Oberkörper in einen struppigen Pullover gehüllt; von der Taille abwärts präsentierte sie sich nackt. Sie legte den Kopf zurück, wahrscheinlich las sie gerade ein Buch, das sie etwas oberhalb des Bauches aufgeschlagen in der Hand hielt. Weiter unten, zwischen den gespreizten Schenkeln, glänzte schwarz der Fleck ihrer Scham; sie war, im Gegensatz zu der keusch-nachdenklichen Aufmerksamkeit, die zum Lesen erforderlich ist, auf anstößige Weise dargeboten. Nun mochte sie einem Blinden gegenüber die übliche Vorsicht einer hanakischen *samička*[27] nicht walten lassen und hatte sich nicht die Mühe gemacht, etwas überzuziehen. Sie war kleiner als ich, schätzungsweise einssechzig, Arme und Beine wirkten auf mich außerordentlich kurz, umso riesiger erschien mir das borstige Vlies, das ihr Geschlecht bedeckt, fast künstlich, als ob sie sich ein Stück Biber- oder Bärenpelz angeheftet hätte.

---

[26] *frz. Blitzschlag, Liebe auf den ersten Blick*
[27] *Bezug unklar; tschch: Waschbär; slowk: Weibchen*

Wusste sie, dass sie nicht nur ihren nackten Körper zur Schau stellte, sondern auch, was in der Regel abstoßend auf Männer wirkt, den Tampon, dessen Schwänzchen sich unter meiner Hand ringelte? Gewiss wusste sie es, es war Libertinage, gewürzt mit einer frechen Herausforderung: sie wollte meine Geilheit auf die Probe stellen, wollte wissen, ob ich genüg Atem hätte für die Etüden mit dem Waldhorn. Das Spiel zwischen uns wurde durch Raffinement angespannter und provozierender, denn sie wendete sich und drehte sich in der engen Koje und stieß mir fortwährend das Hinterteil entgegen, freimütig wie Slawinnen sind und äußerst schamlos. Auch jetzt machte sie keine Anstalten, die Jalousien zu schließen. In dem fortwährenden Hand- und Fußgemenge entwickelte sie Zärtlichkeit und Phantasie, erwies sich aber auch als unbeständig, ausweichend, fiel von einem Extrem ins andere. Als Erbe der Avarobulgaren sind eine Menge türkischer Typen in diesen Landstrich eingesickert, sinnliche, starke Esser, von Fett durchwachsene Menschen; von daher erhaschte ich von ihr die eine oder andere speckige Partie im Nackenteil oder im Kamm, ein zusätzlicher Ansporn, da ich die pralle Rubensform goutiere. Unter den Achseln roch sie nach Holunder, entzückend; wie ein Gourmet entdeckte ich sukzessive die Gerüche des Waldes. Sie wiederum schätzte den Esprit, den ich als Franzose natürlicherweise besitze, die Komplimente, die mir die Furie entlockte. Gleichwohl hatten wir Verständigungsschwierigkeiten. Sie gab eine Reihe bacchantischer Laute von sich, die sich anhörten wie

Cccchabazzti, zcssshsshhabbblli, cccchabbbatsscckko oder ssskhabbbažhli, die aus dem französischen échaufaud, chabrot, chapeau oder was wahrscheinlicher ist, dem jüdischen Schabbes oder Shabbat abgeleitet sein könnten, und nach jeder dieser Interpretationen unserem Beisammensein neue Färbungen verlieh; auch Schabotte oder Schabracke waren als Varianten unseres exzentrischen Hasards denkbar oder gar Schabernack; vokalarm diese Sprache, ein verwirrendes Idiom, das in jener Einöde praktiziert wird. Wie gesagt, ich bin Chemiker, nicht darauf aus, Dinge zu verstehen, sondern trainiert, sie anzuwenden. Weniger die Sprache der *samička* interessierte als vielmehr ihr linguales Werkzeug. Der erste Kuss, nun ja, Grassamen fielen mir dazu ein, Wacholder, Honig, Getreide, aber auch Kartoffelschalen. Ihre Zunge schmeckte rau, wie behaart, und ist bedeutend größer als meine; das erklärt die schwerfällige Sprechweise, die auf eine Behinderung hinzudeuten schien. Ihr Brüste, nun wagte ich es, enorm fest, weiße lederartige Birnen, mit Kuppen wie aus Harz, aber wenig erregbar. Wieder abwärts: der Tampon war weg. Wenn das kein Zeichen sein sollte! Code für den Connaisseur! Fühlte sich nicht schlecht an, diese Hautfalte mit den Borsten, als hätte man Lockenwickler eingedreht; war aber ein Beutel; seine Öffnung führte direkt ins Gedärme des Unterleibs, wo es pulste und wabberte. Quaaaaröööök, quaaaadrröökwiiieeeekk, kwiiiieckquörrrriöööök, dieses Geschrei irritierte mich; dazu betörender Grasatem *l'atmosphère de laissez-faire s'estompe*[28]

nein, es war weit weniger traditionell, als ich es schildern könnte; zunehmend machte sich sinnliche Derbheit breit. Sie furtelte herum, von einer Seite auf die andere, immer wieder, so dass ich mir den Weg, die Genickfurche hinab, zwischen den Schulterblättern herunter, erst bahnen musste. Irgendwann knickten ihre Vorderläufe ein, die Sache kam ins Fließen. Sie könnte eine Nachfahrin eingewanderter Ukrainer sein. Das Temperament der Ruthenen[29] zeigte sich, als mich, kaum neigte sich unser Tête-à-tête dem Ende, ein Schlag wie von Hinterhufen aus dem Stundenhotel beförderte: eisenharte Damenschuhe, mit den Füßchen verwachsen. Sie war nicht wie andere Bewohner der Sümpfe, die krankhaft versuchen, einen Wirt zu finden, so dass dieser Exkurs bis auf einige Schrammen glimpflicher ablief als die Kontakte mit den Nachbarn. Auch wenn man bei ABC[30] von Geschöpfen erzählt, die ihre Eier in Hautfalten tragen (der Portugiese), oder von hochbeinigen Amazonen mit anschmiegsamen Rüsseln (der Schwede), die Sümpfe machen mir keine Angst

die Hausmeister Kakaniens dagegen

sind bekannt für ihre virile Kraft, sie sind die wahren Alpha-Tiere, von daher prädestiniert zur Führung

---

[28] *frz. die Lässigkeit verschwand*
[29] *Bergvolk zwischen Slowakei, Rumänien und Ukraine*
[30] *Assoziation Blinder Chemiker, s.o.*

gemütvoller Menschen. Wahre Alleskönner sind sie, wenn man ihren Aussagen glauben darf, und dazu ausersehen, die Bewohner in allen Belangen zu vertreten. Zu handwerklichen oder praktischen Tätigkeiten sind sie nicht bereit, deshalb nennen sie sich bisweilen *facility manager*. Mag sein, dass Sulík mehr ist als ein Vollidiot und gefährlich; die Italiener nennen ihn respektvoll *il padrino* - den Patriarchen, bringen ihm Geschenke, zahlen Schutzgelder oder verleihen ihm akademische Titel. Ich teile seine Vorliebe für den Radetzkymarsch, der aus seiner Wohnung dringt, ich liebe das volkstümliche Waldhorn, deshalb lobe ich ihn, ich lobe ihn hündisch, weil ich von ihm abhängig bin wie kaum ein anderer. Was soll ich tun, ich brauche starke Beruhigungsmittel, als Blinder bin ich ihm ausgeliefert

sind sie hinter Keh her -

Sulík und seine Leute? Wollen sie ihn schnappen – warum nur? Meine Neugierde treibt mich, dem Gehörten nachzugehen, etwas befremdlich ist dieser Nachbar schon. Ich erinnere mich, einmal früh morgens vor der Haustüre, wo ansonsten nichts lagert, an einen etwa 1,80 Meter großen Gegenstand gestoßen zu sein. Es klang dumpf, als ob das Ding Hohlräume hätte, es fühlte sich kalt und lederartig an. Als ich mit dem Blindenstock danach schlug, drehte es sich, ich hörte die Stimme Kehs, die klang, als ob er Helium eingeatmet hätte, er lispelte undeutlich: „Verzeihung, ich dachte sie könnten mich nicht sehen!" Dieses merkwürdige Zusammentreffen kommentierte er nicht und verschwand

interne Angelegenheiten

werden für gewöhnlich beim Mittagessen besprochen – ein Grund mehr, den Gesprächen zu lauschen – denn sie haben mich auf dem Kicker. Ich zeige Euch die Möglichkeiten eines absoluten Gehörs, konzentriere mich, also brauche ich hier in der Runde absolute Stille. Ein wenig hat sich der Rummel verzogen, doch der Saal ist noch mit Lärm angefüllt, so dass meinem Hörorgan die Orientierung schwerfällt. Es dringt ein durch das runde Fenster, das Bullauge, das zum Speisesaal führt, tastet sich an der Balustrade entlang, an der einzelne, mit sich selbst diskutierende und hadernde Personen sitzen, Frau Slobodan erkenne ich, den Mann aus Dublin, es kommt bis zur Treppe, die aufs Plateau führt. Ich höre den Verwalter und eine andere Person.
- Wenn Sie die Kriterien für den Pflege-TÜV nicht erfüllen, müssen wir die Mittel kürzen.
- das könnens ned, mia ham sogar aan Klinikclown, ois is aufgschriebn und dokumentiert, mia san Spitze in alle Kategorien.
- Aber leider nicht in diesem Punkt: Sie müssen wenigstens einmal im Jahr eine festliche Feier ausrichten. Silvester beispielsweise. Das Betonblockfest gilt in der EU nicht als jahreszeitliches Fest..
- Dös is ois a Schmäh. Dös glaub I ned.
Die zweite Stimme pausiert, es lärmt aus allen Ecken, in der Küche knallt ein Teller zu Boden, jemand

schreit, dann höre ich hohe, schnell sprechende Mickeymouse Stimmen, als spule man ein Tonband zurück, vernehme Details anderer Gespräche, trotz des Lärmpegels:
- Was Bruno für Realität hält, sind Tagträume, Hirngespinste, Phantastereien!
- Ich habe Aufzeichnungen gemacht, Vermerke geschrieben, die Uhrzeit genommen, Datenbanken abgerufen. Meine Recherche ist einwandfrei.
- Du bist ein Fall von Paranoia. Weißt du eigentlich, was in deinen Akten steht, Bruno?
- *Die Pose des Schwebens/ frei von Eitelkeit, voll heiterer Demut/ das ist Poesie in edelster Form.*
enjoy your meal

Was sie sagen, ob vergangen oder gegenwärtig, ihre unerträgliche Lebendigkeit, summiert sich in meinen Gehörschnecken. Schmatzen, Schlurfen, das Heranfahren eines niedrigen Wägelchens, das Ausschöpfen von Flüssigkeit, gebrochenes Englisch, dann vernehme ich die Stimme der ukrainischen Angestellten, die Suppe ausschöpft, höre zwischen den Stimmen meine eigene:
- Karamfilov hätte den Schnaps ja in einem Kahn über die Donau bringen müssen. Und unbemerkt durchs Niemandsland.
- Hört endlich auf mit dieser albernen Geschichte.
- Paul, du bist neu in der Runde. Ich schlage vor, dass du uns deine Meinung erzählst. Du darfst den Mund-Nasenschutz abnehmen.
- Wie absurd: die Sichtweise eines Blinden. Das werde ich meinen Freunden in Brüssel erzählen …

Dass sie uns belauschen, ist mir nicht neu, aber es überrascht mich, meine eigene Stimme auf Band zu hören; dieser nüchterne, fast ängstliche Sound erinnert mich an den erpresserischen Pfleger, Gašparović, das ist doch sein Name, er drohte mir, er werde meine Medikamente absetzen. Er will mir kein *Haldol* mehr geben, keine Neuroleptika und nicht mal ein Aspirin, es sei denn, ich würde ihm ein finanzielles Angebot unterbreiten. Meine Rente sei hoch genug, um mir solche Extras zu leisten, sagt er. Sein Vorschlag, mit mir die Donau entlang zu wandern, ist mir unerklärlich. Sobald ich mich draußen bewege, sind seine Schritte hinter mir wie eine dunkle Drohung. Mein inneres Fließgleichgewicht ist dahin. Ich erinnere mich an die alptraumhafte Zeit, als ich aus dem Hospital entlassen wurde. Die Medien hatten von dem Unfall erfahren, berichteten im Fernsehen, im Radio, in den Zeitungen. Selbst über Lautsprecher am Gar Central hörte ich meine Lebensgeschichte, die Kommentare, das Mitleid, die Lügen, war der Willkür ausgesetzt. Es ist als ob man zum Freiwild wird, sobald man eine Rente bezieht. Ich muss wachsam sein, will wissen, welche Arrangements hinter meinem Rücken getroffen werden, höre klappernde, scheppernde Teller, einen rumpelnden Wagen, klirrende Gefäße. Überall wird Filet aufgetischt. Leise flüstert jemand, Gregor Sulík antwortet, der Verwalter spricht in einem Tonfall, der an Heimtücke denken lässt. Sein Zuhörer befindet sich, ich merke es am Quietschen des Stuhls, in einer Phase der Anspannung, er scheint angestrengt mit dem Stroganoff zu kämpfen. Da ich bereits Erfahrungen mit diesem Filet gesammelt habe, verstehe ich es, die aufbrandenden Geräusche einzuordnen, höre heftiges Kauen, Aufstoßen, Rülpsen, man schluckt, würgt, spuckt, prustet, schimpft über das zähe, von Flechsen, Fasern, Schnen und Nerven durchwachsene Fleisch, das mich an künstliches, im Labor gezüchtetes Material denken lässt. „Verzeihen Sie" sagt der als *Prüfer* Angesprochene und rülpst, diesmal heftiger, ich habe den Eindruck, dass er sich erbrechen will, er hustet, schnaubt, schnauft, stöhnt, schmatzt, schluckt, röchelt, abgeschmackt das Essen, verwerflich das Verhalten des Kochs, ich verstehe den Mann schlecht, bin unkonzentriert, weil ich genötigt werde von diesem Gašparović, eine Malaise, dieses Leben, es stinkt wie Schwefelsäure aus Eprouvetten. - Außer Geräuschen höre ich nichts mehr, muss mich konzentrieren. Hat mich meine wunderbare Gabe verlassen? Da, wieder Flüstern, Ivan Gašparović, ist er ein Pfleger, ein Aasgeier oder nur kriminell? Kaum taucht er auf, höre ich wieder das Eiern einer schnell laufenden Spule, Mickeymaus-Stimmen, dann, zu meinem Entsetzen, mich selbst: - Karamfilov ist tot! Karamfilov ist tot! Man hat ihn in der Donau gefunden. Ertrunken angeblich, aber seine Frau glaubt, dass man ihn umgebracht hat. Sie darf nicht darüber reden, sagt sie, sonst geschieht ihr das gleiche, sie sagt, sie werde beobachtet

gebt mir Haldol!

sonst werde ich wahnsinnig. Sie verfolgen *mich*, nicht Keh oder sonst jemanden. Dass sie mich meinen, war mir nicht klar, blind und wehrlos wie ich bin! Jemand muss mir helfen, muss doch verstehen, welchem

Druck ich ausgesetzt bin. Unter den Kakaniern gibt es keine Solidarität, nicht anders als in der PZ – es herrscht Darwinismus. Hat mich meine wunderbare Gabe verlassen? Anstatt einer Hilfestellung dokumentiert sich soziale Kälte, ich frage: warum helft ihr mir nicht, höre Klacken von Schuhabsätzen, das Hinstellen eines Aschenbechers, Kaskaden von Schritten Bediensteter auf den Eisentreppen, die in die Küche führen, wo ein Ventilator läuft, das Quinquilieren der Bühne, welche den Suppentrog hinab fährt, unerträgliches Summen, ein Handspiegel wird aufgeklappt, die Atmosphäre wird halliger, lauter. Warum werde ich abgehört, warum verfolgt man ausgerechnet mich? Jemand schnäuzt in ein Taschentuch, eine Haarbürste fällt zu Boden, Gähnen, jemand klappt einen Handspiegel zu, ein Teelöffel klappert, schwindelerregend, meine wunderbare Gabe, Ivan Gašparović, *Haldol,* ohne Haldol geht es nicht, wenn ich schreie, aufstehe, falle ich, drehe ich, Keh, du blöder Anarchist, schwindelerregend, hilf mir, meine Gabe, Haloperidol heißt das Mittel, muss den Ausgang finden, höre eine Stimme, kommen Sie doch herein, es ist die Therapeutin, Sie sind zur Biographiestunde angemeldet, Hallo Frau Dr. Kirsten, mein Husten explodiert, ich drehe, blitzende Rauten, falle ...

- Langsam, langsam – nicht alles gleichzeitig. Du solltest bei Panikattacken erst mal Luft holen, tief durchatmen, so wie wir es geübt haben.
- Ivan Gašparović ...
- Ich werde mit den Ärzten sprechen. Vielleicht können Sie dir das Zeug wieder verschreiben. Oder *Ritalin.*

- Ivan Gašparović ...
- Alles nur eine Frage der medikamentösen Einstellung!
- Wie unfair von dir, den Pfleger zu beschuldigen. Er will dich nur unterstützen.
- Ivan Gašparović ...
- Du darfst dich nicht aufregen. Das haben wir doch so besprochen.
… wenn ich schreie, aufstehe, falle ich, drehe ich, Keh, du blöder Anarchist, schwindelerregend, hilf mir, meine Gabe, Haloperidol heißt das Mittel, muss den Ausgang finden, höre eine Stimme, kommen Sie doch herein, es ist die Therapeutin, Sie sind zur Biographiestunde angemeldet, Hallo Frau Dr. Kirsten, mein Husten explodiert, ich drehe, blitzende Rauten, falle ...
- Langsam, langsam – Du solltest bei Panikattacken erst mal Luft holen, tief durchatmen, so wie wir es geübt haben.
- Ivan Gašparović ...
- Ich werde mit den Ärzten sprechen. Vielleicht können Sie dir das Zeug wieder verschreiben. Oder Ritalin.
- Ivan Gašparović ...
- Alles nur eine Frage der medikamentösen Einstellung!
- Wie unfair von dir, den Pfleger zu beschuldigen. Er will dich nur unterstützen.
- Ivan Gašparović ...
- Du darfst dich nicht aufregen. Das haben wir doch so besprochen.

GRUPPENBILD MIT TOITOI

Menschen wie Paul tun mir ausgesprochen leid. Er kann komplexe Sachverhalte nicht nachvollziehen, kann sich nicht auf ein gewähltes Thema konzentrieren (ein Fall von enormer Bedeutung), und verliert den Zusammenhang mitten im Satz; wenn er spricht, reiht er nur Begriffe aneinander, die keiner versteht. Kürzlich hat man ihn, bei Minusgraden, in Sommershorts auf der vereisten Straße gesehen. Heute hat er mehrere Hemden übereinander angezogen, mitten im Spätherbst, wo eine wärmende Jacke angebracht wäre. Menschen wie Paul sind auf Beachtung und Fürsorge angewiesen – er bräuchte ganz gewiss persönliche Betreuung. Wenn ich ihn gebückt und mit dem Stock tackern sehe, habe ich das Gefühl, selbst vor Gesundheit zu strotzen. Nicht nur das: er wirkt armselig, kein Vergleich mit einem Detektiv, der kurz vor einer großen Enthüllung steht. Paul verfügt nicht über meinen Ehrgeiz, meine absolute Hingabe an ein höheres Ziel - er ist permanent seinen Neurosen ausgeliefert. Mit einem Leckerli muss man ihn aus dem Dschungel seiner Projektionen holen – eine Fertigkeit, die Dr. Kirsten perfekt beherrscht. Während Paul schreit, dass er *nach Hause* will, während er uns mit seinem Blindenstock bedroht, spricht sie besänftigend auf ihn ein, sagt, dass wir ja alle nach Hause, in die Kindheit zurück wollen ...

Ihre Stimme tritt in den Hintergrund, als ich ihre Figur näher betrachte. Normalerweise trägt sie einen weißen, dünnen, enganliegenden Pullover mit V-

Ausschnitt. Jetzt zur Abwechslung einen Rollkragenpullover in schwarz, der die Form ihrer Brüste nachzeichnet. Es müssen Wochen vergangen sein seit der ersten Biographiestunde. Irgendwann hat der Wechsel der Pullover stattgefunden ohne dass ich es bemerkt habe. Die Zeit steht still, man hat das Gefühl, in einer Zeitschleife gefangen zu sein. Nichts ist passiert. Nur einmal, da hat die Therapeutin einen Assoziationstest mit mir gemacht. Auf den Spielkarten, die mir Dr. Kirsten präsentierte, waren naive Bilder von Tieren oder Haushaltsgegenständen, die ich benennen sollte. Auf den Zusatzkarten fanden sich ungewöhnliche Objekte. Beides sollte man sprachlich miteinander verbinden. Wenn ich einen Fisch hatte und dazu eine Pfeife zog, sollte ich sagen: der Fisch raucht Pfeife. Oder ich sollte sagen: es liegt eine Flöte in der Bratpfanne (eigentlich sollte ich dafür eine brauchbare Erklärung liefern). Im zweiten Durchgang hätte ich mich an diese abstrusen Assoziationen erinnern sollen. Mir ist nichts eingefallen, weil ich Dr. Kirsten auf den Busen schaute. Um ihr zu gefallen, habe ich dann doch etwas gesagt ... zweimal sogar ... Meine Ideen haben sie befremdet, weil sie mit den Bildern nichts zu tun hatten. Nach ein paar Minuten war der Test vorbei und mir blieb das Gefühl, dass sie mit mir nicht zufrieden ist. Eine ganz andere Sache ist die Swatch an ihrem Handgelenk, typisch für Dr. Kirsten, dass sie diese Marke trägt. So etwas könnte ich prima assoziieren, weil sie alle paar Minuten auf die Uhr schaut. Jetzt sehe ich, wie sie den Pullover glatt zieht, wie ihre kräftigen, feingliedrigen

Hände nach oben wandern; abwehrend spreizen sich die Finger. Diesmal schafft sie es nicht, den Blinden zu bändigen. Wild geworden schreit der Mann sie an, drischt mit dem Stock in die umgebende Nacht, egal ob Freund oder Feind. Eine Vase zerschellt, ein Stuhl kippt um. Die Schläge treffen Dr. Kirsten an empfindlichen Stellen, sie kreuzt die Arme vor der Brust, und Peng! sie greift sich an die Schulter, Peng! sie ruft nach den Pflegern. Der Lärm steigert sich, als Lubomir Galko und Ivan Gašparovič eingreifen. Sie eilen herbei, zwei übermächtige Körper im Sturzflug, die Brustmuskulatur hoch trainiert, die bei ihnen wohl ein Fünftel des Körpergewichts ausmacht. Ich finde erstaunlich, was die menschliche Klasse an Turbulenzen anrichten kann. Unter diesen Leuten lebe ich wie ein Außerirdischer, ich habe meine Mitmenschen zur Kenntnis genommen, intensiv studiert, die Ergebnisse interpretiert und doch bin ich über ein oberflächliches Gefühl der Verbundenheit nie herausgekommen. Immer existiert dabei die Vorstellung, ein Fremder zu sein, der sich in der Maske des Alltäglichen nähert. Ich bewege mich wie sie, schlendernd, stolpernd, schleichend, ähnlich wie sie trage ich Jeans und Windjacken, bin unterwegs wie sie, um zu essen oder spazieren zu gehen. Je länger ich ihre Absichten und Meinungen verfolge, umso deutlicher wird mir, dass ich nicht zu ihnen gehöre. Manchmal scheint mir, dass sie nicht wirklich existieren, sondern nur ein Bühnenbild abgeben für meine Befindlichkeit. Als die Pfleger den Tobenden packen und mit Radau fortschleifen (ich sehe sie in einem Musketier-Kostüm a la D'Artagnon, schwarze Kniebundhosen, weißes Hemd mit Spitzen-Umrandung am Armabschluss und einen großen Kragen; und selbstverständlich haben sie einen Überwurf, umrandet mit einer Gold-Borte und verziert mit einem goldenen Kreuz auf der Brust), wirken die Zuschauer so erstarrt, als wären sie auf die Wand gemalt. Das kämpfende Knäuel bewegt sich nach draußen, ins Foyer und weiter zur Pforte. Eine außerordentliche Stille verbreitet sich, und mit ihr ein Klima der Hilflosigkeit. Schnell erzählt Dr. Kirsten etwas über den Pflegenotstand, drüben in der Produktiven Zone, weil ja dort gutes Personal in den Heimen fehle oder besser gesagt, so ultrateuer sei, dass man es nicht bezahlen könne, im Gegensatz zu hier, in Kakanien, wo erstaunlich motivierte Kräfte darauf warteten, einzugreifen und zu unterstützen, sogar da, wo es nicht nötig sei. Dr. Kirsten schafft es wieder mit ihrer sanften, aber doch klaren und bestimmten Art, die Ordnung herzustellen, die verstörten Teilnehmer rücken nach vorne und nehmen wieder Platz. Nur ich (den der Skandal nicht interessiert), schaue aus dem Fenster, sehe den Vögeln zu. Wie Schwären bedecken sie den Himmel, massiert und aggressiv jagen sie nach Osten ... fast wie Düsenflieger. Dann tauchen die Gesellen hinter den Büschen auf, ich sehe, wie sie den Blinden über das Grundstück schleifen, zur Toilette hin, die blau und einsam im Vorgarten steht, eine mobile Gummizelle für die Bauarbeiter von nebenan. Gerne nutzen auch die Bewohner diesen Aufenthaltsort mit der modischen Aufschrift *ToiToi*, weil sie darin ein Gefühl von Luxus verspüren. Von nun an ist sie dauerhaft besetzt; die Gesellen schieben den Blinden dort hinein. Als sie zurückkehren, lässt Lubomir den Schlüssel um den Finger rotieren, lacht, und Dr. Kirsten, die plötzlich vor mir steht, spricht von einem *Arrest, der den Kranken schützen soll,* sie denkt, dass ich in wenigen Minuten alles vergessen werde: den Vorfall, den Blinden und seine Meinung über Mathias Keh

das haben wir gemeinsam

Keh arbeitete daran, alles aufzuschreiben, was um ihn herum geschieht, genau wie ich, Aufschreiben und Vergessen, das schließt sich nicht aus. Das Aufschreiben erleichtert es, die Sätze loszulassen, allen voran die der Ärzte. Sie haben sich in mein Hirn gehämmert, Sätze wie: <u>seine Reaktivität ist von abnehmender Vitalstärke gekennzeichnet</u> oder: <u>der Patient ist antriebsarm, zeigt einen Mangel an Konzentrationsfähigkeit und hat eine aufgelöste Tagesrhythmik.</u>
Dr. Kirsten gehört zu den Menschen, die alles in eine nette Form verpacken, sie spricht in allgemeingültigen Sätzen, will niemanden verletzen. Beispielsweise sagt sie: Der demente Patient nimmt nicht nur Gewicht ab, ihm fehlen auch wichtige Bestandteile des Stoffwechsels wie Folsäure und Vitamin B12. Oder sie sagt: Der Erkrankte vergisst einfach zu essen, er hat schlecht sitzende Prothesen, Gebisse, die die Lust am Essen stören. Dann fasst sie nochmals zusammen: Mangelernährung birgt die Gefahr, dass der Krankheitsverlauf komplexer wird, man wird schwächer, erkältet sich oder stürzt beim Gehen. Dr. Kirsten ist die große Erklärerin unter den Ärzten, sie

streut ihre Erklärungen ein, wenn sie die Erzählungen anderer kommentiert und gibt ihnen die Form allgemeiner Ratschläge, Ratschläge, mit denen die Patienten das Hirn möblieren. Ratschläge, die einem das Gefühl geben, ein Riesenidiot zu sein und alles falsch zu machen. Bei den seltenen Treffen in Dr. Kirstens Zimmer sage ich fast nichts, verstecke mich hinter dem Mund-Nasenschutz und begnüge mich damit, auf ihren markanten V-Ausschnitt zu glotzen. Dr. Kirsten spricht gerne von Verantwortung, beginnt das Gespräch damit, dass sie verantwortlich sei für Kehs Wohlergehen, oder dass sie eine Verantwortung habe gegenüber seinen Angehörigen. Gelegentlich nicke ich, obwohl ich mich nur an *Barbara* erinnern kann, meine Auftraggeberin. Dr. Kirsten hat mich kürzlich auf Herz und Nieren untersucht, insofern bin ich gespannt auf die Ergebnisse (meine eigenen). Meist fragt Dr. Kirsten nach dem aktuellen Jahr, dem Monat, dem Wochentag. Sie lässt mich Rechenaufgaben machen und fragt nach dem letzten Aufenthaltsort, der Stadt, in der ich aufgewachsen bin. Manchmal verwechsle ich meine Biographie mit der von Keh und nenne falsche Daten, was einen schlechten Eindruck hinterlässt. Dr. Kirsten wirkt gestresst in solchen Momenten, mir scheint, dass die Frau überarbeitet ist. Ihre Augenringe, ihr verstecktes Gähnen. Sie ist die einzige Psychotherapeutin unter den Ärzten und entsprechend überfordert. Andererseits ist sie stolz auf diese Überlastung, wie so viele engagierte Menschen. Sie setzt alles daran, sich in ein System einzufügen, dass von ihr Anpassung, Unterordnung und Selbstverleugnung verlangt. Dr. Kirsten ist bemüht, der Biographiestunde einen professio-

nellen Anstrich zu geben. Ich misstraue ihr, ich glaube, sie hat den Auftrag, herauszufinden, wo Keh sein Geld versteckt, ob in einer Schweizer Bank, bei einem Vermögensverwalter oder einer Privatperson.
Dr. Kirsten beginnt: Was haben Sie gegessen, was haben Sie getrunken, was haben Sie nach dem Abendessen gemacht? Sie kommt mir vor wie die Geheimpolizei, die alles ausforschen will. Ich weiß, dass Keh (Ich) unter Beobachtung steht. Ich weiß, dass die Unterredung immer wieder auf die Frage zielt, wo das Geld abgeblieben ist. Mathias Keh war ein geistig gesunder Mensch in einer Anstalt, er dachte gewiss an Rebellion und Widerstand. Ich bin hier nur zu Besuch. Sie unterliegen einem Irrtum, sage ich zu Dr. Kirsten trotzig. Immer wieder wiederhole ich diesen Satz. Ich werde nach oben steigen und über alle triumphieren. Ich bin das Tier, das alle überleben wird. Will einfach die Stopptaste drücken. Nichts mehr aufnehmen. Nichts mehr rekapitulieren. Mit nichts mehr vorlügen lassen. Die Einflüsterungen löschen. Die Worthülsen entsorgen. Ich bin nicht Mathias Keh.
Die Therapeutin reagiert verunsichert, fragt mich, was ich damit sagen will. Manchmal verliert Dr. Kirsten die Geduld mit mir; dann wird sie konkret. Wissen Sie, dass Sie eine Herzschwäche haben? (das betrifft mich)
Das Herz ist möglicherweise meine Schwachstelle, es pocht unvermittelt und heftig. Ich muss gestehen, dass ich vor jeder Metamorphose ein Herzklopfen verspüre, verbunden mit Hitzeschüben. Hinterher ist es so, als ob ich einen großen Teil meiner Lebenskraft eingebüßt hätte. Und dann habe ich tatsächlich Aussetzer im Hirn. Beispielsweise weiß ich zeitweise

nicht, wie ich nach Kakanien gekommen bin. Im Krankenwagen? Per Taxi oder mit dem Schiff? Ich fühle, wie sich Finger und Zehen sortieren, sich in Zweiergruppen zangengleich gegenüber stehen. Wie die Handflächen feucht werden, die Füße ein Sekret ausscheiden. Wie Krallen und Lamellen auswachsen, mit denen ich mich an winzigen Vorspüngen festhalten kann. Die Oberflächen der Wände sind weit unebener als es scheint. Auf einer völlig glatten Fläche könnte mir das Kunststück nie gelingen. Auf diesen ungepflegten, abgenutzen Wänden ist es ein Kinderspiel.

- Nehmt euch einen Tee, wir wollen noch eine Geschichte hören. Jetzt bist du selbst an der Reihe, Mathias.
- Ich?
- Schieß los.
- Lasst mich in Ruhe.
- Erzähle uns, wie du nach Kakanien gekommen bist. Der Rest ergibt sich.
- Ich bin undercover hier und kein Fall für die Psychiatrie! Ja, so ist das – da gibt es gar nichts zu lachen. Es ist wichtig, zwischen persönlichem Pech und Geisteskrankheit zu unterscheiden. Nur durch eine Verkettung von Umständen bin ich hier, rein zufällig.
- Das wissen wir. Deshalb schätzen wir deine Mitwirkung bei der biographischen Arbeit.

BEN BOROWIAK

An Kakanien dachten wir damals nicht. Man hatte die Zone im Jahr 2018 eingerichtet und in keinem Bericht des Staatsfernsehens erwähnt. Dann kam der Handelskrieg und die nächste Sau wurde durchs Dorf getrieben. Der geographische Ort des Archipels war seit der Pandemie bekannt, und dass es sich um eine Erweiterung des Gebietes um das ehemalige Preßburg handelt; dass der Name Petržalka Anfang des 20. Jahrhunderts entstand. Und dass das Wort *petržal* Petersilie bedeutet, weil die Gartenkolonie die Stadt mit Gemüse versorgte, der Name sich also mit *Petersilien* übersetzen lässt. Nomen est omen: in Petersilien leben Menschen, deren Hirn Gemüse ist, die an Alzheimer leiden und dergleichen. Mehr wusste ich nicht. Ich bin hier aufgrund einer Intrige, denn man hat mich ausspioniert. Keiner von Euch kennt mich ohne Mundschutz. Ich bin nicht Mathias Keh. Da gibt es nichts zu lachen, Bruno. Mein Name ist Ben Borowiak, ich bin aus Neukölln, und besitze eine kleine aber feine Detektei am Hermannsplatz. Nur das Kopfsteinpflaster stört … Angefangen habe ich als Ermittler beim LKA … aber das ist lange her. Nicht alles lief prima. Ich bin geschieden, habe den Kontakt zu meiner Tochter verloren. Dass ich alleinstehend bin war wohl ein Grund, mich auszuwählen für diese Rolle. Und natürlich sehe ich Mathias Keh ähnlich, nicht nur äußerlich. Es gibt Übereinstimmungen bei Gebiss, Körpergröße, Krankheitssymptomen. Von daher war ich geeignet, in die Fußspuren des Mannes zu treten, von dem ich nur wusste, dass er unter einer dementen Erkrankung leidet. Im letzten Sommer kam seine Lebensgefährtin in die Detektei, nachdem sie mich mit allen technischen Mitteln und der Hilfe der Ärzte ausgeforscht hatte. Sie machte mir den Job schmackhaft und beschrieb ihn als Kuraufenthalt in einem Luxussanatorium

die Frau trug Stiefel

schwarze Stiefel. Unter dem Mantel ein tailliertes Kleid, alles in abgetöntem Rot ... aber das ist nicht weiter wichtig. Barbara Keh überredete mich zu dieser Charade. Denn ohne ärztliche Überweisung kommt man nicht nach Kakanien. Und nicht bei einer Pandemie. Ich selbst stellte mich auf einen Kuraufenthalt ein, denn ich war reif für eine Auszeit. Bei einigen meiner Einsätze hatte ich Gedächtnislücken - Konzentrationsstörungen, die sich unangenehm bemerkbar machten. Wir haben alles in einem Rahmenvertrag fixiert, die Bezahlung, die Dauer des Aufenthaltes; als ich nach 3 Monaten nichts von ihr hörte, war ich bereit, den Aufenthalt zu verlängern, weil ich bis dahin nichts herausgefunden hatte, die Ergebnisse allzu kümmerlich waren. Ich schob es auf das Beherbergungs- und Kommunikationsverbot, dass ich den Kontakt zu meiner Auftraggeberin verlor - die Pandemie ist inzwischen die Begründung für jede Art von Einschränkung. Sie taugte mir vorläufig als Er-

klärung, vielleicht aus Bequemlichkeit. Ich versuchte mehrmals, über das Faxgerät von Karamfilov Kontakt mit dieser Frau herzustellen. Fehlanzeige. Bis heute keine Antwort. Inzwischen glaube ich, dass ich verladen worden bin und es dieser Frau darum geht, Mathias Keh offiziell am Leben zu halten, um sein Vermögen auf die Seite zu bringen. Die Charade ging so weit, dass ich bisweilen nicht mehr sicher war, ob ich selbst die gesuchte Person bin. Da gibt es nichts zu lachen! Ich bin nicht Mathias Keh!
Die erste Spur fand ich durch ein Gespräch mit Lisetta – Ihr wisst schon, der Klinikclown. Sie weiß, dass ich ein anderer bin. Sie begegnete Mathias Keh im Salon, dem Zimmer zur allgemeinen Verfügung; der Raum, in dem wir gerade sitzen. Hier werden therapeutische Sitzungen abgehalten, Vorträge über salesianische Spiritualität ausgerichtet, Messen abgehalten und DVDs abgespielt. An diesem Abend wurde eine Knieoperation gezeigt, ein Kniegelenk wurde gegen ein mechanisches ausgetauscht. Weil es bei uns viele Bewohner gibt mit beschädigten Kniegelenken, war der Saal zum Brechen voll mit bandagierten Leuten in Trainingsanzügen und Bademänteln, mit Pyjamas und Krücken, die selbst aussahen wie das Personal des vorgeführten Films. Viele waren auch aus Neugier dabei oder aus Langeweile. Bruno, Henrik, Heike, Björn, Lisetta, fremde Leute von außerhalb, sogar Paul, der Blinde, begleitet von drei oder vier anderen Blinden. Vielleicht liegt es an der Ereignislosigkeit, dem zähen Dahingleiten der Zeit, dass der Film so gut ankam. Man sah, wie das Skalpell in

das Beinfleisch eintauchte, wie der beschädigte Halskopf abgesägt und ein Titankeil in den Oberschenkel eingeschlagen wurde. Wie die Chirurgen die Pfanne im Beckenbein ausfrästen und eine künstliche Schalung hineintrieben. Wie die Mechanik künstlicher Gelenke funktioniert. Ausgiebig wurde dargestellt, wie es in einer langen Prozedur eingesetzt wird. Am Ende des Films stellte man eine Reihe von Gelenkprothesen vor und erklärte jedes Modell umfassend. Der Streifen war im Auftrag von SANTOMON gedreht und stellte Produktnamen und Marke heraus. Die Zuschauer verfolgten die minutiösen Handbewegung des Chirurgen mit Begeisterung, hörten seine Aussagen mit strahlenden Augen. Lisetta saß an diesem denkwürdigen Abend in der dritten Stuhlreihe, nicht weit weg von Mathias Keh. Als sie sich nach vorne beugte, um das Ausfräsen der Gelenkpfanne zu verfolgen, bemerkte sie ihn schräg vor sich. Das Profil, zur Hälfte von der Szenerie beleuchtet, hatte am Hinterkopf eine helmartige Erweiterung, die sie sich nicht erklären konnte. Diese war schätzungsweise 8 cm hoch, so dass sie eher einem Pflanzen-Teil ähnelte als einem Menschen. Natürlich konnte es sich um eine optische Täuschung handeln, ein Kragen, der aufragt, ein hochgestülpter Pullover; aber dann dieser seitliche Blick. Nein, sie ist nicht verrückt, ich habe ihr sofort geglaubt ... auch ich halte es für möglich. Als gelernte Buchhändlerin hat Lisetta eine Menge Literatur im Kopf, und das Gelesene regt bisweilen die Phantasie an. Aber ich bin mir sicher, dass sie nicht spinnt und diesen Helm tatsäch-

lich gesehen hat. Lisetta hat Keh beobachtet, bis die DVD auslief und das Licht im Saal anging. Jetzt entdeckte sie die Begleiterin neben ihm, eine stämmige Frau, Mitte 40, die Haare blond und onduliert. „Sie trug eine blaurote Lesebrille um den Hals und wirkte auf unangenehme Weise streng", sagte Lisetta. „Dazu Stiefel, schwarze Stiefel. Dann fasste sie Keh am Arm und zog ihn rasch aus dem Saal. Der Ausgang verstopfte sich mit Rollstuhlfahrern und Gehbehinderten, so dass ich nicht folgen konnte. Als ich mich nach dem gebückt laufenden Herren und der weißgekleideten Dame mit dem ausladenden Hut erkundigte, sagte eine Pflegerin im Foyers: Ach - *den* meinst du, den Millionär! Den kenne ich von der Krankenstation."
Das Wort Millionär mochte in Lisettas Ohren geklingelt haben wie bares Münzgeld. Jedenfalls hat sie ihn ein paar Tage später in ihrer Funktion als Clown besucht, zufällig (wenn ich ihr glauben darf), und weitere Details erfahren.
„Wieso *Millionär*?"
„Er hat es mir selbst erzählt."
Lisetta ist vor allem wichtigtuerisch. Auch ohne Clown-Zubehör wirkt sie naiv. Die Art wie sie nickt: ein Nicken, das nicht aufhören will. Sie flüsterte mir ins Ohr, die Hand kindlich an den Mund gelegt: „Ein Spieleerfinder. Hmm. Hat mit Geschicklichkeit zu tun." Sie schaute mich an mit großen Augen, nickte mit ausladenden Bewegungen: „Jeder Spieler hält ein Stück Seil in der Hand und knotet möglichst schnell eine Figur, die er auf der Aufgabenkarte sieht."

„Mit so was kann man Geld verdienen?"
Lisetta zuckte mit den Schultern.
„Und diese Frau?"
„Ich hab mich immer gefragt, was sie von ihm will. Seine Lebensgefährtin auf Besuch. Bescheidenheit ist jedenfalls nicht ihre Haupteigenschaft! Er hat mir verraten, dass er sie satt hat."
Soweit der Bericht von Lisetta.
Die Rolle dieser Besucherin beschäftigte mich. Allem Anschein war es *Barbara,* und sie war durchaus in der Lage, nach Kakanien zu reisen. Sie mochte zwanzig Jahre jünger sein als Keh, ich schätzte sie bei unserer Begegnung im letzten Sommer auf Mitte 40. Der Altersunterschied zwischen den beiden schien laut Lisetta beträchtlich, da Keh gebückt ging. Sein flackerndes Mienenspiel, sein griesgrämiger Blick ließen auf eine Reihe gesundheitlicher Probleme schließen. Wenn die von Lisetta kolportierten Fakten stimmen, fragt man sich, was einen Millionär in diesen verlorenen Winkel Europas treibt. Die Recherche nach *Mathias Keh* war daraufhin eine der simpelsten in meiner beruflichen Laufbahn. Nachdem ich den Namen und einige von Lisetta gelieferten Zusatzinformationen ins Internet eingestellt hatte, erfuhr ich, dass der ehemalige Pädagogik-Student eine Anstellung bei einem Ravensburger Spieleerfinder ergattern konnte. Von da ab war es mit ihm aufwärts gegangen. Sein größter Erfolg war ein Würfelspiel mit Ereigniskarten, bei dem es darum ging, Niederlassungen für eine Spedition aufzubauen. Ziel des Spiels ist es, die auf dem Brett aufgemalten Supermärkte möglichst schnell zu beliefern.

Bei diesem Gesellschaftsspiel mochte Kehs frühere Lehre als Speditionskaufmann die entscheidende Inspirationsquelle gewesen sein. Wieso wohnte er nicht in einem 5-Sterne Hotel, betreut durch Privatärzte und persönliche Assistenten, warum hatte er weder Leibkoch noch Chaffeur?

Da ich weiter nichts über Keh in Erfahrung bringen konnte, habe ich der Teilnahme an der Biographiestunde zugestimmt. Mir wurde klar, dass die Klinikleitung kein Interesse daran hat, dass jemand aus Kakanien zurück kommt; allein damit die Zustände in diesem Archipel nicht publik werden. Nach dem Tod Karamfilovs dachte ich, dass es Unterlagen geben müsse, Dossiers, Patientenakten zu jedem Bewohner, die sicherlich im Komitat aufbewahrt würden. War es

eine absolute Schnapsidee

im Komitat einzubrechen? Schließlich eine Art Gemeindezentrum, auch wenn man es nur mit amtlicher Vorladung betreten durfte – die mussten ja Unterlagen haben! Lisetta war ebenfalls dieser Meinung. Ich besorgte mir die Utensilien, die ich für notwendig hielt, Werkzeug, das den Bauarbeitern gehörte, eine Gartenschere, die jemand vergessen hatte. Von Lisetta lieh ich mir eine Skimaske, die zu ihrem Fundus an Clown-Artikeln gehörte. Was immer ich vorhatte, es musste nachts geschehen, nach Einbruch der Dunkelheit, wenn die letzten Angestellten das Komitat verlassen hatten. Die Taschenlampe entwendete ich aus dem Haushalt der Karamfilovs, natürlich wollte ich sie der Witwe nach der Aktion zurück bringen. Als es dämmerte, machte ich mich auf dem Weg, vermied Hauptstraßen und näherte mich dem Platz der Modernisierung über Kieswege. Als ich durch die Büsche spähte, versank die potthässliche Fassade mit den angehängten tulpenförmigen Balkonen in der Dunkelheit; von ferne hörte ich 5 Schläge von der Turmuhr. Die Bogenlampen ringsum wurden angeschaltet. Aus keinem Fenster des dreistöckigen Gebäudes drang Licht, es wirkte ebenso leer wie die Umgebung. Dennoch war es zu gefährlich, es über die Vorderseite zu versuchen. Nasskalter Wind pfiff durch die Bäume. Ich zog die Skimaske über und umkreiste den dunklen Kasten, der aus der kommunistischen Ära stammte, in weitem Bogen. Die Rückseite war wegen der umgebenden Mauer nicht einsehbar. Es gab drei Lichtschächte, jeweils durch einen Gitterrost gesichert; der mittlere hatte am meisten Spiel, wenn man daran rüttelte. Mit dem Stemmeisen war es eine keine große Sache, das Gitter aufzusprengen. Unter mir sah ich die grün blinkenden Lichter eines Heizungsraumes. Ein Schlag mit dem Stemmeisen gegen das Fensterglas; dann weitere Schläge, um das gezackte Loch zu verbreitern. Meine Hand griff nach innen, streckte sich, fand den Hebel und öffnete. Als ich nach unten sprang, knirschte es unter meinen Füssen. Nun holte ich die Stablampe aus der Umhängetasche. Die Tür des Heizungskellers war gottseidank nicht abgesperrt. Vorsichtig tastete ich mich bis durch den Keller zum Treppenhaus, folgte dem Lichtstrahl nach oben über eine einfache, betonierte Kellertreppe. Im Erdgeschoss gab es zwei Trakte. Einer roch penetrant nach Kohl und Erbsensuppe. Als ich die nächstbeste Tür aufstieß erkannte ich einen Speisesaal mit angeschlossener Küche. Im anderen Trakt befanden sich Toiletten und Büros, kleine schmucklose Räume mit Regalen und Schreibtischen, die wohl für die niedrigeren Chargen bestimmt waren. Wo würde ich im Komitat die wichtigen Papiere finden? Einer Eingebung folgend lief ich in den dritten Stock. Trotz des funzeligen Lichts erschrak ich: das Gebäude war oben im Rohzustand. Nackter Beton starrte mich an, die Zimmertüren waren nicht eingesetzt, die Wände unverputzt. Elektrische Kabel und Rohre, die aus den Wänden standen, warfen phantasievolle Schattenrisse. Nein, falsche Adresse. Einen Stock tiefer, über dem Casino, fand ich ein Hinweisschild *obecný stavebný úrad*[31]. Nein, ich musste zum gegenüberliegenden Trakt, zu den großen Büros, wo die Chefs saßen. Über dem Eingang der Namenszug GfE und der Name des Amtsleiters (Irodavezető); der Eingang führte durch ein Vorzimmer in ein etwa 30 Quadratmeter großes Büro, das an drei Seiten Schrankwände besaß. In einer Lücke gab es einen Spiegel und ein Waschbecken. Unter meinen Füßen robuster grauer Teppichboden. Relativ mittig, mit dem Rücken zum Fenster, ein massiver Schreibtisch aus Eiche. Ich knipste die Tischlampe an. Zu meiner Enttäuschung war hier kein PC zu finden, nicht mal ein Monitor existierte, nur eine Steckerleiste für Strom und Wlan. Sie benutzen mobile, leicht tragbare Geräte, die man

---

[31] *slowk: städtisches Bauamt*

nach Hause nimmt, dachte ich. In den Schubladen Formulare, Schreibzeug. Erschöpft ließ ich mich auf der Polsterung des Bürosessels nieder und ließ mich gegen die Rückenlehne sinken. In diesem Moment geschah es. Schritte. Ich hörte sie auf dem Flur, plötzlich, ohne Vorlauf, wie man das aus dem Fernsehen kennt, und schon öffnete sich die Tür. Ich war wie zu Eis erstarrt, unfähig mich zu rühren. Wenn ich wenigstens an die Lampe gedacht hätte ... ein Aussetzer vielleicht. Ein Mann in Uniform ... schob sich durch den Eingang, Koppelschloss, Pistole im Halfter; dann sah ich ein schnauzbärtiges Gesicht. Er schaltete seine Taschenlampe an, ließ den Strahl kreisen. Der Lichtschein fiel auf mich, auf die aufgezogene Schublade; schwenkte rüber zur Schrankwand. Hatte er mich nicht gesehen? Mein Herz pochte heftig. Ich hielt die Luft an. Es war ein Wachmann, angezogen wie die policijska patrola. Mit fünf langen Schritten war er auf der anderen Seite, öffnete eine Schranktür, hinter der ein schwaches Licht aufleuchtete und eine Reihe von Flaschen zeigte. Ich vernahm das Klirren von Gläsern - der Typ war drauf und dran, sich an der Haus-Bar des Amtsleiters zu vergreifen. Er holte sich Flasche und Trinkglas, kam zurück. Stellte alles vor mich auf den Schreibtisch. Er musste mich längst gesehen haben. Ich wagte nicht, mich zu rühren und war darauf gefasst, dass er mich ansprechen würde. Oder gleich verhörte. Dachte, er würde möglicherweise Geld verlangen oder mich erpressen wollen, wie es für diesen Landstrich üblich war. Stattdessen füllte er sich Schnaps ins Glas, bis es randvoll war. Ich blickte auf das Etikett der Flasche, es war ungarischer Czarny. Dann stürzte er das Gesöff in sich hinein, in drei, vier vollen Zügen, schüttelte sich laut. BRRRR. Der Lichtstrahl tanzte, fiel auf mich, der ich ohnehin im Schein der Schreibtischlampe saß, mit weit aufgerissenen Augen. Die Hand griff über den Tisch. Jetzt packt er mich! Ein Adrenalinstoß pumpte Blut in meinen Kopf, mir schwindelte. Nein, es war als ob ich unsichtbar wäre. Ich bebte innerlich vor Angst. Die Finger schoben die Schublade zu, die ich durchwühlt hatte; dann verstaute er Flasche und Glas im Büromöbel. Der Wachmann näherte sich, drückte auf den Lichtschalter der Schreibtischlampe und setzte mit unsicheren Schritten den Rundgang fort. Puuuh. Entspannen. Durchatmen. Nach einer Weile knipste ich die Lampe wieder an und schaute rüber zum Spiegel. Er zeigte den Stuhl, schwarzes Polster mit Lederknöpfen, die hoch aufragende Lehne mit der Musterung - auch dann noch, als ich direkt vor dem Spiegel stand. Mein Körper hatte die Farbe des Hintergrunds angenommen. Etwas stimmt nicht mit mir ... diese Veränderungen beobachte ich schon länger. Mir fiel ein, dass Unterlagen eher im Sekretariat gelagert werden. Also rüber ins Vorzimmer. Dort entdeckte ich jede Menge Hängeschränke mit Registerkarten. Ich scherte mich jetzt nicht mehr um den Wachmann, den ich in einem anderen Stockwerk vermutete, mein Augenmerk galt der Ordnung und Logik der Aktenablage. Die Nummern auf den Schubladen repräsentierten die Sanatorien entlang der Medvedovej. Nach zwei Fehlversuchen hatte ich die richtige Schublade.

Der Lichtstrahl zockelte durch die Buchstaben A – K: Karamfilov. Ein paar medizinische Begriffe, Geburtsdaten der Familie, unten mit roter Schrift war notiert: *Contrabandista – pozorovanie*[32], daneben ein Kreuz mit Sterbedatum. So simpel, so sparsam waren die Bewohner erfasst, dass man nicht von Buchhaltung oder Patientenakten sprechen konnte. Wieder kämpfte ich gegen meine Enttäuschung an. Weiter. Die übernächste Karte: Mathias Keh. Geburtsdatum, medizinische Begriffe, darunter *Central Saurian Enzephalitis*, Delirieren und Fluchtversuch, und mit dem jüngsten Datum der Eintrag von Dr. Kirsten: Verdacht auf fortgeschrittenen Alkoholismus und Alkoholmissbrauch, möglicherweise multiple Persönlichkeitsstruktur. Das war direkt auf mich gemünzt, Ben Borowiak. Halt, da hing noch etwas. In einer A4 Folie ein Smartphone. Ich holte es aus dem Säckchen und steckte es in die Jackentasche. Auf dem Flur war alles ruhig. Mit dem Schein der Taschenlampe lief ich die Treppe nach unten und nahm den Weg über den Lichtschacht nach draußen. Verdammt noch mal, ich hatte es geschafft. Ich war gespannt, ob mir das Handy neue Informationen verschaffen würde. Eine Telefonnummer in Deutschland ... die Nummer von Barbara, ein paar Bilder ... Barbara, die Villa in Zehlendorf, Mathias Keh und Freunde beim Barbecue auf der Terrasse ... Ich lief um die Ecke des Komitats, ins Licht der Bogenlampe, und spielte das Video ab, das auf dem Gerät gespeichert war, in der Erwartung, private und familiäre Einblicke zu gewinnen

---

[32] *slowk.: Schmuggler – steht unter Beobachtung*

der Videoausschnitt in dunklem Grau

startete verwackelt, eine Nachtaufnahme von der sumpfigen Wildnis an der Donau, Lichtkegel blendeten auf, zerschossen mit ihren ultrahellen Scheinwerfern das Display. Keh hatte zufällig etwas gefilmt, was nicht an die Öffentlichkeit dringen durfte – das war die Erklärung für alles. Wie riesige Tiere schoben sich eskortierte Lastwagen durch eine Schneise, allen voran ein Panzerspähwagen, dessen schwenkbarer Turm Lichtgarben nach allen Seiten verteilte. Ihnen folgte mit Getöse ein Sattelschlepper, breit wie ein Haus und beladen mit Containern aus Gusseisen und Stahl, auf denen Totenköpfe prangten. Das Fahrzeug, das alles niederwalzte, wurde flankiert von Männern zu Fuß. Aus den Helmen leuchteten Lampen und man hörte ein paar Kommandos über ihren Sprechfunk. Als sie passierten, sah man helle Schutzkleidung; mit Plastikschildern schoben sie sich durch die Sträucher, als ob sie sich gegen Angriffe aus dem Wald schützen wollten. Den Abschluss des Zuges bildete ein offener Transporter mit Schwenkkran, wohl dazu bestimmt, die Behälter abzuladen und irgendwo zu vergraben. Keh versuchte, die Deckung hinter den Büschen zu verlassen und dem Trupp zu folgen, doch nach 6 min 27sec tauchte aus dem rechten Bildrand einer der Männer im Strahlenschutzanzug auf, man sah, wie sich ein weißer Handschuh auf die Kamera legte; damit endete der Clip. Man hatte ihn bei einem seiner nächtlichen Ausflüge erwischt. Ich spulte zurück, sah mir den schwer bewachten Transport erneut an. Jetzt erkannte ich den Schriftzug auf den Autotüren der Lastwagen GfE – Gesellschaft für Endlagerung. Dieselbe Gesellschaft, die unser Archipel und die k&k Sanatorien verwaltet, lässt in Kakanien giftige Abfälle, wenn nicht Atommüll entsorgen. Mit dem Video hatte ich einen Beweis in der Hand, der vor der Weltöffentlichkeit …

Als ich um die Ecke bog, bemerkte ich neben dem Treppenaufgang zum Komitat ein kleines, sportliches Auto mit italienischem Fabrikat: das Verdeck aufgeklappt, mit bequemen Sesseln und einem in Leder gefassten Lenkrad. Der Flitzer hatte ein österreichisches Kennzeichen. Dummerweise verfiel ich auf den Gedanken, dass der Wagen bereitgestellt war, um jemanden über die Grenze zu bringen; der Kofferraum war nicht abgeschlossen: ein weicher, mit Teppich ausgelegter Boden lud mich ein. Ich schmiegte mich hinein und zog die Haube zu. Wenn meine Rechnung aufging, war ich innerhalb weniger Stunden in Wien und konnte mich mit Polizei und Presse in Verbindung setzen. Nur … die Vorstellung plagte mich, dass der Fahrer (ich weiß nicht warum ich an den Amtsleiter dachte) größere Gepäckstücke zu transportieren hätte; wahrscheinlicher war, dass er nicht mehr als ein paar Aktenordner auf die Rückbank legen würde. Bald hörte ich diffus Stimmen, die sich näherten. Eine Autotür fiel satt ins Schloss, wir setzten uns in Bewegung. Allerdings fuhren wir maximal um zwei Blöcke; dann stoppte das Fahrzeug. Jemand tockte mit dem Fingerknöchel auf den Kofferraum, sprach laut von einem blinden Passagier. Der

Deckel hob sich. Vor dem viereckigen Bildausschnitt erkannte ich die Gesichter von Ivan Gašparović und Lubomír Galko, die sybillinisch lächelten. Die schwarzen Ärmel ihrer Jacken schauten aus wie sichelförmige Flügel. Ivan sagte etwas, worauf Lubomir glucksend und kichernd die Hand vors Gesicht hielt. „Raus da!" kommandierte Sulík und reckte seinen Glatzkopf in den Abendhimmel. Die lausigen Vögel mit ihren Bürstenschöpfen nickten vergnügt und schnalzten mit der Zunge. Packten mich an Armen und Beinen, als ob sie einen Teppich transportieren wollten. Mir wurde klar, dass eine Katastrophe bevorstand. „Das ist ein Irrtum", rief ich, als sie mich hochrissen und über den Rand des Fahrzeuges bugsierten. Ich wand mich wie eine Schlange und schlug mit der Schuhspitze zweimal, dreimal aus, bis eines der kugelförmigen Rücklichter klirrte. Lubomir schaute erschreckt auf seinen Chef.

Jene Szene habe ich wie ein lebendes Bild im Gedächtnis. Sulík, der hinter den Gesellen stand, trat vor und besah sich den Schaden. Da man mich fallenließ, sah ich seine Stiefel zuerst, den Regenmantel mit den Schulterschlaufen, das zutiefst gekränkte Gesicht, das sich nach unten beugte. Ein dicker schwarzer Stock zuckte in Sulíks Hand. „Oh nein. Das ist ein Missverständnis," schrie ich. „Ein Missverständnis."

„Weg von dem Wagen", kommandierte er. Seine Stimme hatte einen heiseren Ton. Er schien sehr zornig zu sein. Die Gesellen schleiften mich einige Meter weiter, dann holte Sulík aus. Er schlug mir auf das Brustbein, gerade so, dass es nicht brach. Kopf und Schulter waren sofort wie betäubt. Sulík bleckte die Zähne als empfinde er grimmigen Spaß und holte erneut aus. Da die Burschen zur Seite traten, hob ich schützend den Arm. Sulík traf ihn links oben am Speichenknochen. Es schmerzte so sehr, dass der Arm kraftlos nach unten sank. Ein pelziges Gefühl fraß sich durch meinen Oberkörper. „Das ist eine Schande, was Sie hier treiben", rief ich. „Was für eine Heldentat, einen alten Mann zu schlagen. Sie werden dafür bezahlen." Nicht dass meine Worte Eindruck machten. Auf seine Kopfbewegung hin fixierten sie meine Arme, als gelte es, jetzt besonders streng zu sein. Der nächste Hieb, quer über die Brust, raubte mir die Luft. „Bilde dir nichts darauf ein", wieherte Sulík höhnisch. „Das ist eine kleine Lektion, die dazu dient, den Gesetzen unseres Landes Respekt zu verschaffen. Vor allem sollst du lernen, dass man von hier nicht fliehen kann." Lubomir nickte grinsend und löste den Griff. „Wir brauchen keine Schnüffler. Du musst einsehen, dass du vor allem eines bist: krank!" Wieder zuckte der Stock. Ich rollte zur Seite und Sulík, der waagrecht schlagen wollte, erwischte diesmal das Heck des Sportwagens. Ein dumpfer Laut folgte. Ich wollte davon rennen, stolperte aber, weil mir Ivan den Fuß gestellt hatte. Die Laffen kicherten, als hätten sie einen Scherz gemacht, ihre Visagen schräg über mir, die erhobenen Fäuste im Nachthimmel. Dazu das wütende Gebrüll ihres Chefs, das wie ein tierisches Menetekel klang. Dies sind meine Erinnerungen. Mit den Tritten und Schlägen zerbrach die Sichel des Mondes. Ich sank schlaff nach hinten, um mich herum wurde es schwarz

als ich erwachte: Schneeflocken im Hirn

undeutlich erkannte ich neben mir die Silhouette eines Bettgestells. Das nächste, was ich wahrnahm, war der beißende Geruch nach Urin und Erbrochenem. Sobald ich mich regte, spürte ich einen stechenden Schmerz, der mich paralysierte. Dann hörte ich ein Wimmern. „Wo bin ich?" fragte ich halblaut. Eine Stimme rief polternd nach Wasser, immer wieder. In einer anderen Ecke fing jemand an, zu toben und schrie, man solle ihn in Ruhe lassen. Nach einer Weile wurde das Licht angeschaltet. Heiß und blendend erkannte ich Neonröhren über mir. Ich lag in einer Krankenstation, ans Bett gefesselt. Der Eindruck, der sich mir in dem *Beschützten Bereich* des Sanatoriums bot, war deprimierend: es glich einer Massenunterkunft und roch nach allem, es stank sogar nach verkackten Windeln. Manche Bettnachbarn randalierten, forderten Alkohol, fluchten, faselten, zerrten wie verrückt an den Riemen um Hand- und Fußgelenke. Obwohl die letzte Mahlzeit lange her gewesen sein musste, hatten viele mit Nahrung verschmierte Gesichter. Ich war in der Hölle angekommen. Eine halbe Stunde später tauchte eine Frau in Schwesterntracht auf. „Hilfe, meine Hand ist taub", stöhnte ich. „Ich weiß nicht, was mit mir passiert ist." Die Pflegehilfe berührte mich an der Schulter und sagte auf Deutsch: „Sie sind gestürzt, Herr

Keh. Sie haben sich die Schulter gebrochen. Nicht weiter schlimm. Und jetzt sind Sie auf Entzug."

Nicht schlimm, sagte die Schwester. Nicht schlimm, obwohl ich nun Wochen in Depression und Angst verbrachte. Man hält mich gefangen. Der Einkauf von Tabak, Czarny und Süssigkeiten ist mir verboten. Dabei erzähle ich nur, was mir widerfahren ist. Es ist die Wahrheit über Mathias Keh. Ihr denkt: ist er nicht krank, dieser Detektiv, körperlich und geistig ein Wrack? Ich werde, falls meine Verwahrung nicht aufgedeckt, wenn sie nicht von Menschenrechtlern angeprangert wird, mit den Füßen nach vorne entlassen. Was habe ich noch zu verlieren? Wie gesagt, ich bin das Opfer einer Intrige; und jetzt will man verhindern, dass etwas über Kakanien nach außen dringt. Ich weiß nicht, warum ich so lange im Koma lag. Die Diagnose <u>fortgeschrittener Alkoholismus und Alkoholmissbrauch</u> ist der allerdümmste Vorwand, um einen Undercover-Ermittler von seinen Recherchen abzubringen. Ihr seid meine Zeugen, Ihr müsst mir helfen!

MUSIKTHERAPIE

Der Stapel Notenblätter wandert von einem zum anderen und erreicht mich am letzten, da ich abgerückt in der Nähe des Fensters sitze und auf die herbstliche trübe Skyline der Retortenstadt schaue. Auf dem Blatt sind Notenschlüssel und Notenlinien abgebildet, schwarze Punkte und darunter der Liedtext. Darüber steht: Volkslied aus Schlesien, Text: Heinrich Hoffmann von Fallersleben. Dr. Kirsten hat, umsichtig wie sie ist, etwas ausgewählt, das wir alle kennen: *Alle Vögel sind schon da*. Mit Begeisterung erklärt sie uns ihre Idee, das Lied abwechselnd im Chor und mit Einzelstimme vorzutragen. „Also erst mal alle die Liedzeile, dann kommt das Solo mit *Welch ein Singen, Musizier'n, Pfeifen, Zwitschern, Tirilier'n* und dann singen wieder alle zusammen. Habt ihr das verstanden? Gibt es dazu noch Fragen? Dr. Kirsten hat mit großem Elan in der Mitte des Kreises Platz genommen. Sie zieht eine Stimmgabel hervor und summt das tiefe C. Alle sollen mitmachen, auch ich. Man erkennt die rote Uhr an ihrem Handgelenk, als sie die Stimmgabel neben das Ohr hält. Als Dr. Kirsten die Prinzipien der Chorleitung erwähnt, fällt mir auf, dass sie einen Hosenanzug trägt, ganz in weiß. Das straff sitzende Jacket erlaubt einen tiefen Einblick in die Gefilde ihrer Brüste und lädt zum Träumen ein. Erst jetzt erinnere ich mich, dass sie gerade noch einen schwarzen Rollkragenpullover anhatte, der sich eng an den Oberkörper schmiegte. Wie hat sie es geschafft, so schnell die Klamotten zu wechseln?

Von der Logik her ... - aber nein, es kann nicht sein, dass sie sich umzieht, während ich aus dem Fenster schaue ... hier, vor den Augen der anderen. Vielleicht ist ein Tag vergangen oder eine Woche seit der letzten Sitzung ...

„Wer möchte gerne die Solostimme in der ersten Strophe singen?" Niemand meldet sich. Die Beteiligung unter den Teilnehmern steht im krassen Gegensatz zu ihren jovialen Ankündigungen. Ihre fröhlichen Angebote stoßen auf hartnäckiges Schweigen, so dass Dr. Kirsten das erste Solo in vollendeter Perfektion selbst vorträgt. Danach geht es um die Zeile *Amsel, Drossel, Fink und Star und die ganze Vogelschar.* Nach einem zähen Diskussions- und Auswahlprozess finden sich Heike und der Belgier bereit, die Solos der zweiten und dritten Strophe zu übernehmen. Während die Proben mit den Einzelkünstlern am Laufen sind und Dr. Kirsten ganz in ihrem Element scheint, bemerke ich, dass unter dem Notenblatt andere Blätter stecken, die nichts mit dem schlesischen Volkslied zu tun haben. Ich entdecke ein geheftetes dreiseitiges Krankenblatt mit diversen Eintragungen in vertikaler und horizontaler Linie. In der Spalte Medikation steht handschriftlich *Chlonedin, Chlomediazol* und *Benzodiazepin.* Bei Begleiterscheinungen lese ich *hirnorganische Erkrankungen, vegetative Dysregulation.* Unter Symptomen wiederum steht mit schwunghafter Handschrift (es ist die von Dr. Kirsten) *Zittern, Faseln, Schwitzen, Nesteln und Desorientierung.* Bei ärztlicher Befund hat sie geschrieben: *ausgesprochene Affektlabilität. Der Patient neigt zum Konfabulieren, auch nach Abklingen der deliranten Phase.*

Ein derart abschätziges Urteil über meinen Zustand hätte ich Dr. Kirsten nie zugetraut. Ich fühle mich verraten von der Mitvierzigerin, die unbefangen weitermacht, als ob nichts passiert wäre: „Und noch ein Tipp: Ihr könnt seufzen, wenn persönliche Schwierigkeiten den stimmlichen Ausdruck belasten oder Widerstände den Zugang zu Stimme und Klang erschweren. Die Atemübungen stärken den Körper und schützen vor Lungenentzündungen. Das probieren wir jetzt. Jeder bitte einmal tief seufzen. Henrik, fang du mal an, und dann seufzen wir reihum."
Auf einem zweiten, anders linierten Blatt finde ich die Spaltenüberschriften *mit großen Schwierigkeiten – kann – kann nicht*. Auf der vertikalen Skala erscheint eine Reihe von alltäglichen Fertigkeiten wie *Zubereitung von Zwischenmahlzeiten, Wäschepflege, Ordnung halten im eigenen Bereich, Geld verwalten, Regeln von finanziellen und rechtlichen Angelegenheiten, Ernährung, Körperpflege, persönliche Hygiene, Teilnahme an Freizeitangeboten* sowie *Absprache und Durchführung von Arztterminen*. Hier sind x-Zeichen eingetragen in den Spalten *kann nicht* oder *kann mit großen Schwierigkeiten*. In der Zeile Freizeitangebote entdecke ich eine abgehakte, männliche Handschrift – es könnte die von Dr. Vegesack sein – mit der Eintragung *Biographische Arbeit, Ergotherapie, Musiktherapie*. Bei sonstigen Bemerkungen lese ich: *Ziel ist die Verbesserung der Selbstversorgung und der Teilhabe ohne die Gefahr von Alkoholmissbrauch. Die Biographische Arbeit soll zeigen, welche Ressourcen noch aktivierbar sind.*
Offensichtlich hat mir Dr. Kirsten aus Versehen Seiten der Patientenakte mitgegeben, aus der ich eine erstaunlich negative Beurteilung erkenne. Hm! Dabei

kneift sie die Augen zusammen, lächelt mir zu in sympathischer Verbundenheit. „Was hälst du davon, einmal eine Solostimme zu singen?" fragt mich Dr. Kirsten strahlend. Sie denkt sicher, ich sei Mathias Keh, dabei habe ich jetzt keine Lust, ihr diese Freude zu machen. Jetzt schon gar nicht mehr! „Na, was meinst du?" fragt sie in die Stille hinein. Dann erklärt Dr. Kirsten erneut das Prinzip von Einzelstimme und Chor. Ihre Stimme klingt hell und fröhlich, als sie sich der Gruppe zuwendet: „Wenn die Vöglein zwitschern, könnt ihr auf die Triangel schlagen oder auch Trillerpfeifen betätigen." Nun gibt sie die genannten Instrumente aus. „Wer nichts bekommen hat, versucht einmal, den eigenen Kehlkopf als Instrument zu spüren." Dann sagt sie zu mir: „Wir brauchen dich bei der zweiten Solostimme *Amsel, Drossel, Fink und Star und die ganze Vogelschar*. Und wenn ihr singt, dann hört euch selbst zu. Schaut einmal, ob ihr euch am Klang eurer Stimme orientieren könnt."

Hinter ihrem Engagement entdecke ich mittlerweile Sätze, die sich wiederholen, auswendig gelernte Sätze, die fachmännisch klingen. Und dann gibt es diese Momente, in denen sie unkonzentriert und blass wirkt oder heimlich gähnt, als wäre sie selbst eine Teilnehmerin. Jetzt, da ich eine Art Beziehungskrise mit dieser Frau verspüre, scheint es mir, dass sie sich ebenso müde durch den Tag schleppt wie wir. Vielleicht hat ihr die Konfrontation mit dem Blinden zugesetzt. Oder ihr ist aufgefallen, dass dieser renitente Patient nicht das Notenblatt liest, sondern die Krankenakte des Sanatoriums. *Beim voll ausgeprägten Delirium kommt eine Störung des Schlaf-Wach-Rhythmus*

hinzu. Die Symptomatik schwankt im Tagesverlauf. Weiterbehandlung mit Benzodiazepin. Als Dr. Kirsten näherkommt, erkennt sie irritiert ihre eigene Handschrift. Unter der Rubrik „vorgefundener Standard" hat sie bei individuellem Erscheinungsbild eingetragen: *zeigt wenig Interesse an der Körperpflege und dem Zustand der Kleidung.* „Erwünschter Standard": *Aus fachlicher Sicht ist eine Assistenz bei der täglichen Hygiene notwendig.*
„Was ist los?" fragt Dr. Kirsten. „Wo bleibt das Solo? Habe ich Dir die falschen Blätter gegeben? - Das ist die Akte Karamfilov[33], ich habe sie versehentlich mit den Noten verteilt. Gut, dass Du den Unterschied gemerkt hast."
Dr. Kirsten schaut auf ihre sportliche Uhr und läuft zum Dirigentenplatz. Beim nächsten Durchlauf gelingt es mir, mich auf das Solo zu konzentrieren und der Therapeutin wieder zu vermitteln, dass ihre Maßnahmen Heiterkeit und Leichtigkeit auslösen. Mein Blick fällt auf Henrik, dessen freie Hand zitternd am Saum der Weste entlang läuft, als ob er sie auf- oder zuknöpfen will. Irgendwie fühle ich mich erleichtert, dass es nicht meine eigene Patientenakte war (oder die von Mathias Keh) Nun ja, ich höre Henrik gerne zu. Schon das Gelächter der anderen versetzt mich in gute Stimmung. Er informiert sich täglich über das Internet. Was hat er mir nicht alles erzählt, über die Welt da draußen, die Lage in Russland. Alles Dinge, die für mich neu sind.

Die Russen lieben ihre Armee. Schon in den Kindergärten tragen die Kleinen Militärkleidung, üben Mili-

---

[33] *Unschärfe im O-Manuskript: Karamfilov war zu diesem Zeitpunkt als Teilnehmer ausgeschieden*

tärparaden ein und lauschen den Erzählungen der Veteranen. Niemand hat gedacht, dass man das sowjetische Imperium so leicht unterminieren kann. Mit ein paar schmutzigen Bomben, also Bomben mit nuklearem Material, gezündet von tschetschenischen Rebellen. Hinter der Linie Kharkov - Moskau ist ein verseuchter Riegel entstanden, der die europäische Seite von der asiatischen trennt. Dieser Teil Russlands zerfällt wie eine weichgekochte Kartoffel. So haben die Chinesen leichtes Spiel. Im Osten leben die Menschen in den Wäldern und beissen vor Hunger in die Bäume. Oder kochen sich Suppen aus Baumrinde. Durch den sauren Regen kommt so viel Kadmium und Blei in die Nahrung, dass sie mit Anfang 50 sterben. Wenn sie merken, dass es zu Ende geht, fahren sie mit der Transsibirischen Eisenbahn nach Moskau und gehen in eine Kneipe, in der man anschreiben kann. Dann trinken sie Wodka bis der Tod eintritt. Im Westen Russlands leben die Oligarchen in traumhaftem Reichtum. Aber auch sie können nicht verhindern, dass sich die Chinesen überall einschleichen. Wenn ein einzelner Chinese deinen Laden betritt, dann ist er nur ein Vorbote. Bald kommt er mit Freunden und Bekannten, die alles begutachten und bequatschen. Dein kleiner Laden ist plötzlich voller Besucher, und du wirst gefragt, ob du nicht eine Hilfskraft brauchst, die chinesisch versteht, einen Koch, der chinesische Gerichte zubereiten kann, oder einen Sänger, der die Gäste aus dem Fernen Osten unterhält. Wenn du zwei oder drei von ihnen eingestellt hast, werden sich gleich Investoren aus dem Reich der Mitte bei dir melden und die Triaden werden dich bedrohen. Die chinesischen Angestellten werden bei dir wohnen und ihre Familien nachholen. Früher oder später wirst du dich auf verlorenem Posten fühlen. Schon längst sind deine Nachbarn weggezogen. Kein russischer Kunde betritt mehr dein Geschäft. Du kannst von Glück reden, wenn du es für einen Spottpreis an einen Asiaten verkaufen kannst. Die Russen sagen, dass der Untergang ihres Landes mit der Bildungsmisere angefangen hat. Die Bildungsmisere ist so groß, dass niemand mehr weiß, wie man Kasatschok tanzt. Der Kasatschok wurde traditionell in Russland an den Schulen unterrichtet, doch die russische Jugend interessiert sich nur noch für das Internet.

Dr. Kirsten gehört zu den Menschen, die alles verstehen und immer loben. Beispielsweise bedankt sie sich bei der Gruppe für den mustergültigen Einsatz, obwohl die meisten nicht mitgesungen haben. Henrik hat immer wieder an seinem Verband gezogen, mit zittrigen Fingern, nun wird er zum Mitmachen aufgefordert. In einem weiteren Durchlauf probieren die Teilnehmer die Möglichkeiten der Body Percussion und schlagen sich zu dem Volkslied auf die Schenkel. Später sollen sie dem Nachbarn auf den Buckel klatschen, aber keiner riskiert eine derartige Grenzüberschreitung. Der Vorstoß der Therapeutin war zu gewagt. Lied und Rhythmus brechen ab und weichen einer generellen Ratlosigkeit. Die Dr. Kirsten mit einem Blick auf die Uhr schnell wieder in den Griff bekommt. „Du hast uns eine ziemlich verrückte Geschichte erzählt und wahrscheinlich geflunkert. Kannst du dich überhaupt erinnern, was Du erzählt hast? Eine richtige Räuberpistole! Alles erfunden!

Wenn du nicht Mathias Keh bist, darfst Du nicht zur Therapie zu kommen. Wir haben die Biographiestunde nur für ihn veranstaltet. Für dich ist es besser, wenn Du Tagebuch schreibst, dann kannst Du überprüfen, was dir alles durch den Kopf geht. Wir werden die Medikation für dich anpassen, Dr. Vegesack und ich. Vielleicht überlegst Du dir, ob Du nicht doch Mathias Keh bist."

EINE FRAGE DER MEDIKATION

27.11.25 Benzodiazepin, Fluoxetin Santo 8mg

Einnahme der gelben Pille. 11 Uhr. Wirkung katastrophal. Der Boden schwankte wie von Erdstößen. Keiner beachtete mich, als ich die letzte Biographiestunde verließ. Wahrscheinlich hatte ich die Farbe des Hintergrunds angenommen: altweiss. Ich lief vorbei an den synthetischen Büschen, die verdächtig lispelten, vorbei an dem Resopaltisch mit der Pfauenfeder, nun selbst ein braunes Auge auf der Brust. Farblos durch die Schwingtür, den Flur entlang bis zum Treppenhaus, quälte mich acht Halbtreppen hinauf, öffnete die Tür zum Flur, lief durch ihn hindurch bis er abknickte, schwenkte ein in den nächsten Flur, als ich die körperliche Veränderung spürte. Öffnete die Tür meines Apartments, betrat das Badezimmer und erlebte, noch transparent, wie ich zurück in die Welt kam, ausgehend von einem herzförmigen Fleck, den ich im Spiegel sah, der rot farbige Flüssigkeit in die Adern pumpte, die sich immer weiter in Kapillaren auffächerte, sich verästelte wie ein Feuerwerk, umkehrte, in die Bahnen der Venen zurücklief und sich sammelte, als weitere Farbflecken explodierten, gelblich die Harnleiter, giftgrün die Gallenblase, blass-grau die Kanäle des lymphatischen Systems, weißgrau die Knochen des Beckens, das kurz in der Luft zu schweben schien, dann Rückgrat, Rippen, Schädeldecke und Kiefer, die sich bald mit rötlichen Muskelpartien bedeckten, mit beige schimmernder Haut überzogen, bis hin zu den grün leuchtenden Punkten über dem Horizont von Mund und Nase. Da begriff ich: dass dies keine normale Infektion war.

28.11.25 Fluoxetin Santo 4 mg, Cipralex S 4 mg – pulsierender Kosmos

Das Nichts ist die Urform. Das Nichts, energetisierend und elektrisch, ist die Urform der Materie, schwanger mit Möglichkeiten, allumfassend. Dieser weiblichsten aller Daseinsformen ist unendliche Fruchtbarkeit gegeben, eine endlose Lust am Gebären und Gestalten, man weiß nie, in welcher Ausprägung sie sich manifestiert. Passiv und wehrlos steht ihr Potential jeder Art von Manipulation, Laune und Dilettantismus offen, bereit sich jederzeit in grauenhaften Gnomen, Fehlgeburten, und missgebildeten Geschöpfen zu entladen. Unbeständig in ihrer Organisation und leicht empfänglich für Rückbildungen entartet sie zu einer unerträglichen Kakophonie des Werdens und Vergehens. Das All, jede Kultur, ob anorganisch oder lebendig, zeigt die abnehmende Entropie. Selbst der Tod schafft nur scheinbar Ordnung; hinter ihm verstecken sich unbekannte Daseinsformen, weitaus irrealer als das Nichts, geisterhafte Chimären, trügerische Halbwelten, eingebildete Atmosphären wie der Grüne Salon, mit seinen durch Seifenblasen erzeugten Figuren, mit schillernden Ticks und spleenigen Eigenheiten. Eine von Hieronymus Bosch geschaffene Apokalypse, die phantastische Gärung aus Amöben und Schalentierchen, Gliederfüßlern, keimender Gallerte und Plasmaprotuberanzen. *Jetzt eine blaue Pille, das schafft mehr Klarheit. Ritalin forte, 2mg. Beruhigt den Magen.* Ich zweifle daran, dass mir andere sagen können, wer ich bin. Wozu der Aufwand? Die Biographiestunde scheint mir so vergeblich wie die Leibesübungen, die Ergotherapie, die dämlichen Spiele. Ich spüre, dass das Archaische stärker wird.

30.11.25 Valium, 2 Tabletten a 5 mg

Ich hatte es mir nach einer Zeit quälender Unruhe im Bett bequem gemacht. Nachdenklich beobachtete ich, wie sich die bläulichen Rauchwölkchen zerstäubten und Richtung Plafond verzogen. Mir fiel auf, dass der Putz der Länge nach in Risse gespalten war, die sich wie die Adern eines Blattes verzweigten, faszinierend polymorph und von berauschender Ästhetik. Es klopfte. Heike schlüpfte ins Zimmer ohne abzuwarten. Plötzlich stand sie da, fröstelnd, im rötlich schimmernden Kimono. Sie sei schon zu Bett gegangen, könne aber nicht schlafen. Stumm lehnte sie mit verschränkten Armen an der Wand zum Badezimmer und rieb die nackten Fußsohlen abwechselnd an den Waden. „Hast du schlecht geträumt?" fragte ich. Es dauerte lange, bis die Worte aus meinem Mund kamen, es war, als hörte ich sie verzögert, Sekunden später, nachdem ich sie ausgesprochen hatte. Sie blickte mich prüfend an: „Hm, ja." Ich machte ihr ein Zeichen näher zu kommen. Ihre Haut roch nach parfümierter Creme. Ich fragte, ob sie traurig sei oder bedrückt. Sie kniff die Lippen, schüttelte den Kopf, unwillig, unverstanden. Wahrscheinlich hat sie Liebeskummer, dachte ich, drückte ärgerlich die Carpati-Zigarette am Bettgestell aus. Natürlich, sie ist in diesen Larsen verliebt, den Flötisten mit den langen Fingern. Mich benutzt sie, um Enttäuschungen abzuladen, weil er ein dämlicher Käsefresser ist, ein Giraffenarsch. Sie demütigt mich durch ihre Nähe. Ich legte meinen Kopf zur Seite und blinzelte gegen die Wand; dort projizierte die Sonne Dreiecke, befeuert mit purer Energie. In diesem Moment rutschte sie zu mir unter das Federbett und schmiegte sich mit dem Rücken an mich. Ich spürte die Wärme ihres Körpers, streichelte sie vorsichtig durch den seidigen Stoff während sie mit weichen Augen zur Decke blickte, abwartend; ich hatte mir geschworen, nie wieder den Tröster zu spielen. Die Valium-Pillen generierten eine ungeheure Müdigkeit, verwandelten die Welt in zähe, graue Masse. Unentschlossen beobachtete ich die kleine Hand auf ihrer Brust, die sich regelmäßig hob und senkte. Nichts geschah, bis Heike einschlief mit kurzen Atemstößen. Ohne mich zu drehen löschte ich das Licht und lauschte in das rätselhafte Dunkel des Körpers hinein, der neben mir lag. Wieder roch ich ihre Haut, die in der Finsternis, anders als zuvor, eine vanilleartige Aura ausstrahlte, die mir Vorstellungen von weichen Konturen und fließender Weiblichkeit übermittelte.

1.12.20 Fluoxetin Santo 8 mg, Cipralex S 10 mg, Czarny (1 Glas), Ritalin 10mg

Wenn ich in die Dunkelheit blicke, sehe ich einen lehmigen, aufgestampften Weg über mir, die Erde von Pfützen durchsetzt, hier und da Steine, größere und kleinere, manche als lockeres Geröll, manche mit einer weißlichen Rundung aus dem Pfad ragend, dann wieder knotige, armdicke Wurzelstöcke, unförmige Baumstümpfe, Farne, sehe sumpfige Landschaften durch die Ritzen, höre das leise Knirschen und Knacken im Holz des Schuppens, in den ich gekrochen bin, das Tröpfeln der Regenreste von der Dachpappe, als zwei Beine, schwarz behost vor der Holztür auftauchen, ein weißer Stock, Licht fällt in den Innenraum, der durch die Lücken zwischen den morschen Brettern in ein Zebra aus hellen und dunklen Streifen getaucht ist, ich sehe jetzt deutlicher, dass die Seite des Raumes, an der ich klebe, mit körniger Teerpappe bespannt ist, jedoch hat die Feuchtigkeit große Beulen in die Pappe getrieben, an einigen Stellen hängt sie mit aufgerissenen Fladen weg. Ich husche in den äußersten Winkel, erkenne schräg unter mir rostige Nägel, vielleicht zum Aufhängen von Arbeitskitteln oder Gerätschaften gedacht, jetzt aber leer und verbogen, und bevor die Tür zugezogen wird, ein auf dem Kopf stehendes, kantiges Männergesicht mit nach oben gerichteten Beinen, der Stock fällt nach oben, die Hose fällt nach oben; ein zweiter Körper erscheint an der durch Morast und Unrat bedeckten Oberseite des Raumes; ihn habe ich bislang nicht bemerkt, weil er, seit ich durch die Spalte geschlüpft bin, unbewegt an jener Stelle über mir haftete. Nun aber gerät Bewegung in das schwarz-weiß geringelte Muster, dass sich aufbäumt und gegen den dunkleren Leib stemmt, den ich zuerst bemerkt habe, höre zu dem befehlenden Worten des Mannes schmatzende und schnarchende Geräusche, das Schwappen und Klatschen des

Schlammes, das borstige Schmieren eines Rücken an den Brettern, Hiebe des Stockes auf das dumpfe, schnalzende Gebilde, das Quietschen und Knarren der Bretter und der lockeren Pfosten, an der Ecke des Schuppens die vereinzelten Pfiffe des Windes, der den Regen herangetragen hat, das Brummen der vielen Gesichter, die an den Ritzen der Holzwand hängen, um ihre Rüssel durch die Zwischenräume zu stoßen, die über mir nach den an der Decke schwebenden, ineinander verhakten Körper suchen, tasten, um sich in deren warme Rücken, Beine, Hintern einzuschlagen, gierig, an der Verschlingung der Leiber teilzuhaben, einem kannibalistischen, von Blutrausch geprägten Akt. Nach 2 Stunden merke ich, dass ich wieder in meinem Zmmer war.

2.12.25 Valium 2 Tabletten, Viagra

Mein blinder Mitbewohner hat mir Viagra angeboten. In der Kombi mit Diazepam[34] scheint es nicht zu funktionieren, aber ich tröste mich. Was ist schon Liebe? Eine Projektion am Anfang, eine Hoffnung auf Selbstbestätigung, der Wunsch nach Impulsen; Gewohnheit und Abhängigkeit; ein Klischee der Illustrierten und Traumfabriken. Ein Verrat, weil man sich dem Kontext anpasst, gezähmt wird, die Eigenständigkeit im Denken und Fühlen verliert, oder besser gesagt, nicht erlangt. Anstelle der Religion versammelt die romantische Schablone Sehnsüchte nach Befreiung vom Alltag, nach Verschwendung, nach Negation des rationalen, ökonomischen Denkens. Ist sie

---

[34] *Diazepam = Wirkstoff von Valium*

nicht Opium fürs Volk, ein blasser Konsumententraum, zusammengeflickt aus Versatzstücken wie Blumen, Geschenken, Champagner, Schmuck, exquisitem Essen, festlicher Kleidung, luxuriösen Möbeln, Urlaub am Strand und gemeinsamem Kinobesuch? Der Kult der Verwirrung und des Lärms ist notwendiger Teil der Illusion. Nur wer sich nicht kennt, bleibt Teil der Herde, bleibt schläfrig und geborgen, denn die Unbewusstheit ist das Fundament des Lebens.

3.12.25 Venlaflaxin 75 mg retard, Ritalin forte,4mg

Endlich spürte ich ihre Bewegung. Sie knipste das Lämpchen auf dem Nachttisch an und sprang aus dem Bett. Ob sie geschlafen hatte? Ich setzte mich auf den Bettrand. „Gehst du schon?" fragte ich. Dann stand sie wieder da, an der gleichen Stelle wie vorhin, schaute mich an, stumm. Sie näherte sich, nahm Platz auf meinem Schoß. Der Seidenstoff war höher gerutscht; ich sah ihre nackten Schenkel, die runden rosigen Bäckchen, die fest auf meinem Geschlecht ruhten. Heike musste die Spannung fühlen, die unter ihren Schenkeln wuchs. Wie geschickt sie mit den Allüren der Verführung spielt, ich glaube nicht, dass eine Frau mit femininen Attributen, gleich welchen Alters, unschuldig sein kann. Ich wollte auf ihre Stimmung eingehen, die vorhin Kümmernis zu enthalten schien – hatte ich mich geirrt oder konnten sich ihre Launen so plötzlich ändern? Sie zuckte mit den Achseln, nahm die Schultern zurück und schob die Brüste nach vorne, dass ihr Hemd spannte, sich die Warzen ihres Busens abzeichneten. Ihre Lippen öffneten sich breit und sinnlich, die Augen verklärten sich wie zuvor. Ich verharrte ratlos, wie jemand, der die plötzliche Lähmung seines Körpers mit verfolgt und sich weder wehren noch erklären kann. „Du hast Haare außen an den Schenkeln", sagte ich verlegen. Sie tat als ob sie sich schämte oder ärgerte, das Hemd glitt über ihren drallen Hintern, sie stand auf und ging. Ich fühlte Hass auf dieses raffinierte, durch seine Reize überlegene Luder. Aus Verzweiflung habe ich Ritalin eingeschmissen, 4mg, aber es war zu spät. Was blieb war der Geschmack einer generellen Enttäuschung.

4.12.25, Fluoxetin Santo 8 mg, Cipralex 2 mg, Czarny (1 Glas), Venlaflaxin 75mg retard

Über den Schmerz habe ich gelernt, mich zu verwandeln. Der Schmerz war kein lokales, begrenztes Phänomen wie bei Hals- oder Gliederschmerzen. Vielmehr war es so, als ob er wellenartig durch alle Glieder wogte und der ganze Körper kurz vor der Explosion stand. Jeder einzelne Muskel war angespannt, drückte auf die Innenseite des Skeletts, das Pochen in den Adern verstärkte sich, das Herz schien anzuschwellen wie ein Blasebalg. Die Zunge presste sich gegen den Gaumen bis nicht nur die Zunge, sondern auch die gesamte Mundhöhle taub war. Der Schmerz trieb mich in den Zustand äußerster Gereiztheit, jedes Geräusch war zuviel, jede menschliche Annäherung empfand ich als Zumutung. Die Lichtempfindlichkeit steigerte sich bis zu einem Tosen und Rasen im Hirn, bis hin zur totalen Überlastung aller Reizleitungen. Am liebsten hätte ich den Kopf gegen die Wand geschlagen, wäre aus meinem Körper geschlüpft, dem elenden Gefängnis. Ich fühlte, wie die Handflächen feucht wurden, spürte das Kribbeln in den Füssen. Die Fäuste öffneten sich, ich sah, wie Krallen aus der Hand wuchsen. Eine glibberige Schleimlache bildete sich unter den Füssen. Mir war klar, dass ein endgültiger körperlicher und geistiger Blackout bevorstand – sobald die Überreizung ihren Höhepunkt erreicht hätte. Mit einem verkürzten, verkrüppelten Arm schirmte ich die Augen ab gegen das blendende Licht. Ich kämpfte mit allen Stoffen, die mich umgaben, gegen die Wand, die Luft, das Licht, kämpfte mit dem vielarmigen Widerstand, den die Welt für einen Menschen darstellt. Das Licht brachte nicht nur Schmerz, es forderte meine Auflösung. Ich hoffte, einfach in dieses Licht hinüberzugehen, ein Teil von ihm zu werden, unwirkliches, jenseitiges, körperloses Licht, in das ich hineinblickte mit toten Augen wie in einen Nebel. Inmitten des Nebels ein Punkt. Mit letzter Kraft kroch ich darauf zu, Zentimeter für Zentimeter. Die Schleimhäute waren ausgetrocknet, die Zunge hing mir nach dem Anfall wie ein ledriger Lappen im Mund. Ich vergewisserte mich, dass der Punkt an Deutlichkeit zunahm, immer klarer wurde, bis er unmittelbar vor meinen Augen stand: eine Fliege, die inmitten der schmutzig-weiß getünchten Wand sass wie ein Lavastein in einem brodelnden Meer. Sowie sie identifiziert war, schleuderte es die Zunge hinaus mit einer einzigen, automatischen Bewegung, die ich weder beabsichtigt hatte noch kontrollieren konnte. Kurz bevor die Zunge das Flügeltier berührte, kontrahierte ein Muskel an ihrer verdickten Spitze, der für einen kegelförmigen Hohlraum sorgte. Dadurch entstand ein Sog, der das Insekt ansaugte. Zusätzlich war die Zunge mit einem nicht klebenden Sekret benetzt, was jedoch die Haftungsfläche vergrößerte und deswegen dafür sorgte, dass sie es leichter erfassen konnte. Zuletzt schnellte die Zunge samt Hautflügler zurück. Während sich die Zunge in den Kehlsack zurückzog, spürte ich die surrende Fliege im Maul. Eine Fliege, dachte ich erstaunt, dann schluckte ich die Beute als Ganzes hinunter.

6.12.25 Fluoxetin Santo 8 mg, Cipralex S 2 mg, Valium 5mg, Czarny

Wenn ich erwache der Geschmack von Käfern im Mund. Ich erbreche Unverdautes, Chitinpanzer, Larven und Grünzeug. Rückenschmerzen, wenn die lederne Schuppe mich aus ihrem Schutz entlässt, luftig wird, sich selbstständig macht und mich bloßstellt. Kopfschmerzen wie nach Drogengenuss, wenn der Schädel wächst. Die Fragen des Arztes, der mit mir unzufrieden ist. Dr. med. Heinrich Vegesack, Arzt für Gerontologie - er sieht in meiner Behandlung mittlerweile eine gänzlich öde, unbestimmte und vergeudete Anstrengung. Ein Wesen, das von Tag zu Tag stupider wird, sich rückwärts entwickelt hin zum Archetyp. Gedankenlos warte ich, bis sich die Trommelfelle öffnen, wortlos, bis Hals und Kehle entwachsen sind. Um mich an nichts zu erinnern, weil nichts geschehen ist. Nichts? fragt der Doktor enttäuscht und wirft noch mehr Fluoxetin auf den Tisch. „Wir testen dieses Präparat für SANTOMON. Bitte schildern Sie mir die Nebenwirkungen!" Was bleibt sind meterlange Häute, die sich u-förmig zusammenklappen und am schmalen Ende einrollen: voller Körnerschuppen und Tuberkel, ein Ding ohne Wert. Schon als Kind fühlte ich mich unbrauchbar, erahnte den Fluch, vollkommen nutzlos zu sein. Niemals baute ich Türme oder Maschinen, spielte weder mit Puppen noch pflegte ich verwertbare Hobbies. Stattdessen habe ich philosophiert, geträumt, vor dem Spiegel Grimassen geschnitten, getanzt, Musik und Poesie verehrt, vor Augen die eigene Nutzlosigkeit, jeden einzelne Aspekt dieses Begriffes durchwandernd. Es überrascht mich, dass der Arzt davon spricht, die Medikation hochzufahren, trotz möglicher Nebenwirkungen wie: Farbmodulation, Reptilienhaut, Schleuderzunge.

SCHÄKAWEES ZON KAKANIA[35]

An einem dieser trüben Tage, an dem sich die anderen zur Therapiestunde treffen, hat sich der Koch sturzbesoffen im Grünen Salon niedergelassen. Weiter als bis zum ersten, länglichen Tisch, an den ein Dutzend Personen passen, kommt der prustende Mann nicht. Bis zu dem seligen Moment, als sein schwerfälliger Körper auf den knackenden Stuhl niedersackt, hat mich der Anstaltsgeistliche bedrängt, zur Beichte zu gehen, „um des inneren Friedens willen", und damit ich an der Jahresend-Prozession teilnehmen kann; meine Weigerung hat ihn verstimmt. „Glauben Sie nicht an das große Ganze, Herr Keh?" „Nein. Ich sehe nur archaische Muster, die keinen Sinn ergeben." Nun verstummt er, weil sich „dieser unappetitliche Ochse ausgerechnet an unserem Platz breitmacht". Endlich, der Prälat hält die Klappe. Selbst der blasierte Däne, der in der Nähe sitzt, fühlt sich belästigt. Meist bleibt Björn beim Mittagessen allein, jetzt rückt er mitsamt Teller und Besteck zu mir auf. Der Koch zieht den Unmut vieler Speisegäste auf sich, so dass kein Raum für Animositäten mit dem Dänen bleibt. Das schmierige Hemd des Kochs ist voller Löcher, aufgeplatzt an den Nähten; die verschmutzte Schürze, auf den Ranzen geschnürt, flattert seitlich über das Bein; kaum verdeckt sie den Slip, aus dem Schamkraut wuchert. *No, sú tu opäť zemiaky a fazuľa?* ruft man von entfernten Plätzen, wüste Be-

---

[35] *Schäkewess oder. Schäkewees hier im Sin von: Durcheinander, Verwirrung; im allg. Sprachgebrauch Unglück; auch Spritzfahrt, Abenteuer*

schimpfungen werden laut: *dirty kant, debil, tenhleten je už v poledne napráskaný!*
Der Koch wiederholt grölend die Beschimpfungen in der jeweiligen Landessprache. *Stronzo. Hahaha. Pitomec. Hahaha.* Schweiß steht auf seiner Stirn. Eine Mirabelle kommt geflogen, noch eine, sie prallen wirkungslos an der Jacke ab, Kompott rinnt abwärts, doch das rührt einen Koloss wie ihn nicht. Ein Hauch von Rebellion wird spürbar als einige Gäste mit dem Nachtisch werfen; vage und konfuse Ideen von Gerechtigkeit mögen sie bewegen, auf den Kopf von Nielsen zu zielen, von dem Obstsaft tropft. Breit grinsend führt er den Zeigefinger zum Nasenloch und bohrt darin herum, unbeeindruckt von ihren Aktionen als wären sie kleine pickende Vögel

womit keiner gerechnet hat

die Tür fließt hin. Heike erscheint vor dem Plateau, schlank und kalligraphisch, in einem hautengen Rock aus Leder, kaum breiter als eine Hand. *Ein Duft kommt mit/ Kaum Duft/ Es ist nur eine süße Vorwölbung der Luft/ gegen mein Gehirn.* Für wen hat sie sich mit diesem von einer modischen Schnalle gehaltenen Lederband gegürtet? Wie ein Straußenweibchen stolziert sie unter dem Lüster hindurch zur Treppe, rasselt mit den metallenen Armreifen. Dunkelbraunes Haar fließt über den ausgeschnittenen Pullover; an der Treppe wirft sie es mit energischer Bewegung nach hinten, lässt sich empor tragen von vulgärem Gejohle und Geraune, als sie das Plateau besteigt. Sie wird unsicher, als sie den Koch bemerkt und neben mir Björn und den Prälaten. Was soll ich zu meiner Verteidigung sagen? Ich kenne ihren vorwurfsvollen Blick. Ihr kindliches Gesicht mit dem vitalen Ausdruck verschleiert sich, sie ahnt, wie viel schwieriger die reale Welt ist als die verschwommenen Phantasien unterstellen, die sie beim Ankleiden geleitet haben, bei der Wahl des Lippenstiftes, dem Bürsten des Haare, dem Auftragen der Wimperntusche. Sie kokettiert gerne, spielt mit ihren Reizen, aber sie spürt, dass die Situation nicht günstig ist. Alle Augenpaare sind auf sie gerichtet, auf das verbrannte Rot ihrer Wangen, die pikanten Stigmen ihrer Muttermale.

„Hast du vergessen, dass wir verabredet sind, Mathias?"[36]

Ihre Stimme klingt vorwurfsvoll, fordernd, sie prangert meine Unentschiedenheit an, meine Lähmung. Inzwischen hat sie wieder vergessen, dass ich Ben Borowiak bin, der Ermittler. Warum verabschiede ich mich nicht von dem trostlosen Quartett: Ben Borowiak – Mathias Keh – der Däne – und Heike?

Angesichts der neuen Erscheinung wischt sich der Koch über die gekräuselten Haarlocken, an denen Schweißperlen hängen. „Verabredet sind!" wiederholt er mit gurgelnder, kehliger Stimme, die Sprache nachahmend, die er nicht versteht. „Verabredet. Hahaha."

Der Koch starrt sie unhöflich an, als sie an der Stirnseite Platz nimmt, ihm gegenüber. Sein dumpfes Interesse gilt den sich reliefartig abhebenden Formen, er brabbelt „Giri, giri, giri", lacht sabbernd, dann greift er zur Flasche, hält sie senkrecht und trinkt in großen Schlucken, wobei der Czarny links und rechts aus den Mundwinkeln rinnt. Währenddessen gleitet der Blick

---

[36] *Im Skript handschriftlich: Cipralex S 2mg, Ritalin 10 mg, Fluoxetin Santo 16 mg*

des Prälaten tiefer zwischen die Beine, die Heike instinktiv übereinander schlägt. Sie spürt, dass sie sich mit der luftigen Garderobe zu weit vorgewagt hat, sie war nicht für diese Leute bestimmt. Nun riskiert der Geistliche einen Blick ins Dekolletee. Der Koch schnauft heftig, ich beobachte, wie er die Unterlippe über die Oberlippe schiebt und den Rotz schleckt, der ihm aus der Nase sickert, dann verschluckt er sich, rülpst - eine Wolke unangenehmer Ausdünstungen erreicht uns. Entsetzt wendet sich Heike um, sagt mit bittendem Unterton „Wir waren doch nach meiner Biographiestunde verabredet. Ich hatte mich so auf das Essen mit dir gefreut."
Ich spüre, wie der Kopf heiß wird, schäme mich ... warum habe ich die Initiative nicht übernommen, die Situation zwischen mir und Björn nicht geklärt ... oder ist das nicht meine Rolle als älterer Herr ...

wenn du deinen Traum nicht lebst

wird er sterben. Subtile Traurigkeit greift nach mir, als ich das denke: meine Rolle als älterer Herr. Heike unterwandert das Misstrauen, das mich seit Jahren von den Menschen trennt, indem sie Sehnsucht entfacht: nach Jugend, Ausgelassen sein, Sinnlichkeit. Durch Heike fühle ich mich einsam ... eingeschlossen in eine Welt melancholischer Erinnerungen ... dabei ist morgen kein besserer Tag, um zu handeln, morgen werde ich älter, zögerlicher und mutloser sein ... ihre Worte fallen wie Tropfen glühenden Metalls. Ich sehe ihre sinnlich aufgeworfenen Lippen, die in die Luft stoßende Zunge. Ein Gefühl aufliegender Leichtig-

keit durchfährt mich ... was soll ich sagen (?) Ich sehe, wie Björn aufrückt und die Hand auf ihren Oberschenkel legt. Will er versöhnen, will er beschwichtigen? Sie schiebt die dünnen weißen Finger voller Ekel von sich, rümpft die Nase. Ihr Gesicht wird ein Analogon für das chinesische Schriftzeichen Feuer. Zwei Punkte die Augen, dazwischen schräg gesetzte Striche für Braue, Nase, Mund, das bedeutet im Wortsinn ‚wütend'. „Offensichtlich ziehst du eine andere Tischgesellschaft vor", sagt sie zu mir, „ich bin dir wohl nicht wichtig. Du hast mich so enttäuscht!"
Heike springt auf, ist es Koketterie, ein kalkuliertes Risiko, um die Wirkung zu steigern oder ist sie tatsächlich wütend, ihre Bewegung ist kraftvoll und spontan, so dass sie im Aufspringen an die Tischkante stößt, die Thermoskanne des Prälaten wankt, sie taumelt, sie fällt in Richtung des Prälaten, so dass sich der Kaffee, der sich in dem Gefäß befindet, beim Aufschlagen über den Tisch ergießt und heiß und dampfend in den Schoß des Geistlichen strömt; nicht nur dieses Missgeschick sondern die Tatsache, dass er gerade aus dem Becher trinkt, als es passiert, führt dazu, dass er sich verschluckt, Wasser gerät in die Luftröhre, er schüttelt sich, hustet, rutscht vom Stuhl, und weil er sich an dem Zipfel des Paraments festhält, das vor ihm ausgebreitet ist, reißt er Besteck und Geschirr in die Tiefe, worauf sich Kartoffel und Bohnen über ihn gießen, und der Teller, der mit dem Becher herabfällt, zerbricht, der Teller ist kaputt, der Becher ist kaputt, die Soutane beschmutzt; gleichzeitig entwickelt sich an der Stirnseite des Tisches ein noch grö-

ßerer Radau, denn als der Prälat schreit und lamentiert, dreht sich Heike mit noch größerem Nachdruck in die Gegenrichtung, nicht ahnend, dass hinter ihr die fahrbare Anrichte steht, bepackt mit Töpfen - einer mit Kartoffeln, einer mit Bohnen - und zwei Stapeln hoch aufgeschichteter Becher und Teller, was für sich genommen folgenlos bleiben könnte, wäre nicht Piroska, gerade damit beschäftigt am rückwärtigen Tisch aufzudecken, auf den Lärm des Prälaten hin, das Aufschlagen und Bersten des Geschirrs hin, herumgefahren, mit den Händen bereit, das Schlimmste zu verhindern, wobei durch ihre Aktion Becher und Teller in alle Richtungen aus ihrer Umarmung fallen und noch größerer Krach entsteht; sechs weitere Teller zerplatzen, vier Becher fallen; dann aber, als sie die beiden Stapel im großen und ganzen gerettet glaubt, die obere Hälfte der Teller abnimmt, kurz hinter sich auf das zersprungene Geschirr schaut und den Stapel niedersetzt, gerät das lose Ende der hinter ihr lang herabhängenden Schleife der Schürze unter die Teller, die nun, da sie sich mit einem entschlossenen Ruck umwendet und nach den Scherben bückt, herab donnern, so dass Aufruhr unter den Gästen entsteht, die sich von den Plätzen erheben, das Personal in Bewegung gerät, sich aufgeregt untereinander schiebt, und die männlichen Aufwärter die Verwirrung nutzen, um nach den Frauen zu haschen, ihnen unter die Röcke zu greifen. Kreischend flüchten sie in die Küche. „Domine Jesu Christe", betet der Prälat, „frigescente mundo – als die Welt kalt wurde, hast Du am Körper der Heiligen Elisabeth die Wunden Deiner Passion erneuert", während Björn mit schlürfenden Geräuschen Kartoffeln und Bohnen in sich hinein schaufelt, als ginge ihn das alles nichts an, während der Koch mit Zeigefinger und Daumen die Nase schnäuzt und sie dann mit dem Handrücken abwischt und ich, perplex und mit offenem Mund Heikes Abgang beobachte. Nie war ich etwas anderes als dieses unpersönliche, gedankenlose Schauen

ihre dunklen Augen

glänzen befriedigt, sie wendet sich ab von dem Spektakel und verschwindet im kreisrunden Pavillon künstlicher Pflanzen. Wortlos verfolge ich das energische Hüpfen ihrer Brüste, ihren Hintern, den Schwung ihrer Hüfte, sprachlos und noch tief beeindruckt, als sie längst abgerückt ist.
Will ich den Lebensabend mit diesen Leuten in stumpfsinniger Routine verbringen? Nielsen äfft den erbosten Tonfall nach, dröhnt durch die Halle: „Mathias Keh, du hast mich sooo enttäuscht!!!"
Doch der Spott, den er über mich ausschüttet, trifft mich nicht. Ein aus der Tiefe quellendes Glücksgefühl verdrängt die schwarzen Gedanken. Bahnt sich unvermittelt einen Weg durch sonst verstopfte Kanäle, flutet ungehindert durch mich hindurch, jagt mir Schauer über den Rücken. Sie hat sich für mich geschminkt, gekleidet, herausgeputzt ... unglaublich, was sie für Beine hat ... einen strammen Hinterbau ... der wie ein Pendel schwingt. Meine Ex-Frau mag egoistisch und herrschsüchtig sein, aber soll ich mich deshalb allen Frauen verschließen? Trage ich nicht rätselhafte Kugeln zwischen den Beinen, die mir Genuss

und Zeitvertreib bieten könnten? Wozu Grübeln und Kopfzerbrechen, wenn alles nutzlos ist ... niemand kann sie mir streitig machen, auch dieser zwanghafte Däne nicht ... wenn ich mich entschließe, sie zu erobern; sie hat sich aus Opportunismus mit ihm eingelassen, kein schöner Zug von ihr ... sehr materialistisch, ein Zug der Zeit ... sie hofft auf Impulse, wartet, dass ein Mann ihr eine Perspektive gibt ... die Frauen wissen, was sie mit ihrem Körper anrichten; seine Höhlungen sind die schlimmste Waffe der Gesellschaft, sie erzwingen die Integration ...

noch schnell zwei Viagra[37]

im Vorbeigehen, der Blinde braucht es nicht (Seitentasche) ... es wird ein Quantensprung, der den Kontext ändert ... sobald ich in dich eingedrungen bin, werde ich deine Bewegungen dirigieren, dich abhängig machen vom Rhythmus meines Taktstockes, dein schlanker Körper wird sich an mich schmiegen, mich ergänzen; du sehnst dich danach, schwach zu werden, mir zu verfallen, die festen Stöße meines Schwengels aufzunehmen und wie ein Echo zurückzuwerfen. Erregt bin ich aufgesprungen ohne weiter auf die Tischgesellschaft, auf Kartoffel und Bohnen oder auf den Blinden zu achten, laufe vorbei am Sofa, den synthetischen Büschen, dem Resopaltisch mit der Pfauenfeder, laufe zur Tür, öffne sie, lasse sie hinter mir offen stehen, laufe den Flur entlang bis zur Wohnung des Verwalters, reiße die Tür zum Treppenhaus auf, laufe die Treppen hinauf, in meiner Erregung spurte

---

[37] *handschriftlich: 2 Kautabletten Viagra; 75mg Venlaflaxin*

ich so schnell nach oben wie lange nicht, öffne die Tür zum Flur, laufe durch den Flur bis er abknickt, schwenke ein in den Korridor, hier müsste es sein, dringe ein in das unverriegelte Zimmer, in dem sie ihr Haar bürstet vor der altmodischen Kommode, auf der ein dreiteiliger Schminkspiegel wie ein Tryptichon ihren enganliegenden Pullover zeigt, die ärmellose Weste, dahinter mich vor der halboffenen Tür, dann ihr überraschtes Gesicht im Profil, das lange Haar, das über die Schultern fällt, die Schneiderpuppe, an der mein Blick hinab wandert zu den Beinen, die an der Innenseite heller sind als außen, meine Hände, als sie sich erhebt, wie sie die Oberschenkel hinauf wandern unter den Rock, und den Slip von den Hinterbacken zerren ... sie kann sich nicht dagegen wehren ... lächelt verlegen ... ich will sie jetzt, endgültig und einseitig, sollte ich den Moment auch erzwingen müssen, ich bin bereit, das unausgesprochene Verbot zu brechen ... dieses das-darfst-du-nicht, das wie ein Damoklesschwert zwischen unseren Begegnungen schwebte ... sie wollte mich dazu provozieren, nun fühle ich mich radikal genug, es zu tun ... sie wehrt sich nicht, warum sollte sie auch, sie lächelt, meine Hand ist warm und fest zwischen ihren Beinen, meine Finger ... stecken tief in ihrer Scheide ... sie sieht im Spiegel mit leidenschaftlicher Grimasse, wie sie sich krümmen und drehen ... fühlt eine gewaltige Schwäche in den Kniekehlen, dass sie sich abstützen muss ... sie stöhnt leise; eine Woge von Gefühl bricht über uns herein, ich merke, dass meine Hände patschnass sind und nach Weib riechen, penetranter als der Schweiß unter ihren Achseln, eine Woge von Gerüchen, die auf uns einstürzt, alarmierender als alle Worte, dinglicher und dringlicher als die Gegenstände im Raum, klar und plastisch wie die Gletscher ihrer Brüste, die sich festfrieren und versteifen, sobald ich an ihnen reibe, mich an ihrem straffen Euter vergreife, an ihm ziehe und wildere, bis sie den Gürtel löst, den beigen Rollkragen-Pulli abstreift, dessen Nähte gewaltig knacken. Fast wehmütig betrachte ich den zarten Rücken, den feinen Grat der Wirbel, der sich zerbrechlich zwischen den Schultern schwingt und unweigerlich Beschützerinstinkte weckt. Hungrig suchen meine Lippen ihren Hals, tasten die Finger über die Brüste, deren Spitzen im Spiegel zu zittern scheinen mit den Erschütterungen des Toilettentisches ... fast muss ich vor Rührung weinen, als ihre perlende Muschel im Kristall glitzert, versenkt zwischen den Oberflächen ihres fließenden Fleisches, so schön ... sie atmet schwer und heftig, wie nach einem 100 Meter-Sprint ... oh ja, mach weiter, nicht aufhören ... ich dagegen atme ruhig und konzentriert wie bei einem Langstreckenlauf, ziele von den Brustballonen abwärts, weiß, dass ich das Tabu brechen werde, dieses das-darfst-du-nicht ... sie will es, dass die Hand wieder eintaucht in die klaffende Spalte ... wie nass sie ist ... sie genießt es, spreizt die Beine, öffnet sich ... ihre Arme schaben über das Furnier ... halten inne, als ich mir einhändig die Hose aufknöpfe und der Penis, hochgewachsen und hart geeichelt, zwischen ihren Pobacken abwärts streift, eindippt ... nein Mathias ... das darfst du nicht ... sie seufzt schwer ... was ist, wenn der Dr. Vegesack das erfährt ... nein, es geht nicht; ein kurzes Spiel um Lust und Unterwerfung beginnt, sie schiebt abwehrend eine Hand vor ihren Hintern, greift den Penis, um sich herauszuwinden, doch ich fixiere sie wie in einem Schraubstock vor der Konsole, von der eine rote Pappnase, ein Körbchen mit Bonbons fällt, Vaseline zum Abschminken, eine Kappe mit Schellen dran ... mit jedem Stoß wird ihr Widerstand schwächer ... sie fühlt den Schwanz, er ist kräftig und pulsiert... schleimig an der Spitze ... sie muss sich festhalten, braucht einen festen Stand, um in den riesigen Räumen erregter Erwartung nicht zu taumeln, zu schwindeln ... warum auch nicht ... warum nicht gleich ... ihre Augen im Spiegel außerordentliche Augen, sehnsüchtig, hoffnungsvoll, träumerisch, fiebrig, wie von einer Vision verschleiert, ich fühle die weiche, bebende Köstlichkeit ihrer pelzigen Möse, jedes Mal, wenn ich eindringe aufs neue; sie giert nach dieser Berührung, sie biegt sich mir entgegen, umschließt mich mit zuckenden Lippen ... warm und fickrig, weiter drinnen heiß und weich, es flackert zärtlich fließend, knistert cremig, sprüht vor Erregung. Verspielt und schwanzlüstern rutscht ihr Gesäß auf dem Stängel herum, mein Körper imitiert ihren Körper, um ihre im Spiegel verdreifachte Wellenbewegung zu verstehen ... und in ihr Gestöber hineinzustoßen ... oh Mathias, du machst es gut ... ich meine Ben, hör nicht auf ... mach weiter ... da ist jemand an der Tür ... ein Geräusch ... Gespräche ... meine Hände ... gleiten über ihre Ohren, Lippen, Haar und Hals, suchen Halt, haken sich fest an ihrer Hüfte, als ich eine bunte Kappe sehe im gesammelten Rest meines Bewusstseins, in einem Winkel des Spiegels, der sich langsam dehnt vor imaginierter Leinwand. Ich ignoriere ihn, konzentriere mich auf die Wärme zwischen ihren Schenkeln, den weichen, bebenden Samt, den geschmeidig-schlüpfrigen Mund, der nach mir dürstet, weil ich ihm perlenden, spritzenden Champagner versprach. Wir versuchen einen schnellen Rhythmus, bei dem ich hart und schmetternd in sie dringe. Meine Gedanken pendeln zwischen der Kappe mit den Schellen dran, deren Farbe ins rötliche spielt, und den phantastischen Schauern, die mir ihre Stubser über den Rücken jagen. Das Licht wirkt grell, ich höre jemanden rufen auf dem Flur ... mein helmartiger Hinterkopf im Spiegel, unsere Haut im künstlichen Licht auf einmal weiß und fad. War es der Verwalter oder Frau Slobodan? Die Person meine ich, die uns von der Tür aus zugesehen hat ... Unwillkürlich frösteln wir, mein Rücken, ihr Rücken überzieht sich mit einer Gänsehaut; der Schwanz flutscht heraus, plötzlich jämmerlich klein ohne die psychedelische Wirkung meiner männlichen Vorstellungen rigoros und entschieden, bravourös und machtvoll zu sein. Da ist etwas, was mich irritiert ... bislang ging ich davon aus, dass Heike langes, braunes Haar hat, aber im Licht der Deckenlampe wirkt es silbern, auch der Schnitt verändert, krauses, wirres Haar ... mein Blick fällt auf die Tür, die Nummer ... wieso ist es die 505? Bin ich in den fünften Stock gerannt, aus Versehen? Heike wohnt im vierten Stock, auf Zimmer 405 ... diese Person vor mir, sie kommt mir vertraut vor. Weiße, faltige Haut. Fast indianische Züge. Ich klaube meine Kleider zusammen, die auf dem Boden verstreut sind. Ich habe sie öfters in einem Kostüm durchs Haus laufen sehen, deshalb der Schminkspiegel ... es ist Lisetta, der Klinikclown. Eine Frau von 73 Jahren.[38]

---

[38] *im O-Manuskript als Tagebucheintrag konzipiert*

ÄRZTLICHES GESPRÄCH[39]

Am Anfang muss ich Ihnen diese dämlichen Fragen stellen. Sie wissen schon: aktuelles Jahr, laufender Monat und heutiger Wochentag. Sie denken vielleicht, dieser Dr. Vegesack stellt dumme Fragen oder denken sogar: der kann sich die Daten nicht merken? Sie glauben, dass ich nur auf einen Fehler von Ihnen laure. Ja, kann sein. Das Verfahren dient dazu, Ihre Gedächtnisleistung festzustellen, um einen Fortschritt zu erkennen. Den Fortschritt Ihrer Krankheit – ich spreche in meiner Funktion als Arzt. Sind wir uns einig, dass heute der 8.12.2025 ist? Geben Sie mir ein Zeichen, wenn Sie mich verstehen. Sagen Sie mir, wann und wo Sie geboren sind! Wenn Sie wirklich hundert Jahre alt sind, dann können Sie mir sicher schildern, wie Sie die Machtergreifung von Adolf Hitler erlebt haben. Auch wenn Sie nur Zaungast waren, muss Ihnen ein farbiger Eindruck, muss Ihnen irgendetwas aus dieser Zeit geblieben sein. An die erste große Liebe werden Sie sich doch wenigstens erinnern? Nein? Man sagt, dass Kindheitserinnerungen am längsten im Gedächtnis haften. Die Einträge im Gedächtnis werden bei Ihrer Krankheit rückwärts gelöscht. Wenn ich Sie fragen würde, was Sie heute gegessen haben, hätten Sie bestimmt keine Antwort. Kartoffeln und Bohnen? Sie flunkern, Herr Keh. Dieses Gericht gibt es alle Tage. Ich glaube nicht, dass Sie zum Frühstück Kartoffeln essen, denn wir haben 10 Uhr 30 vormit-

---

[39] *Iphone-Protokoll (Mitschnitt); im O-Manuskript als Printout*

tags. Das Essen ist kein Anlass, um nach Besonderheiten zu fragen, das gebe ich zu. Käse und Schinken haben Sie gefrühstückt, ja, auch das ist leider analog, Nahrungsbausteine mit Nostalgiekomponente. Umso mehr müssen Sie sich doch fragen: Wie hat das früher geschmeckt? Denken Sie einmal an Ihre Kindheit. Man erinnert sich an Gerüche, an Melodien, an bestimmte Orte, weil sie tief im Gedächtnis verankert sind. Vielleicht haben Sie recht und ihre Krankheit kommt von dem Zeug, das in der Nahrung ist. Plastik, feine Partikel, die sich im Hirn einlagern. Aber das ist Spekulation. Ich kann weder den Speiseplan ändern noch die Agrarindustrie überzeugen, wieder anständig zu arbeiten. Gottseidank, ich bin nicht verantwortlich und nur für die Diagnose zuständig. Der Computer macht Ihnen ein automatisches Protokoll unseres Gesprächs - Sie brauchen nicht mitschreiben. Sie müssen nichts anderes tun, als ein paar Fragen zu beantworten. Ich verstehe nicht, dass Sie deswegen gereizt sind. Hat man Ihnen schon gesagt, dass Sie schnell ausrasten? Bei unserem ersten Arztgespräch sagten Sie mir, Sie wollen in Ruhe gelassen werden. Schön und gut, aber es befremdet die Leute in Ihrer Umgebung. Denken Sie nur an die Pfleger, die Ihnen helfen wollen, oder Angehörige, die Zeit mit Ihnen verbringen möchten. Natürlich, Stimmungsschwankungen kommen in den besten Familien vor, gerade bei Demenz gibt es regelrechte Aggressionsschübe. Das muss nicht sein. Dafür verschreibe ich Ihnen die Pillen, die wir dank großzügiger Spenden von SANTOMON vorrätig haben. Wenn die Flexibilität nachlässt und man sich nicht konzentrieren kann, führt das zu Problemen in der Verständigung. Sie sollten einsehen, dass die Medikamente unterstützend wirken und diese regelmäßig einnehmen. Die gelben sind gegen Aggressionen, die blauen stärken Ihre Fähigkeit, sich zu konzentrieren. Ja, Plastik in der Nahrung, ich habe Sie verstanden. Wir wissen nicht genau, woher der Abbau von Botenstoffen im Gehirn kommt. Das führt dazu, dass der Patient zwar etwas wahrnimmt, aber es nicht mehr erkennt. Selbst einfache Aufforderungen werden dann weder verstanden noch ausgeführt. Wenn Sie Ihre Medikamente konsequent einnehmen, werden Sie verstehen, was ich meine, und sich stärker beteiligen. Dr. Kirsten hat mir mitgeteilt, dass Sie bei den Gruppensitzungen häufig fahrig wirkten. Manchmal bestätigen Sie bloß die Aussagen, nicken einfach, und man hat den Eindruck, dass Sie überhaupt nicht zuhören, auch wenn Sie nicken. Nicken Sie? Soll ich davon ausgehen, dass Sie mich verstehen? Ja? Wie fanden Sie die Biographiestunde, die wir für Sie eingerichtet haben? Haben Sie von den Beiträgen der anderen Patienten profitiert? Dr. Kirsten hätte sich gewünscht, dass Sie aktiver sind. Immerhin war diese Gesprächsrunde deutschsprachig und gab Ihnen Gelegenheit, ihr Gedächtnis zu trainieren. Ihnen fehlen bestimmte Signalgeber zwischen den Nervenzellen, deshalb Fluoxetin Santo und Cipralex S.; das sind Präparate, die wir in einem Großversuch testen. Sie sollen sich an ihr Vorleben erinnern; wir gehen davon aus, dass Ihnen die Erzählungen der anderen helfen. Welchen Eindruck haben Sie von der Therapiegruppe? Habe ich das richtig verstanden? Sie sprechen von Mitleid, Spukgeschichten und Jammergestalten? Natürlich wissen wir, dass auch die anderen Teilnehmer *grosso modo* pathologisch sind. Aber die haben ganz andere Diagnosen als Sie und können sich an vieles erinnern, was Sie womöglich vergessen haben, Herr Keh! Wie meinen Sie das: Vergessen ist keine Krankheit, sondern eine Leidenschaft? Heißt dass, Sie wollen sich gar nicht erinnern? Das kann doch nicht sein, dass Sie in ihrem Leben so schlechte Erfahrungen gemacht haben! Sie haben sicherlich recht, der Mensch entsteht in seiner Definition durch andere. Und es stimmt, dass die anderen krank sind, oder wie Sie sagen, verrückt, und wenig Positives liefern. Aber wenn Sie die Umstände, so wie sie sind, nicht akzeptieren, werden Sie zugrunde gehen. Das ist wie mit dem Essen. Plastik in der Nahrung - ja und? Nimmt man keinerlei Lebensmittel zu sich, wird man trotzdem verhungern. Sie sollten die Meinungen, die man in der Biographiestunde über Sie geäußert hat, sorgsam filtern und verarbeiten. Das ist wie mit den Mahlzeiten. Was Ihnen nicht bekommt, scheiden Sie eben aus. Deswegen habe ich angeregt, dass Sie alles aufschreiben und gewissenhaft Tagebuch führen. Dr. Kirsten meint, dass Sie eifrig bei der Sache sind, sie wünscht sich allerdings, dass Sie sich bei den gymnastischen Übungen stärker engagieren. Wenn Sie uns Einblick in Ihre Aufzeichnen geben würden, könnten wir uns ein Bild machen über Ihre körperlichen und geistigen Zustände. Lassen Sie mir doch heute oder morgen Ihr Tagebuch zukommen. Das ist nicht zuletzt der Wunsch Ihrer Lebensgefährtin, Barbara Keh, mit der wir in engem Kontakt sind. Sie würde sich gerne mehr um Sie kümmern und die Sorgevollmacht übernehmen. Wie denken Sie darüber? Jemand muss für Sie gerade stehen, falls Sie Schaden anrichten, Herr Keh. Neulich haben

Sie das Privatauto des Verwalters zerkratzt, das vor dem Komitat geparkt war. Stimmt das? Und dass Sie das Provisorische Theater niedergebrannt haben, ist das wahr oder nur eine Legende? Unsere Pfleger, Lubomir Galko und Ivan Gašparović, haben jedenfalls festgestellt, dass Sie nachts öfters ausrücken. Keiner von uns kann sich vorstellen, was Sie treiben, wenn Sie draußen unterwegs sind. Wir können Sie nicht rund um die Uhr beaufsichtigen oder ans Bett fixieren. Aus meiner Sicht ist die Frage berechtigt, wer die Entscheidungen für Sie treffen soll, wenn Ihnen etwas zustößt. Als Gerontologe bezweifle ich, dass Sie tatsächlich fliehen wollen. Wahrscheinlich quält Sie eine innere Unruhe. Weglauftendenzen entstehen oft durch Erinnerungen, die Ihnen suggerieren, noch eine Besorgung machen zu müssen. Deshalb spricht man in Fachkreisen eher von einer Hinlauftendenz. Damit wird ausgedrückt, dass es dem Kranken nicht darum geht, seinem Aufenthaltsort zu entkommen. Er will vielmehr etwas Bestimmtes erledigen, seine Mutter besuchen, Zigaretten oder Schreibsachen einkaufen oder einen Brief ... was wollte ich sagen ... jetzt habe ich den Faden ... also ... - keiner kann sich vorstellen, was Sie beschäftigt, Herr Keh ... oder wie immer Sie sich momentan nennen ... deswegen sind wir an Ihren Aufzeichnungen interessiert. Sie wollen in Ruhe gelassen werden, ja, das betonen Sie immer wieder. Mir scheint andererseits, dass Sie sich selbst nicht ganz wohl befinden mit diesem Alleinsein. Man hat mir zugetragen, dass Sie dem weiblichen Geschlecht gegenüber aufgeschlossen sind. Der Verwalter behauptet sogar, dass Sie den Frauen nachstellen. Wenn Sie in Ruhe gelassen werden wollen, dürfen Sie sich nicht wie ein alternder Lüstling gerieren. Natürlich können Sie auch als Hundertjähriger noch Sex haben, ich will Ihnen da gar keine Vorschriften machen. Nur sollten Sie sich nicht wundern, wenn daraus Konflikte entstehen, die man nicht abbügeln kann indem man sich tot stellt. Sie sind eineinhalb Jahre bei uns untergebracht. Bei unserem ersten Treffen am 1.7.2024 hatte ich Wortfindungsstörungen festgestellt, aber auch eine generelle Verlangsamung der Motorik. Diese Symptomatik erscheint aus heutiger Sicht paradiesisch. Wenn Sie auch Antworten gaben auf Fragen, die ich nicht gestellt hatte, konnten Sie doch Witze reißen und flüssig erzählen. Ich weiß noch, wie eine Frau im Sommerkleid, offenbar aus Ihrem Freundeskreis, Sie zur Untersuchung brachte. Ihre Lebensgefährtin, Barbara Keh? Ich habe mich lange mit ihr über Reproduktionen alter Meister wie Rubens, Tizian oder Leonardo da Vinci unterhalten; auch über eine Aufführung von Wagners Ring haben wir geredet; sie wollte mir Karten für die Festspiele in Bayreuth zukommen lassen. Mein ehrenamtlicher Einsatz endet mit Ablauf des Jahres, deshalb wollte ich Sie bitten, die Dame an die Karten zu erinnern. Im Gegenzug könnte ich Ihnen über die Verwaltung eine Gehhilfe organisieren. Kurzum: Seit unserer ersten Begegnung hat sich Ihr Krankheitsbild verschlimmert: von Vergesslichkeit kann man nicht sprechen. Sie haben sich vom Leben zurück gezogen, verweigern den Kontakt mit der Außenwelt. Dabei wollen wir nur Ihr Bestes. Sie schließen sich – ausgenommen die Biographiestunde – keiner gemeinschaftlichen Unternehmung an. Und auch da waren Sie laut Dr. Kirsten nicht bereit, Ihre Rolle anzunehmen. Weder sieht man

Sie beim Lösen von Kreuzworträtseln noch abends im Fernsehzimmer. Dafür diese obskure Beschäftigung mit den Vögeln, diese Obsession. Eine misanthrope Einstellung unterstützt nicht gerade die Therapie. Die Gefahr besteht, dass SANTOMON die Tests für SSRI-Medikamente[40] abbricht, wenn die Resultate nicht stimmen. Für unser Haus wäre das eine Katastrophe. Manch einer befürchtet schon, dass sich die Firma komplett aus dem Sponsoring verabschiedet. Die geschilderten Nebenwirkungen halte ich für Humbug, keiner würde mir glauben, dass sich jemand in ein Tier verwandelt, nur weil er eine Pille nimmt. Man muss lediglich den Cocktail optimieren, dann geben sich die Nebenwirkungen. Sie sagten mir ... hm, also ... jetzt habe ich den Faden ... was wollte ich eigentlich ... hier steht, dass Sie sich gegen das Pflegeheim gewehrt hätten, und niemals ins Ausland wollten. Aber wer würde Sie in Deutschland pflegen, wer würde Sie füttern, Ihnen die Windeln wechseln oder Sie aufs Klo bringen? Ganz abgesehen von Ihren Schwierigkeiten mit technischen Geräten! Ich glaube fast, Sie haben sich bis heute nicht mit der Problematik Ihrer Erkrankung auseinandergesetzt. In zwanzig Jahren wird die Hälfte der deutschen Bevölkerung an Demenz leiden – meinen Sie, da könnte man jeden so perfekt betreuen wie das hier der Fall ist? Ja, Plastik in der Nahrung, die Nervenzellen sterben ab. Wir haben das schon besprochen. Ob das Plastik eine fortge-

---

[40] *Selective Serotonin Reuptake Inhibitor: Antidepressiva, die am Serotonin-Transporter ansetzen und die Serotonin-Konzentration in der Gewebeflüssigkeit des Gehirns erhöhen.*

setzte sexuelle Reizung auslösen könnte? Einen Priapismus? Das wäre eine Erklärung, ist aber nicht mein Fachgebiet. Meine Domäne ist die Gerontologie, und das noch für sage und schreibe 23 Tage. Gedulden Sie sich; wenn Sie Glück haben, kommt für mich ein Spezialist für Urologie aus Nairobi. Er arbeitet für den Caritasverband der katholischen Kirche. Das zeigt, dass der neue Träger die Sache undogmatisch und kostenorientiert angeht! Ja, eine Art Outsourcing, die GfE will die Verantwortung loswerden. Schließlich noch ein zentrales Anliegen des Verwalters, der ja auch über Ihren Antrag auf eine Gehhilfe entscheidet. Die Weigerung, an der Jahresend-Prozession teilzunehmen … nun ja … ich sehe das Problem pragmatisch … ich erinnere mich nicht mehr an das, was mir der Prälat gesagt hat … hm, ja. Die EU will einmal im Jahr eine Feier, bei der alle mittmachen … und Sie brauchen doch einen Rollator … Rauchen Sie noch? Nehmen Sie doch eine von meinen Zigaretten. Ich verstehe, dass es für Sie nicht leicht ist, das Umfeld zu verändern. Manche Patienten erleben dabei Gefühle der Aushöhlung, der Entwertung und der Scheinhaftigkeit. Eine derartig misstrauische Haltung ist trotzdem nicht angebracht. Sollten Sie es sein, der heimlich Schnüre spannt und Marmelade auf die Türklinken schmiert, fände ich das unangemessen. So protestiert jemand, der gerade in der Pubertät ist, aber doch kein Hundertjähriger!

Antrag auf Bewilligung einer Gehilfe (Rollator)

Vor dem Ausfüllen bitte die Erläuterungen auf der Rückseite lesen!
Anschrift/Tel.-Nr. des Antragstellers: Datum:_____
Smartphone/ Ipod-Nr. _____
(Geben Sie unbedingt Ihre Verbindungs-Nr. an, damit Sie für die Genehmigungsbehörde erreichbar sind)_____
Einreichende Behörde in Kakanien:
Oberverwalter der Landeshauptstadt
Fachbereich SanatorIen & Heime
Komitat: Warschauer Allee 1, Haus 6
14467 Petržalka
Telefon: 0331/ 289 1867
Ich beantrage eine Gehhilfe für den EU-2-Bürger
Mathias Keh 21.10.1925
_____
Name und Anschrift des Antragstellers _____
Bei der Auslieferung der Gehhilfe sind folgende Besonderheiten zu beachten
(bitte immer ankreuzen)
☐☐ muss von dem zuständigen Hausverwalter genehmigt werden
☐☐ ist geeignet für die Beförderung auf EU-geförderten Belägen (Stein)
☐☐ benötigt eine extra Zulassung für Linksverkehr
☐☐ bei der Benutzung ist eine Begleitperson notwendig
Freiwillige Angaben zur Erleichterung der Erstellung des amtsärztlichen Gutachtens
_____
Abwägungsfrage:
Ich brauche einen Rollator, aber
☐☐ ein(e) Sehhilfe – Prothese – Implantant wäre dringlicher
☐☐ ich habe erst kürzlich ein(e) Sehhilfe – Prothese – Implantant bekommen.
_____
Vor der **Einlieferung nach Kakanien** wurde folgender Beruf ausgeübt _____

Anlieferung der Gehhilfe auf eigenes Risiko erfolgt
☐☐ per LKW (Lieferzeit ca 3 Monate)
☐☐ via Luftpost (Aufpreis Hubschrauber/Drohne)
Mir ist bekannt, dass ich den Rollator nicht als Waffe einsetzen darf und bei der Einfuhr Zollgebühren entrichten muss. Der Erhebung und Speicherung meiner obigen Angaben, die nur der statistischen Erhebung von EuroPol dienen, stimme ich mit meiner Unterschrift zu. **Bitte wenden!**

Rückseite
Antrag auf Bewilligung einer Gehilfe (Rollator)[41]

Mit der Übermittlung meiner notwendigen persönlichen Daten an die Arbeitsgruppe Gesundheitsvorsorge der Administration K in Brüssel und an das mit der Beförderung beauftragte Unternehmen bin ich einverstanden. Diese Einwilligung kann ich nicht widerrufen.

**Identnummer polizeiliches Führungszeugnis
(bitte immer angeben)**_____
Landeshauptstadt Petržalka vom 12. Juni 2018 veröffentlicht im Amtsblatt für die EU-Verwaltung-2 Nr. 8/2018 vom 29. Juni 2018, zuletzt geändert durch Zweite Änderungssatzung vom 30. September 2021, veröffentlicht im Amtsblatt für die Verwaltung exterritorialer Zonen Nr. 18/2022 vom 30. Dezember 2022.

Rechtsbelehrung
Die Wege in der Klinik können auf Grund einer dauernden oder vorübergehenden Behinderung nicht mit öffentlichen Verkehrsmitteln zurückgelegt werden. Der Nachweis hierfür erfolgt durch ein amtsärztliches Gutachten, aus dem die Notwendigkeit der Beförderung mittels einer Gehhilfe hervorgeht. Das amtsärztliche Gutachten wird auf Grund dieses Antrages durch die Arbeitsgruppe Gesundheitsvorsorge der Administration K angefordert.
_____

Reichen Sie das ausgefüllte Antragsformular und das amtsärztliche Gutachten ein (bitte jede Seite einzeln unterzeichnen) mit
a. Darstellung der sozialen und gesundheitlichen Lebenssituation hilfe

b. Begründung des Antrags._____

Die Kosten einer amtsärztlich verordneten, offiziell bewilligten Gehhilfe

☐ ☐ trage ich selbst

☐ ☐ bezahlt die private Krankenkasse.
Nachweise der laufenden monatlichen Einnahmen und Ausgaben sind beizufügen. Bei Bezug von Sozialleistungen (ALG II, Sozialhilfe, Grundsicherung) genügt in der Regel der vollständige Bescheid inklusive Berechnungsbogen. Eine Bearbeitung kann in diesem Fall jedoch nicht gewährleistet werden.

_____

[41] *Duplikat des Antrages; bei Übergabe des Manuskriptes im Konvolut, siehe Nachwort*

AM RANDE DES KOCHTOPF-UNIVERSUMS

Es sollte ein für mich äußerst merkwürdiger Abend werden. Nach der Einnahme einer Kombination aus Cipralex und Fluoxetin S Pillen verließ ich mein Zimmer in gehobener Stimmung. Dazu trug das Gerücht bei, dass der Lockdown aufgehoben sei und eine Reihe anderer Patienten von Besuchern erzählten, die sie erwarteten. Ich ging davon aus, dass Barbara unter dieser Gruppe sein würde, die man für den Abend angekündigt hatte. Zum anderen war für den frühen Abend eine Filmvorführung im Saal angekündigt. Der Event verdankte sich dem Umstand, dass wieder Hilfslieferungen des Pharmakonzerns eintrafen, diesmal aus der Agrarsparte: 150 Tonnen Futtermais, die man mit speziellem Saatgut am Nordpol gezüchtet hatte. Als Präsent dazu gab es eine Handvoll DVDs, die sie vorab in Kakanien zeigen würden. Ausgerechnet zur Vorführung, auf die alle Bewohner hin fieberten wie Kinder auf ihren Geburtstag, stürzte ich, gewaschen, rasiert und in einem knitterfreien Anzug, über ein zerbrochenes Waschbecken, welches jemand auf die Medvedovej geschmissen hatte - mitten im Klinikgelände. In meinem Hirn flockte es, und dann wurde es schwarz. Blackout. Als ich zu Bewusstsein kam, setzte ich meinen Weg fort als ob nichts passiert wäre, wie ein Roboter nach dem Stromausfall. Natürlich war ich viel zu spät und die Vorstellung in vollem Gange. Das übergroße Bild zeigte blitzblankes Kochgeschirr und einen Koch mit Schnauzbart, der sich geschickt zwischen den Herdplatten bewegte und über Lebensmittel und ihre Zubereitung redete. Unter dem Beifall unsichtbarer Zuschauer zählte er die Bestandteile eines Rezeptes auf, während ich mich langsam orientierte, noch unter dem Eindruck um mich tosender Schneeflocken. Meine Augen brauchten geraume Zeit, um sich an das Halbdunkel zu gewöhnen, als ich durch Zischeln, unflätige Zurufe, durch den Wurf einer Bananenschale gezwungen war, mich zu setzen. Mit blitzendem Messer drückte der Koch gerade auf ein appetitliches Stück Fleisch. Die Großaufnahme des Rinderfilets füllte den meterhohen Monitor und zeigte jede Pore, aus der Saft quillte, in der Größe einer Münze. Er zerteilte es in appetitliche Häppchen und erläuterte, wie man sie in einen Sud aus Pfeffer, Zitronensaft, Rosmarin und Öl einlegt. Fatal wäre es, dem Sud noch Knoblauch beizugeben, betonte der Maestro, was zu meiner Verwunderung mit lautem Beifall quittiert wurde

der koch ist king

sagte mein Nachbar, anerkennend und kopfschüttelnd und mehrmals hintereinander. Der Name des Konzerns war links im Bild in grüner Farbe eingeblendet. Die Kamera fuhr zurück und man sah unermüdlich quirlende und blanchierende Männer und Frauen vor dampfenden Töpfen und Pfannen, manche in Kostümen, andere in Trachten oder Freizeitkleidung, angetan mit blütenweissen Schürzen. Dahinter Regale mit edlen Kochutensilien, als ob sie dem Katalog eines Einrichtungshauses entnommen wären. Vor der Szenerie zeigte sich unvermittelt der Schattenriss eines

Menschen, der im Saal aufgesprungen war, mit tellerförmigem Hinterkopf. Mein Sitznachbar ließ ein furchtsames Oooouuuh! vernehmen und hielt sich die gespreizte Hand vors Gesicht. Eine zweite Person sprang schimpfend auf und warf empört einen Apfelbutzen auf den wie eine Krähe anmutenden Schatten, der sich als Hut entpuppte, mit Vogelfeldern und schnabelartigen Bändern, was mein Nachbar mit einem erleichterten Aaaahhh! kommentierte. Offenbar störte die Zuschauer, dass der Blick auf den Maestro halb verdeckt war, sie beruhigten sich. als die Dame einen Platz weiter nach rechts rutschte. Eine Eingebung sagte mir, dass es sich bei dieser Frau um eine Besucherin handeln müsste. „Es gibt Schweinelende mit Schwarzwälder Schinken umwickelt", erklärte der Koch versöhnlich auf dem Monitor, ein Oberpfälzer mit Igelhaarschnitt und abstehenden Ohren. „Dazu Weißwein Sauce und Kartoffel-Möhren Gemüse." Man hörte das Prasseln des Fettes bis in die hintersten Reihen, als er die Fleischstücke in den Niedrig-Temperatur-Garer legte. Genervt von den onomatopoetischen Ausbrüchen meines Nebenmannes, der schlürfend die Luft einsog als sei sie Rinderbrühe, schlich ich nach vorne. Ein Kochamateur aus Bingen sagte, dass er zu Hause eine Zerkleinerungsmaschine nutze für seine Kürbiskernöl Marinade, und behauptete: „Gerösteter Speck darf im Feldsalat nicht fehlen". „Gut schaut das aus", gab der Maestro zur Antwort, als ich mich der ersten Stuhlreihe näherte. „Grüner als der Feldsalat geht es nicht". „Ist der Platz neben Ihnen frei?" fragte ich die Dame mit dem ausladenden Hut. Sie nickte. „Oder ist der Stuhl für Ihren Lebensgefährten reserviert?" „Dieser Idiot!" schimpfte sie.

„Er weiß nicht einmal, wo sein Zimmer ist. Wahrscheinlich irrt er die ganze Nacht über die Hausflure oder stolpert durch die Wälder." Zwei Herrschaften signalisierten durch ein langgezogenes Sssscccchhht!, dass ich den Mund halten sollte. Der Fernsehkoch sprach über postoperative Ernährung, empfahl mageres Fleisch. Während der wortreichen Suade, in der es um den sparsamen Einsatz von Bratfett ging, dachte ich daran, dass der Speiseplan für mich wie für alle anderen Zuschauer künftig aus Futtermais bestehen würde. Zu allem Überfluss gab es jetzt eine Werbeunterbrechung in Form eines Zeichentrickfilms. Ein Bauer mit Moustache und Baskenmütze lief über ein Feld und warf pfeifend Saaten aus. Man sah wie sie, begleitet von einem populären Chanson, aufkeimten und ihre Triebe durch das Erdreich stießen. Die Stängel wuchsen blitzschnell und als sie ihre Frucht öffneten, entstand eine kugelrunde Kartoffel bei der ersten Pflanze, bei der zweiten eine glockenförmige Himbeere, die sich in ein Schnitzel verwandelte, und aus der dritten Pflanze spross ein großes, menschliches Herz mit dem Schriftzug SANTOMON. Dann war man plötzlich wieder im Kochgeschehen. Unvermittelt filetierte der Maestro eine Dorade mit einem speziellen, 30cm langen Messer. Damastklinge! Mit 400 Lagen Stahl! Beifall brandete auf, eine Pause entstand, die ich mit großer Spannung erwartet hatte. „Sind Sie es am Ende, Barbara…? Die Dame mit dem bunten Federschmuck auf dem Hut flüsterte: „Wir können uns nach dem Film unterhalten." Es klang wie ein Versprechen. Eine Welle der Sympathie flutete durch mich hindurch und es gelang mir kaum, mich auf die nun thematisierten Kalbsmedaillons zu konzentrieren.

„Hier erweist sich wahre Könnerschaft, denn es besteht die Gefahr, dass das Fleisch im Ofen seinen Eigengeschmack verliert." Der Maestro schweißte ein mächtiges Stück Kalbslende mit Knoblauch, Öl und Kräutern luftdicht in Plastik und ließ das kompakte Paket in einen Topf mit siedendem Wasser rutschen, wo es schonend gegart wurde. Mit diesem famosen Kniff verabschiedete er sich. Das Schlussbild zeigte dampfende Gerichte und strahlende Köche. Die Begeisterung im Saal war unbeschreiblich. Als die Lichter angeknipst wurden, bildeten sich Grüppchen, die Rezepte diskutierten oder in Erinnerungen an die Jugendzeit schwelgten. Einige Zuschauer wischten sich die Augen. Meine Nachbarin zeigte sich beeindruckt von der Garmethode des Maestros.
„Die werde ich bei nächster Gelegenheit ausprobieren", verkündete sie. „Haben Sie denn die Möglichkeit, so luxuriös zu kochen?" zweifelte ich. Sie schaute mich indigniert von der Seite an. „Was denken Sie? Glauben Sie, dass ich hier wohne, unter all den Idioten? Ich bin aus Berlin!"
Man kann sich meine Überraschung vorstellen. Bei Licht besehen war Barbara, mit ihrem Opern-Ball Kostüm und dem extravaganten Hut, recht kostspielig gekleidet, dazu die kosmetisch und chirurgisch getrimmte Haut. Auf den ersten Blick machte diese Frau einen gesunden Eindruck. Sie musste einen Passierschein besitzen, um über die Grenze zu kommen. So eine Sondererlaubnis gab es offiziell nur für EU-Angestellte. „Haben Sie Beziehungen zur Verwaltung?" fragte ich.
„Sie können sich vorstellen, dass es mich eine Stange Geld kostet, meinen Lebensgefährten zu besuchen."

„Darf ich fragen, warum Sie ihn besuchen?"
„Er soll mir eine Betreuungsvollmacht erteilen."
„Eine Patientenverfügung?"
„Es geht dabei um rechtliche Fragen. Es ist meine Pflicht, mich beschützend vor ihn zu stellen. Allerdings hat er sein Vermögen transferiert. Es gibt kein Konto, auf das ich zugreifen könnte. Aber warum erzähle ich Ihnen das …

ich bin undercover

„Sie sind - was?"
„Eines Tages werde ich dafür sorgen, dass mit Willkür und Vetternwirtschaft aufgeräumt wird."
„Wen interessiert das?"
„Jemand muss Ihrem Mann geholfen haben, sein Geld zu verstecken."
„Daran habe ich auch gedacht", erwiderte sie. „Ich bin ja nicht blöd!"
„Er wollte das Geld vor Ihnen verstecken und hat die Kontodaten nach Kakanien gebracht."
„Meinen Sie? Was soll er hier mit dem Geld anfangen?"
„Er hat einen Zigeuner unterstützt, Karamfilov. Sein Laden war lächerlich klein."
„Hm, tatsächlich. Der Name sagt mit etwas. Die Leute haben von einem Karamfilov gesprochen."
„Der Mann ist unter merkwürdigen Umständen ums Leben gekommen. Wenn sie wollen, kann ich seinen Tod genauer untersuchen", sagte ich.
„Wie kommen Sie darauf?"
„Ich bin undercover - Detektiv."
„Was haben Sie mit meinem Mann zu tun?"

Ihr Mann ist ein Dinosaurier

kaum war es heraus, wurde sie ungeduldig, wollte aufbrechen. Die Dame war nicht mehr zu halten; vielleicht weil ich eine unbequeme Tatsache ausgesprochen hatte. Mit blumigen Worten verabschiedete sie sich, betonte, sie freue sich auf ein Wiedersehen – vielleicht nächste Woche – denn jetzt wolle sie zu ihrem Lebensgefährten; doch ich wollte sie nicht gehen lassen, um keinen Preis. „Barbara, kennst du mich nicht mehr?". „Wieso Barbara, ich bitte Sie!" - Du wirst mich nicht allein lassen, nach allem, was ich für dich getan habe", „Sie sind vollkommen durchgeknallt", rief die Frau, und da ich ihren Mantel festhielt, bat sie die anderen Gäste, die uns umrundeten wie in einer Boxkampfarena, ihr zu helfen, Menschen mit Zigaretten oder Schnapsflaschen in der Hand, Damen in bester Garderobe, manche in großer Ausgelassenheit; auch sie fingen an zu kreischen, genauso wie mein Gegenüber, das ebenfalls an dem Mantel zerrte. Weitere Gäste kamen hinzu, drängten in die Runde mit Lachen und Geplärre, der Salon war zum Bersten angefüllt mit Leuten, die ich nie zuvor gesehen hatte. Mein Blick streifte vorstehende Kinnladen, gespitzte, mit Lippenstift verschmierte, offenstehende Münder, blieb hängen an geistlosen, abwesenden Gesichtern, an schroffen und ungehobelten Visagen, und dann waren sie wieder da, die Schneeflocken in den Augenwinkeln, so dass ich ihr mitten im größten Skandal, als alles zu explodieren drohte, mit überraschendem Aufschlag den weißen Tellerhut vom

Kopf fegte. Die Kopfbedeckung flog in die Höhe, wirbelte um die eigene Achse, segelte seitwärts und schlug mit der Filzkrempe auf, oben die Gebinde, die aussahen wie ein Nest. Im Hintergrund hörte ich Frau Slobodan lauthals lachen, der Name fiel „Mathias Keh", und die Worte „habe ich es dir nicht gesagt Claire, Du findest nie einen Mann. Ganz egal wie Du dich zurechtmachst, Du bist und bleibst ein hässlicher Vogel."

Vom Fenster aus beobachtete ich, wie Claire (oder wer-auch-immer) verschwand, wie sie am rückwärtigen Fenster des Saals vorbei wischte. Hastig lief sie zum Eingangsportal, ich sah noch, dass sie von der Medvedovej abbog in die Straße, die zu Haus C führt. Das Schlimmste an dieser Situation war, dass ich die ganze Zeit über gewusst hatte, dass diese Frau nicht Barbara war … der Auslöser war ganz allein dieser unerträgliche Reiz … die Tierfigur auf ihrem Hut!

Kombi Walker F3

Herzlichen Glückwunsch!
Sie haben ein Qualitätsprodukt aus dem Hause Nexus erworben.

Der Kombi Walker F3 ersetzt das Vorläuferprodukt MERLIN, das mit Elementen aus chinesischer Importware gefertigt wurde.

Beim Aufbau Ihres Neugerätes sollten Sie unbedingt auf den richtigen Achsenstand achten. Montieren Sie die Muffenhalterungen jeweils senkrecht zu den Fußstützen C und D.

Bedienungsanleitung

Sehr wichtig: Bitte Zeichnungsblatt und Inhalt kontrollieren. Beschläge und Schrauben sortieren. Verwenden Sie für den Aufbau die rückseitig abgebildeten Werkzeuge. Stecken Sie die mitgelieferten Silikonschläuche vollständig über die einzelnen Zuleitungsadern bevor Sie die Beschläge mit den Querachsen verschrauben. Danach werden die Anschlussklammern montiert.

☐ Achten Sie darauf, dass das Querrohr des Hinterrahmens sicher in der Faltsicherung eingerastet ist **bitte wenden**

☐ Führen sie die runden Führungsrohe in die Aufnahme des vorderen Rahmens ein

☐ Justieren Sie die Bowdenzüge für die Bremsen nach

Der F3 - Ihr ständiger und zuverlässiger Begleiter

Achtung

Der Rollator hat bei einer Rückwärtsbewegung keine Stützfunktion für den Benutzer!

Der Verstellwinkel der Schiebegriffe darf nach außen maximal 0 bis 30° betragen

Stützen Sie sich nicht auf den Bremshebeln ab, sonst wird eine automatische Blockade ausgelöst

Bei Fragen hilft Ihnen unser Kundencenter weiter. Sie finden alle wichtigen Informationen zum download unter www.nexusonline.de/kombiwalker/setup

Viel Spaß wünscht Ihnen das Team von Nexus, Germany

P.S. Mit der Mini-Bedienungsanleitung am Ende des Benutzerhandbuchs haben Sie unterwegs alle wichtigen Informationen zum Kombi Walker zur Hand

AUF DEM SCHMUGGELPFAD

Grüner Salon - als ich ihn durchquerte, wie ein Wasserläufer über die Oberfläche huschend, hat sich der mittägliche Rummel gelegt. Schläfriges Flüstern drang aus den Mustern der Tapete, in denen sich Gewächse verzweigen, leise mit den Blättern rascheln. Ein Damenkränzchen mit bunten Federn im Hut wucherte zwischen der mit Gummipalmen kultivierten Oase. Gedankenverloren glotzen und verdauen sie; manche schauen aus wie Pflanzen, die aus ihren Töpfen hängen. Andere pulen und stochern nach Unkraut in den verwahrlosten Beeten ihrer Zähne. Ein grüner Läufer führt zu dem Treppchen, an dem mein blinder Nachbar lauschend emporrankte, auf der anderen Seite hatte sich eine verwilderte Gruppe um einen Klapptisch geschlungen. Vorsichtig griffen ihre Tentakel zu den billigen Windjacken … zu den Plastiktüten, in denen sie Wertsachen transportieren … sie beobachteten mich misstrauisch, mit fanatischen Blicken … ich wusste, dass sie über mich tuscheln, besonders nach dem Vorfall im fünften Stock … entdeckte aus den Augenwinkeln die lauernde Person des Verwalters, der schon aus der Entfernung bestäubende Zeichen machte … steuerte auf fruchtbareres Gelände, wählte den Platz vor dem Landschaftsportrait, der unter einem schräg angesetzten Oberlicht nistet. „Grüß Gott, Herr Keh. Kommen Sie zu uns!" Die Stimme des Verwalters. Scheinbar versteinert fixierte ich die Berglandschaft, die erleuchtet von göttlichem Strahlen ein reines, von Menschen ungetrübtes Aroma suggeriert, betrachtete den aufgemalten Kirchtrum, dessen Uhr 5 vor 12 zeigt - das passiert mir nach schlaflosen Nächten immer wieder, dass sich belanglose Kleinigkeiten wie diese in meinem Gehirn festsetzen als wären sie eintätowiert, Da spürte ich wie sich eine Hand brennnesselgleich in meine Schulter einwächst.

„Habens uns gar ned gesehen?" Der Verwalter kniff das linke Auge zusammen, runzelte die Stirn. Der Kugelkopf, gezeichnet von rotem, eitrigem Schorf, rückte bedrohlich nahe.

„Mein Name ist Borowiak, Ben Borowiak."

„Kommens in unsere Gsöllschaft."

„Es gibt gute Neuigkeiten", meinte sein Begleiter spitz – der Prälat, der gerade dabei war, Kartoffeln und Bohnen in sich hinein zu schaufeln.

„Sie können sich vielleicht vorstellen, um was es geht?" fragte Sulík.

Ich suchte fieberhaft nach einer Antwort, aber mir fiel nichts ein. „Was soll passiert sein? Gibt es morgen das Filet Stroganoff zu Mittag?"

„Sei kein Kindskopf, Mann."

Ich weiß nicht, warum dieser einfache, in ernstem Ton geäußerte Satz genügte, mich erröten zu lassen.

„Es gibt etwas viel Bedeutsameres, Herr Borowiak. Ihre Frau will das Sanatorium mit einer großzügigen Spende unterstützen."

Mein Hirn schaltete nicht ... ich war zu langsam

die Sätze erreichten mich

verzögert, wohl aufgrund der Beruhigungsmittel. Ich merkte, wie schleppend ich mich bewegte, verstand nur allmählich, um was es geht.

„Außerdem hat sie sich eingehend nach Ihnen erkundigt: ob Sie gut schlafen können, ob das Essen qualitativ gut ist im Sanatorium, ob es denn auch ein interessantes Unterhaltungsprogramm gibt und ob Sie Anschluss gefunden haben zu anderen Bewohnern der Einrichtung. Natürlich habe ich ihr gesagt, dass Ihnen die Therapie hilft und Sie sich an Ihr früheres Leben erinnern."

Die Löffel der beiden, sie hoben sich auf dem Zenit des Schweigens, gefüllt mit Kartoffelbrocken und Bohnenstücken, zu den Mündern empor, die Münder öffneten sich, der Mund des Verwalters vorstoßend wie ein Schnabel, die Zunge lang ausgestreckt und den Löffel erwartend, der Mund des Prälaten zu einem säuerlichen Spalt klaffend, während ich ... es wurde Zeit, dass Piroška die Suppe ausschöpfte ... den Blick starr auf den Tisch richtete, auf dessen Reinlichkeit man keinen Wert legt, die Platte musterte ... sie ist voller Mehl und Teigklumpen, Soßenresten, getrockneten Brotkrumen und Fleischfäden, so dass der Geistliche, der schräg gegenüber saß in schwarzer Soutane mit römischem Kragen, wie ein Napoleon über die Schlachtfelder vorhergegangener Mahlzeiten blickte, streng und würdevoll ... nur auf seinem Platz herrschte Ordnung, lag ein mit christlichen Insignien besticktes Altartuch unter dem Gedeck, mit dessen herabhängendem Zipfel er den sauber gestutzten Bart rund um den Mund tupfte.

Meine ziemlich wortkargen Antworten lauteten nach einer Weile: dass ich angewidert bin, vom Essen, vom Umgang, von der Therapie und dass ich überhaupt nicht die Person bin, die indirekt angesprochen wird. „Ich bin nicht Mathias Keh!"

Einen Moment lang fixierten wir einander, ohne den Blick zu senken oder mit Worten abzuschwächen. Dann entgegnete Sulík: „Frau Keh hat uns informiert, dass sie eine Vollmacht am Betreuungsgericht erwirkt hat und jetzt frei über das Vermögen verfügen kann. Aber wenn Sie Ben Borowiak sind, ist es ja ohnehin nicht *Ihr* Vermögen."

„Sondern etwas, was Ihnen *nicht* gehört", ergänzte der Prälat.

„Nicht dass ich wüsste", entgegne ich langsam; es war verwunderlich, dass ich zu Wort kam, mein Mund war noch geöffnet, ich klappte ihn zu, angewidert, denn in der Brühe des Verwalters entdeckte ich einen Käfer, der verzweifelt mit den Fühlern schlug ... blickte durchs Oberlicht in den aschgrauen Himmel ... ob es möglich ist, dass sich in einer Person mehrere Schicksale kreuzen? Dass viele Unglückliche in einer einzigen Existenz wiedergeboren werden? Die Worte fehlten mir, es fällt mir schwer, mich zu konzentrieren. Gleichzeitig bemerkte ich, wie floskelhaft meine Antworten sind: „Ich weiß nicht, auf was Sie anspielen!"

„Sie haben Frau Keh ein Fax geschrieben, in dem von wichtigen Unterlagen die Rede ist", sagte Sulík.

„Sie müssen die Entscheidung des Gerichts respektieren, Mathias. Richten Sie den Blick nach vorne: wir planen zu Silvester eine Wallfahrt und können eine Finanzierung gut gebrauchen." Der Prälat tupfte das Bärtchen, kaute intensiv, kaute immer länger, mit der Zunge das Gemüse an den Gaumen, die zerkauten, fasrigen Bohnen in die Backe schiebend. Da er nicht trank, hielt er die Hand flach ausgestreckt als Deckel auf dem Becher, damit ihm der Verwalter nicht in den Becher spuckt; jetzt klappte er die Hand zur Seite, schnappte den Daumen herab, netzte die Lippen an den Wassertropfen, der Mundspalt dünn wie eine Messerkerbe.

„Dans ena nöd ab. Des kriag i scho hie", rief der Verwalter, zog den Suppenteller heran und schob den Löffel in den Mund mitsamt Käfer. Knackend zerbarst der Chitinpanzer, ohne dass Sulík es bemerkte.

Der Mund des Prälaten zog sich zusammen zu einem säuerlichen Spalt. Vorwurfsvoll schaute er zum Verwalter.

„Sie meinten, Herr Keh sei einverstanden, und Sie hätten bereits alles in die Wege ..."

„Meine Herren, wos in de' nächsten Monat in der gaunzn Wöd vorgeht, des wird hier entschieden." Sulík klopfte sich mit grober Geste ans Hirn. „Hier, und niagendswo sonst. In Wien hams mi immer respektiert, selbst wani noggert unterm Fenster gstanden bin. Und wehe, wans Faxen gmocht ham. Die Kinder hob i abpasst im Hausflur, wos dunkel is' Zwickt hob is, Tritt hob i ihnen gem und Watschn. Ma muss zeign, wer da Chef is."

Die Löffel der beiden hoben sich in stillem Einverständnis zu den Mündern empor, die Münder öffneten sich, der Mund des Verwalters vorstoßend wie ein Schnabel, der Mund des Prälaten wie ein klaffender Spalt, da wurde mir schwarz vor Augen, war es das Fluoxin S (?), das mich in die Tiefe zog, ich versuchte mich festzuhalten, erwischte das Parament des Priesters, es flimmerte vor meinen Augen, ich blickte nach oben zum Tischrand als sich Kartoffelbrocken und Bohnen über mich ergossen, sah eng beieinander das säuerliche Gesicht mit dem gestutzten Bart und den Kugelkopf des Verwalters, gezeichnet von rotem,

eitrigen Schorf, hörte ihn noch über mir, als es dunkel wurde. „I hob ena ja gsogd, das dös Zimmer bald frei wird!"
Gottseidank war es Pirośka, die mir in diesem Moment der Schwäche wieder auf die Beine half. Ein paar Minuten später war ich insoweit intakt, dass ich mich auf mein Zimmer retten konnte. Die Gedanken

so verworren sie anfangs schienen

klärten sich schnell. Auf meinem Bett liegend gestand ich mir ein, dass Barbara nicht in Kakanien aufkreuzen, geschweige denn, mich aus meiner Lage befreien würde. Den Grund meines Aufenthaltes hatte ich längst begriffen – ich sollte den Stellvertreter spielen, bis das rechtliche Verfahren durchgesetzt und ich zum Mündel erklärt war. Meine Situation würde sich durch Abwarten weiter verschlechtern, denn im Stillen hofften alle Beteiligten auf mein baldiges Ableben. Was zählte schon, ob Mathias Keh oder Ben Borowiak leben würden oder nicht. Alles folgte in Kakanien der abschüssigen Bahn, die das Leben ohnehin nimmt, hin zur ewigen Ruhe und Gelassenheit. Also startete ich einen letzten Versuch, das Archipel zu verlassen. Mein Plan, den ich im Vorfeld mehrfach durchdacht hatte, sah vor, bis nach Rusovce zu fliehen, und mich dann durch die Sümpfe bis zur Donau durchzuschlagen – auf der von Karamfilov benutzten Schmugglerroute. Auf einer vorgelagerten Halbinsel fände ich den Kahn, mit dem der Zigeuner die Donau öfters überquert hatte. Nach Einbruch der Dämmerung wäre ich auf der ungarischen Seite. In der nächsten Ortschaft wollte ich Hilfe aus Berlin anfordern, meine Tochter und meine Ex-Frau anrufen, den Rechtsanwalt benachrichtigen, der mir schon einige Male aus der Patsche geholfen hatte. Da es auf dem Fluss kalt werden würde, zog ich mehrere T-Shirts und Pullover übereinander an. Dann nahm ich das Kästchen mit dem Saurierkopf aus dem Schrank und steckte es mit einer Flasche Wasser in die Umhängetasche, als ich an der Tür

ein schleifendes Geräusch

vernahm. Ich befürchtete, dass Sulík ausgerechnet jetzt die Durchsuchung meines Zimmers starten würde. Dreimal klopfte es, während ich mich absolut still verhielt. Durch das Schlüsselloch erkannte ich ein Büschel grauer Haare, die zu einer Ohrmuschel gehörten. Mein blinder Nachbar flüsterte hinter der Tür, er wisse über alles Bescheid. Als professioneller Lauscher habe er das Gespräch im Grünen Salon mitgehört. Zudem hätte ich meinen Rollator vor dem Aufzug vergessen. Als ich öffnete schob er mir das Gefährt zu. Die Gehhilfe konnte mir auf meiner Flucht noch gute Dienste erweisen. Den Trachtenhut aufgesetzt und in Wanderkleidung war mir Paul so vertraut wie ein ferner Verwandter oder ein ehemaliger Klassenkamerad. Ohne mich zu fragen schlüpfte er herein. Sobald ich die Tür geschlossen hatte, verriet ich, dass ich über die Donau wollte.
„Wir gehen gemeinsam", schlug Paul vor. „Ich kann dich bis zu den Sümpfen bringen." Er merkte, dass ich keineswegs begeistert war. Wie sollte er mir mit seiner Behinderung helfen können? Ein Blinder als Führer durch die Sümpfe? Nachdem ich meine Zwei-

fel geäußert hatte, erklärte er jovial: „Dort gibt es eine Mademoiselle mit der ich näher Kontakt hatte - in einer Einsiedelei. Keine ausgesprochene Liebesbeziehung. Unser Tête-à-Tête war eher sexuell motiviert … sie geht mir nicht aus dem Kopf. Vertraue mir, ich kenne den Weg."
Widerwillig folgte ich Paul. Ein Blinder und ich, zwei Schnecken auf Reisen! Angesichts der Tatsache, dass man ihn misshandelt und mehr als 6 Stunden im Toi Toi eingesperrt hatte, schien er fidel und unternehmungslustig. *„Mon cher*, ich habe dir immer geraten, so schnell wie möglich in die PZ zurückzukehren", rief er. Wir fuhren mit dem Aufzug ins Untergeschoss. Dort drückten wir uns gemeinsam durch den Wäschekeller, pichten einen Kaugummi auf die Kamera - das war meine Idee - und stolperten durch den Hinterausgang, der wohl nicht überwacht wird – das war seine Idee. Gut, ganz sicher waren wir uns nicht. Ich spähte hinter mich, in Erwartung der beiden Gesellen im Sturzflug, Lubomir Galko und Ivan Gašparović. Ein schmaler Pfad führte uns am Rückgebäude vorbei zu dem stillgelegten Fußballplatz des nicht mehr existenten FC Petržalka. Paul lief neben mir her, als ob er hier schon tausendmal gewesen sei und orientierte sich dank seiner wunderbaren Gabe so exzellent wie ein ortskundiger Führer. Er stützte mich sogar, als wir den Rollator über einen Wurzelstock ziehen mussten. Dummerweise rutschte uns das Ding seitlich weg. Als wir ihn mühevoll auf die Räder stellten, blockierten die Bremsbacken. Hatte ich das Gerät falsch montiert? Wir waren keine 200 Meter von der Klinik entfernt, ich fühlte die beiden

Gesellen im Nacken. Meine Nervosität steigerte sich, die Hände zitterten.

„Was ist los?" flüsterte Paul.

„Ich suche das Handbuch. Das Mini-Benutzer-Handbuch für Notfälle."

„Du hast es sicher weggeschmissen."

„Der Bremshebel hängt fest."

„Stell dich nicht so dumm an. Da ist sicherlich etwas verklemmt."

Tatsächlich, der Bremshebel ließ sich locker bewegen. Das Problem musste woanders liegen.

„Es bewegt sich nicht von der Stelle."

Im Sanatorium hatte man gewiss bemerkt, dass die Kamera im Waschkeller ausgefallen war. Sie waren dort clever genug, eins und eins zusammen zu zählen. Sie würden uns gewiss die Pfleger auf den Hals hetzen, wenn wir in der Nähe wären.

„Ich habs gefunden. In der Seitentasche."

Das Mini-Handbuch war fingergroß und hatte Zeichnungen auf jeder Seite.

„Wir dürfen nicht so viel Zeit verlieren."

„Der Verstellwinkel der Schiebegriffe darf nach außen maximal 0 bis 30 Grad betragen."

„Und was sagt dir das?"

„Dass die Griffe verdreht sind."

Das Umschrauben an den Griffen brachte keinerlei Erfolg, die Bremse blockierte weiterhin.

„Achtung! Sollte der Bowdenzug gerissen sein, besorgen Sie sich eine Ersatzschlinge und führen Sie diese mit dem oberen Zugnippel in den Rollatorhandgriff."

Ich bekam einen Schweißausbruch.

„Schau nach unter ‚Bremse'."

Die Bedienungsanleitung erwähnte einen Knopf C, welcher das Entriegelungselement für die Hinterräder ist.

„Es sind gar nicht die Bremsbacken. Die Hinterräder waren
lediglich verriegelt."

„Jetzt aber weg", rief Paul.

Von dem verwaisten Trainingsgelände aus stürmten wir südwärts an der Dolnozemskà cesta entlang, der einzigen asphaltierten Straße in Kakanien. Anfangs erzielte ich mit dem Kombi Walker ein beachtliches Tempo. Paul jagte regelrecht hinter mir her, eine Hand auf meinen Buckel gelegt, in der anderen Hand den Stock, der nervös auf der Fahrbahn klackerte. Er und Ich, das war das Bild von zwei Überlebenden einer Katastrophe, eines Erdbebens oder einer Flut. Allerdings merkte ich, dass Paul keineswegs fliehen wollte, sein Interesse richtete sich auf eine unwahrscheinliche, erträumte oder eingebildete Begegnung mit einem weiblichen Wesen, irgendwo in der Wildnis, das er schwärmerisch *mon petit chouchou* oder *samička*[42] nannte. Vor lauter Vorfreude fütterte er mich mit Zoten und erotischen Witzchen, denen ich nicht das Geringste abgewinnen konnte. Immerhin kamen wir zügig voran. An diesem stürmischen Tag im Spätherbst war kaum jemand unterwegs. Im Gegensatz zu den reservierten Neubürgern grüßen die Roma im Allgemeinen oder zeigen zuweilen den Mittelfinger. Sie waren die einzigen Fußgänger, unterwegs mit Holzkarren voller Elektroschrott oder Brenn-

---
[42] *vgl. S.153*

holz. Außerdem begegnete uns eine Gruppe von zerlausten Kindern, die sich über unseren Mund-Nasenschutz mokierten. Ihr Gelächter wirkte ansteckend. Wir rissen uns die Textilien von den Gesichtern und trabten erleichtert weiter. Nach eineinhalb Stunden waren wir südlich von Rusovce angelangt, wo das Niemandsland beginnt und die Straße an der ungarischen Grenze abbricht. Vor uns die wohl am stärksten bewachte Grenze der Welt mit einer Kette von Wachtürmen, gesichert durch Stacheldraht und Selbstschussanlagen. Mit dem Walker rumpelte ich über Schottersteine und blieb unvermittelt im Sand stecken. Es hatte keinen Sinn mehr, ich musste das so lange herbeigesehnte Gefährt aufgeben. Wir folgten einem Seitenkanal der Donau, rochen den Dreck aus Hausmüll und landwirtschaftlichen Abfällen

gelegentlich kauzte ein Höhlenbrüter

dann überquerten wir einen Eisensteg und liefen in östlicher Richtung. Vor mir Paul mit beigefarbener Bundhose und kariertem Hemd, mit ausladenden Bewegungen seines Blindenstockes tastend als genieße er den Spaziergang über die wuchernden Freiflächen. Ein verbrannter Geruch lag in der Luft. Waren wir der Grenze zu nah? Paul phantasierte etwas von einem Bauernhof, der nirgendwo zu sehen war. Ein Geschoss explodierte. Über den Fluren bildete sich Rauch, der nach Schießpulver stank. Einzelne Schüsse näherten sich, graue oder schwarze Wolken stiegen in der Nähe auf. Man hatte uns natürlich schon entdeckt. Wir waren viel zu weit südlich und bewegten uns im offenen Gelände, was seitens der Grenzsoldaten gut einsehbar war. Jetzt beschleunigten wir unseren Schritt, die Knie schmerzten, ich stolperte und musste mich nach einer Bauchlandung umständlich aufrappeln. Paul war vorausgeilt und verschwand in dem angrenzenden Wäldchen. Ich hörte knackende Äste

plötzlich, plötzlich

ein Schrei. Als ich ihn einholte, saß er neben einem Busch und krümmte sich. Der Trachtenhut lag neben ihm auf dem Boden.
„Bist du getroffen?"
Er schüttelte nur den Kopf. Ich atmete so heftig, dass ich mich neben ihn kauern musste.
„Wieso das denn?" hechelte er. „Wir sind doch nicht im Krieg, oder? Ich wollte mich kurz ausruhen. Kaum hatte ich mich gesetzt, fuhr mir ein stechender Schmerz in den Arm. Irgendwas saß im Gebüsch."
Über dem Handgelenk hatte er Spuren von einem Biss, überzogen mit klebrigem Schleim. Ich dachte an einen Höhlenbrüter oder Röhrenschnauzer; hinter dem Strauch fanden sich dreizehige Abdrücke wie bei einer Vogelspur, jedoch riesengroß. Paul zog ein unappetitliches Taschentuch hervor, mit dem ich die Wunde säuberte. Um ihn vor einer Vergiftung zu schützen, schnürte ich ihm das Handgelenk ab, was bestimmt nicht exakt einer ärztlichen Handlungsanweisung entsprach. Während ich den Knoten festzog, bemerkte ich eine bläuliche Verfärbung.
„Da heißt es immer, die Wölfe sind zurück …"

„Ich glaube, es war ein Huhn. Gefühlt einen Meter hoch, mindestens", sagte Paul, der sich hervorragend aufs Fabulieren verstand, aber ganz gewiss in einer Welt lebte, zu der ich keinen Zugang hatte.
„Ich hab es nicht gehört. Meine wunderbare Gabe hat mich verlassen!"
„Langsam. Keine Panik. Hol erst mal Luft."
„Diese verdammten Hanaken"[43], schimpfte er. Seine Leidenschaft war verpufft; er sprach von Strasbourg, von Heimweh und mit weinerlicher Stimme davon, dass er nach Hause wolle. Glücklicherweise trug er eine Packung *Haldol* bei sich, ein Sedativum. Mit zitternden Händen reichte ich ihm zwei grüne Pillen und die Wasserflasche.
„Solche Bisse habe ich noch nie gesehen. Ein Hühnerschnabel würde niemals solche Wunden hinterlassen. Warte hier, ich versuche, Hilfe zu holen."
Hätte ich gewusst, dass wir uns damit verabschiedeten, ich wäre respektvoller mit ihm umgegangen. Von Anfang an hätte ich ihn mehr schätzen sollen; erst auf unserer Flucht hatte ich die Distanz zu ihm aufgegeben. Alles ging verdammt schnell, viel zu schnell für einen Hundertjährigen! Ein weißes Taschentuch in der Rechten fuchtelte ich mit den Händen, um dem Wachpersonal zu signalisieren, dass ein Notfall eingetreten war. Als ich über den Hügel lief, spürte ich einen Schlag am Oberarm. Neben mir gab es weitere Einschläge. Die Geschosse waren aus Gummi, aber sie reichten aus, um mich auf den Boden zu zwingen. Ich kroch los, wollte über den nächstbesten Hügel. Auf allen vieren. Wie ein Soldat durch ein Minenfeld. Unterarm auf den Boden, dann Gewicht

---

[43] *vgl. S. 152*

verlagern, Knie anheben, und dann das Bein nachziehen, auch wenn das am schwersten fiel. Auf diese Weise robbte ich den Hügel hinab, nun weitab von dem kleinen Wäldchen, in dem sich Paul verschanzt hatte, vorbei an einem Schild mit der Aufschrift: SPERRBEREICH. HIER FÜR UNBEFUGTE KEIN ZUTRITT. Auf Englisch las ich BIOLOGICAL HAZARD, außerdem PELIGRO TÓXIGO und dazu eine Reihe anderssprachiger Halbsätze. Dazu die Abbildung eines Totenkopfes. Das Gelände wurde sumpfig. Während das Getöse andauerte, balancierte ich über Baumstämme und überquerte Wasserläufe. Zweige schlugen mir gegen den Schädel. Dann watete ich durch knöcheltiefes Wasser und näherte mich einer Blockhütte. Erst brach ich einen Ast ab und warf ihn gegen die Tür. Dann schleuderte ich einen Erdbrocken.
„Ist da jemand?"
„Das ist ein Notfall" sagte ich und kratzte meine Chinesisch-Kenntnisse zusammen

bù guān wǒ de shì[44]

die Türe öffnete sich, quietschte und knarzte, als ich dagegen stieß. Ich fand nichts, was an einen Chinesen oder einen Russen erinnert hätte. Die Neigung, auf alte Männer zu schießen, ist wohl in allen Kulturkreisen ausgesprochen groß, vor allem in Kriegszeiten; ich hätte genauso gut ungarisch oder rumänisch rufen können. Jedenfalls feuerten die Grenzer noch eine Salve, von allen Seiten roch es undefinierbar nach Chemie. Die Hütte war nüchtern eingerichtet, mög-

---

[44] *chin. Ich hab nichts damit zu tun, bin neutral*

licherweise früher eine Unterkunft für Jäger. Außer einem schmalen Holztisch gab es kein Möbelstück. Auf einer Anrichte stand ein Kochgerät, angeschlossen an eine Gasflasche; daneben eine leere Dose mit Motoröl. An der Wand alte Autoreifen, aufgewickelter Maschendrahtzaun, Arbeitslampen und eine Rolle mit elektrischer Kabelschnur – alles Dinge, die mir hier draußen ziemlich sinnlos vorkamen. Dieser Schuppen hatte einen Keller oder besser gesagt, einen niedrigen Hohlraum, in den eine 3-stufige Holztreppe führte. Als ich ihn ausforschte, entdeckte ich Ratten und Mäuse, aber leider nichts Essbares. Draußen brüllte ein Tier

unheimliches Schreien wie von Brüllaffen

der Schrei war mir unbekannt, ich vermutete einen Riesenaffen oder eine katzenartige Kreatur. Es folgte ein durchdringendes Fauchen, das ich ebenso wenig zuordnen konnte. Hastig kletterte ich nach unten und verdeckte das Loch mit der Rolle Maschendrahtzaun. Er war alles andere als ein kompakter Sichtschutz. Wieder eine Detonation. Wo das Licht durch die Ritzen drang, konnte man sehen, wie Schwaden eines dunklen Gases in die Hütte drangen.
Die Tür knarzte. Die Dielen bogen sich und ächzten. Etwas tropfte auf meine Schulter, lauwarm wie Tümpelwasser und klebrig wie Melasse. Ich blickte nach oben. Schräg über mir erblickte ich den Kopf einer Echse, matt grün, mit einer Musterung aus dunkelbraunen und schwarzen Sprenkeln über dem Hals. Von meinem Loch aus schien das Vieh riesig, aber das mochte die Perspektive sein. Schließlich war die

Hütte nicht höher als zwei Meter. Es kratzte sich mit einer dreifingerigen Hand am Kopf. Langsam hellte sich das Tageslicht wieder und ich erkannte kräftige Hinterläufe und einen langen Schwanz. Die Echse bewegte sich wachsam und sah sich mit ruckelnden Bewegungen nach allen Seiten um. Vor mir die an die Brust gedrückten Vorderläufe mit den baumelnden Klauen. Dann ein schnupperndes Geräusch. Der Kopf beugte sich abwärts. Mit einem tiefen Knurren öffnete sich das Maul. Die Zunge war dick und an der Spitze gespalten, vielleicht vierzig Zentimeter lang. Mit kratzendem Geräusch fuhr sie durch die Ritzen des Bretterbodens. Langsam bewegte sie sich von links nach rechts, fand die Umhängetasche, die auf dem Boden lag. Das Kästchen mit dem Saurierkopf kam zum Vorschein. Mit schräg liegendem Maul schnappte das Vieh die Box und zerkaute sie mit krachendem Geräusch. Die Zunge tastete weiter, strich über die Hand, die den Drahtzaun hielt. Ich kniff Augen und Nase zusammen, als der Schleim über die Sichtgläser tropfte. Mit der freien Hand wischte ich die Brille sauber und schaute auf das Wesen über mir: ein fratzengesichtiger Wasserspeier, wie man ihn an manchen Brunnen sieht. Bis heute weiß ich nicht, ob es mich erkannt hat, aber es fixierte mich mit durchdringendem Blick. Der Blick eines Reptils ist für gewöhnlich kalt und gedankenlos, aber ich bilde mir ein, dass es menschliche Züge hatte, kompakt eingeschlossen von einer animalischen Struktur. Züge ... ich wage es kaum zu sagen ... die mir bekannt vorkamen ... das ist *er* – dieser Gedanke durchzuckte mich. Ich hatte *ihn* gefunden. Nur dass er kein Mensch mehr war, sondern sich verwandelt hatte. Irgendwann verschwand das Tier und hinterließ außerhalb der Hütte dreizehige Abdrücke. Mein Fehler war, dass ich die Scheune überhaupt betreten hatte. Nicht weil es dort stank oder mich der Geruch nach Urin umgab, als sei ich in eine Latrine gefallen. Heute weiß ich, dass Basiliskentiere Viren übertragen, die zu einer Gehirnentzündung führen, der sogenannten *Central Saurian Enzephalitis*. Wenn ich mich bis dahin noch nicht infiziert hatte, dann war es in dieser Hütte geschehen. Wenn es je einen Grund für das Fieber gibt, dass mich befallen hat, dann liegt er in diesem sumpfigen Gelände

vielleicht war es doch die Latrine

allein der Aufenthalt in dem feuchten, mit Brettern und Trittsteinen ausgelegten Erdloch ist für Leute meines Alters normalerweise das Todesurteil. Meinen blinden Begleiter Paul habe ich nie wieder gesehen. Nur meiner rüstigen Natur verdanke ich, dass ich noch lebe. Zunächst rannte ich von der Hütte weg, wahrscheinlich in nordöstlicher Richtung, idiotischer Weise, durch Büsche und Gestrüpp, es war eine irre, heillose Flucht mit allen Effekten eines Horrorfilms: Erschrecken, wenn es in den Bäumen raschelte, Stolpern, Atemnot und schlagendes Dickicht. Irgendwann geriet ich auf einen verwilderten Pfad, einen Feldweg, der zu einem verlassenen Weiler führte. Er liegt im südwestlichen Quadranten der Sperrzone. Im Karree zweier Gassen stehen dort ein paar Gebäude, von denen der Putz abfällt. Mit verwitterten, geschwärzten Portalen. Eins davon hatte Vorhänge im Oberstock und ein Fernsehkabel, das sich zur Antenne zog. Ich rief nach Hilfe und betrat das Erdgeschoß. Die Fenster waren zerstört. Glassplitter knirschten unter meinen Füßen. In den Zimmern lagen rostende Heizkörper auf dem Boden. Einige der Treppenstufen zum ersten Stock waren abgebrochen. Als ich vorsichtig nach oben stieg, entdeckte ich eine verwitterte Holztür, stieß sie auf

bù guān wǒ de shì[45]

und erkannte im Zimmer vor mir ein menschliches Wesen. Weißes, gemustertes Kopftuch, fliederfarbenes Wollkleid, schwarze Filzstiefel, im Unterkiefer rechts der einzige verbliebene Zahn. Einen Teppich sah ich von der Schwelle aus, den Kalender von 2026, von der Decke baumelte eine nackte Glühbirne. Sie säuselte aufgeregt, wahrscheinlich die Überraschung, dachte ich, ein fremder Mann vor dem Zimmer, den sie nicht verstehen kann. Sie machte Zeichen, als ob sie taubstumm wäre, dann kam ich ins Rutschen, die Zwischendecke bröckelte an dieser Stelle, ich wankte und stürzte nach unten. Mir wurde schwarz vor Augen. Das nächste Bild, als ich erwachte, war die Babuschka von hinten, ihr zotteliges Fell, Baumkronen, Hochhäuser links und rechts, ich lag in einem Leiterwagen und rollte auf Kieswegen; als sie kakanische Balladen sang, standen die Bogenlampen Spalier.
Tage später erwachte ich, ohne zu wissen, was passiert ist. Langsam lernte ich, mich in der Umgebung zurechtzufinden. Die Straße vor dem Fenster heißt Gettingova, und es gibt Leute, die deutsch sprechen,

---

[45] *vgl. S.256*

speziell in meinem Block. Sie helfen mir, versorgen mich mit Medikamenten, wenn das Fieber kommt. Erst jetzt, nach einigen Tagen der Pflege, habe ich realisiert, dass ich wieder im *Beschützten Bereich* liege, der mit dem Gebäudetrakt an der Medvedovej durch einen düsteren, nach Borax riechenden Korridor verbunden ist. Noch schlimmer ist, dass ich das Kästchen mit dem Saurierkopf verloren habe. Ich hatte die Umhängetasche in der Blockhütte abgelegt, obwohl die Kontodaten so wichtig waren. Ob sich mein blinder Begleiter Paul ebenfalls infiziert hat? Derartige Gedanken rauschen mir durchs Hirn wie ein wildes, alles verzehrendes Fieber.

TAGEBUCH II

Welches Datum haben wir heute?
12.12.25
Seit wie vielen Tagen bin ich hier?
Tut mir leid, das weiß ich nicht.
Mein einziger Kontakt auf dieser Abteilung ist Sam.
Er schaut alle 2 Stunden nach mir, bringt mir Essen und Medikamente, muntert mich mit vorgefertigten Sätzen auf.
Heute ist ein wunderbarer Tag.
Draußen, auf dem Dach des Hauptgebäudes, sieht man die Nebelkrähen vor einem drückend grauen Himmel.
Du siehst schon viel gesünder aus.
Der Spiegel zeigt ein blasses, eingefallenes Gesicht mit einem helmartigen Fortsatz am Hinterkopf.
In ein paar Tagen bist du wieder auf den Beinen.
Es erfordert eine Menge Geduld, die Transformation zu verstehen. Seit dem Tag meiner Geburt ist kein Augenblick vergangen, an dem ich mich nicht ein Stück verwandelt hätte. Auch die Umstände verändern sich. Vom Flur dringen keinerlei Geräusche herein. Anders als beim letzten Aufenthalt. Keine quietschenden Gummisohlen auf Linoleum, kein klappernder Servierwagen, hier gibt es keinen Pausenraum, in dem das Personal sitzt und Kaffee trinkt; niemand läuft den Flur hinunter oder ruft die Schwester; es ist als ob man aufgebahrt wäre im letzten Raum.

Das digitale Klopfzeichen. Die Tür öffnet sich automatisch. Und herein kommt Sam, der Pflegeroboter. Sam ist 1,50 Meter groß, hat schwarze Kulleraugen und einen glänzend weißen Körper aus Plastik. Er bewegt sich lautlos auf Gummirollen und sieht aus, als wäre er einem Manga-Comic entsprungen. Mein Gesicht kann er sich merken, er weiß, dass er deutsch mit mir sprechen muss. Auf Brusthöhe trägt er einen viereckigen Monitor, auf dem Auswahlmöglichkeiten erscheinen. Sam fragt mich beispielsweise, ob ich ein Lied mit ihm singen will, und der Schirm zeigt *Alle Vögel sind schon da* und *Muss i denn zum Städtele hinaus*. Volkslieder, die Dr. Kirsten mit uns in der Musiktherapie geprobt hat. Sie ist es, die das Michelin Männchen programmiert. Oder Sam bietet mir eine Menüauswahl an: *Marmeladen/ Käsebrot* zum Frühstück, *Schinken/ Käsebrot* zum Abendessen, mittags *Fisch-Fleisch-Gemüse*, wobei Sam eine Art Brei serviert, Astronauten-Nahrung mit unterschiedlichen Geschmacksverstärkern, die aus einem Rohr am Handgelenk quillt. Sam ist immer pünktlich, aber als Gesprächspartner nicht zu gebrauchen. Einmal ist er gegen die Wand gefahren und hat anschließend die falschen Pillen ausgespuckt. Den ganzen Tag war ich benommen von einem irren Cocktail aus Valium und Opiaten. Mir träumte, dass ich in meinem Krankenbett über den Hermannplatz fahre, vorbei an Taxis und Passanten hinein in den Karstadt. Ich rolle durch die Spielwarenabteilung, vollgestopft mit Teddys, Autos, Flugzeugen und Burgen aus Legosteinen, danach durch eine Pforte ins Lager und direkt auf die Laderampe zu, stürze mitsamt dem Pflegebett hinab und erwache schreiend in einem Hörsaal für Medizin, wo der Dozent vor dem aufgetürmten Auditorium die Decke von meinem nackten Körper reißt, um den Studenten anatomische Anomalien zu demonstrieren. Es ist der Moment, in dem Sam das Essen bringt und mich aus meinem Traum rettet. Mir gefällt nicht, dass er spioniert. Sam meldet alles der Zentrale, selbst wenn ich auf die Toilette gehe.

Vorgestern hatte ich Kontakt mit echten Menschen. Unangekündigt. Eifrig waren Dr Kirsten und Sulik damit beschäftigt, einen Herren im schwarzen Anzug ins Zimmer zu geleiten. Das musste ein Mitarbeiter vom Pflege-TÜV gewesen sein. Er hakte auf einer Liste bestimmte Punkte ab, machte Eintragungen und Vermerke. Der Herr wirkte groß, weil er schlank war und den Oberkörper kerzengerade hielt. Sein Gesicht konnte man nicht als hart bezeichnen, hatte aber klare Linien, eine Hakennase und unregelmäßige Lippen. In der rechten Hand trug er einen Aktenkoffer und seine Absätze klackerten unerbittlich laut, während der Verwalter wie ein Troubadour das Lied von den großartigen Leistungen und dem hohen Standard des Sanatoriums sang. Dr. Kirsten trug nickend ein Glas Wasser an. Es war ganz sicher ein Besuch, den Sulik seit langem erwartet hatte. Der Name Mathias Keh fiel, es ging um Medikamente und Krankheitsbilder.

„Wesentliche Aufgabe einer guten Pflege ist für mich, dass sie enge zwischenmenschliche Beziehungen ermöglicht und fördert", sagte Dr. Kirsten.

„Deshalb rüst ma technisch auf", beeilte sich Sulik einzuflechten. „'s Personal wird bei uns niemals knapp. So a Roboter versorgt de ganze Station."

„Welche Erfahrungen haben Sie sonst gemacht?"

„Die positive Wirkung auf dementiell Erkrankte ist unbestritten: Sam hellt die Stimmung auf und überwindet Einsamkeitsgefühle", meinte Dr. Kirsten.
Dann wandte er sich an mich.
„Wie finden Sie den neuen Pfleger, Herr Keh?"
„Borowiak."
„Herr Borowiak?"
„Es macht keinen Unterschied."
„Wie meinen Sie das?"
„Echte Kommunikation ist … nicht möglich … jeder lebt in einer … verdammten Ego-Blase."
„Was vermissen Sie denn?"
An dieser Stelle hätte ich ihm gerne mein Ausreisegesuch zugesteckt; ich trug es jedoch nicht bei mir. Hilflos rang ich nach Luft wie ein frisch gefangener Fisch.
„Er vermisst seine Frau. Wegen der Pandemie …" meinte Dr. Kirsten verlogen.
Der Verwalter begann zu schwafeln. „Wir hatten bis jetzt kein jahreszeitliches Fest, wie's Vorschrift is'. Aber jetzt, wo Sie jetzt die Trägerschaft wohl übernehmen …"
Der Prüfer gerierte sich ausgesprochen formell, während Sulik sprach und Dr. Kirsten versuchte, mir Süßigkeiten in den Mund zu stecken.
„Gut, gut", hörte ich den Prüfer, der sich zum Abschied wandte. „Ich muss zurück in die PZ."
„Aber nicht doch", heuchelte Sulik, „warum haben Sie's denn so eilig?"
Der Mann verstaute das Klemmbrett und war bereits am Gehen. Sie durchschritten die Lichtschranke zum Flur, die Tür schloss lautlos. Augenblicklich herrschte Grabesstille, es schien als ob niemand jemals da-

gewesen wäre. Mein Blick wanderte zu den Nebelkrähen, die sich auf dem Dach des Hauptgebäudes versammelten, vor einem drückend grauen Himmel. Wenig später sah ich, wie dort der Herr vom Pflege-TÜV einen Hubschrauber bestieg, den Aktenkoffer nachzog, und mit geblähten Hosenbeinen vor dem Fenster in die Luft gehoben wurde.

14.12.25, Tavor 2 mg, Fluoxetin Santo 6 mg, Schwindel, Schwäche, Mundtrockenheit, Schwitzen, Übelkeit und Obstipation, Sehstörungen

Blaugraue Schatten, die Umrisse von Vögeln ziehen über die Wände, ein Schrecken fährt mir durch die Glieder, ich fahre aus dem Schlaf. Ich schüttele ungläubig den Kopf und verscheuche das Phantom, doch ungeschehen machen lässt sich das Phantom nicht, es wurzelt im Verstand, im Gedächtnis, in den Nervenbahnen.

17.12.25 Valium 2 Tabletten, Tavor 2 Kapseln, Schwäche, Schwindel, Schläfrigkeit

Ich weiß nicht, ob ich schlafe und träume, dass ich wach bin, oder ob ich wach bin und annehme, dass ich schlafe. Gefangen in diesem Zwischenzustand höre ich eine Nebelkrähe, erst eine, dann viele Vögel, die sich im Schwarm vom Himmel stürzen. Die Geräusche sind gedämpft; wie durch eine wattige Leere höre ich eine zarte Stimme neben mir. Heike, die von einer großen Enttäuschung spricht. Dann merke ich, dass ich nicht mehr hier bin, sondern gerade aufwa-

che, woanders, in einem fernen Land, wo die Geschichte meiner Somnolenz beginnt.
22.12.25 Tavor 2 mg, Cipralex S 2mg

Noch hatten sie es nicht begriffen: sie beschrieben nicht, sie zeugten. Ihre Worte gebaren innere Landschaften, imaginäre Passagen ins Undefinierbare, Unfassbare. Denn Worte haben eine magnetische Masse, die gegenseitig nach Regeln anziehend wirkt; sie sind gleichsam sexuell, sie vögeln miteinander, treiben Unzucht, üben Magie, die über einen hinweggeht, sie besitzen Augen, Facettenaugen wie Käfer und schauen sich unaufhörlich und aus allen Winkeln an, knüpfen ihre Netze, um sich räuberisch mit ihrer Beute zu verbinden, man ist das Opfer, solange man sich ihrem Zauber beugt. Die Welt ein Konglomerat aus Worten, eine Vorstellung, ein solipsistisches Gespinst.

24.12.25 Venlaflaxin 150 mg retard, 675mg Quilonum; Schwindelgefühle, Ohrgeräusche

Das Altern ist Zumutung. Ist Demütigung und Deformation. Als ob sich ein Dämon einschleicht und unbemerkt auf unseren Schultern sitzt. Die Züge entgleisen, man will es nicht wahrhaben. Eines Tages entdeckt man im Spiegel eine melancholisch hängende Grimasse und fragt sich, wer das ist. Das Lachen misslingt. Das Bild, das man von sich hat, wird zur Erinnerung und die Geschichten, die man erzählt, klingen hohl, als glaube man selbst nicht daran. Nichts ist stimmig, weil alles, was sich im Hirn ablagert, mit der Wirklichkeit nichts zu tun hat. Wo einmal Meer war, ist jetzt Sand. Vergessen ist eine Leidenschaft ... und wenn ich mich in ein Tier verwandle, dann ist das nur konsequent. Wenn ich das Fluoxetin mit Alkohol kombiniere, beame ich mich ins Nirgendwo, ins Weiß-nicht-wo, werde identisch mit Was-auch-immer.

27.12.25, Fluoxetin Santo 18 mg, Cipralex 8 mg; Halluzinationen, Verwirrtheit

Wenn mir etwas leid tut ... dann die Sache mit Karamfilov. Ich hätte ihm Codes und Nummern überlassen sollen ... aus dem Kästchen mit dem Saurierkopf. Er hatte eine funktionierende Bankverbindung und hätte das Geld transferieren können, das in der Schweiz gebunkert ist. Aber was soll's. Das Geld gehört mir nicht. Ich bin nicht Mathias Keh.

Czarny. Er hilft mir

alles zu vergessen. Der Laden im baufälligen Haus gegenüber blühte auf, wurde zum Treffpunkt alter und neuer Bewohner. Die Neubürger vermuteten in der Art Karamfilovs etwas Ursprüngliches und Echtes, was möglicherweise nur am weiß-blauen Hemd und der Trachtenweste mit den Hirschknöpfen lag. Gelegentlich offerierten die Wirtsleute auch traditionelle Gerichte. Ich glaube allerdings, dass die meisten Gäste alleinstehend waren und, so wie ich, die Geborgenheit einer intakten Familie genossen, wenn auch nur als Zuschauer. Bisweilen schien es, als ob man durch ein imaginäres Fenster in die eigene Kindheit blickte, wenn man das chaotischen Treiben der Kinder sah. Das Idyll fand schnell ein Ende. Den Hausverwaltern und speziell Gregor Sulik, dem Vorsitzenden des Komitats, war der Handel ein Dorn im Auge. Es dauerte nicht lange, bis Karamfilov diverse Steuerbescheide erhielt. Es stellte sich heraus, dass man Steuergesetze aus der Zeit der Monarchie ausgegraben hatte, etwa die Besteuerung nach der Breite des Hauses und die Besteuerung nach der Verfügbarkeit von Brunnenwasser. Andere Steuervorschriften hatte der Rat der Hausmeister eigens für die Zigeuner erfunden. Es gab eine Steuer auf die Bewirtung von Senioren, eine Steuer für das Absingen von Liedern, eine Steuer für den Ausschank von Alkohol, eine andere für den Verkauf von Luxusprodukten (zu denen alles gehörte, was einen definierbaren Geschmack besaß), eine Steuer für Kerzenbeleuchtung sowie eine Steuer für die Kirschen am Kirschbaum vor dem Haus, und danach kam noch der Bescheid, dass man auch die Gespräche mit den Kunden besteuern müsse, da diese einen informationellen Mehrwert hätten. Die Summe der Steuern war inzwischen so hoch, dass sich selbst der Schmuggel nicht mehr rentierte.

Valium (zur Beruhigung)

ich will die Welt nicht besser machen, ich will mich ihr entziehen. Als Kind träumte ich von einem Tarnkleid, das mich unsichtbar werden lässt. In meiner Phantasie erlebte ich, wie ich mit dem Hintergrund verschwommen bin. Wenn ich an einer Ziegelmauer lehne, spüre ich, wie porös und lebendig so ein Untergrund ist, ein atmendes Wesen, das mich eines Tages aufsaugen wird.

Fluoxetin (die ganze Flasche)

Ich kann nicht sagen, was ich während der letzten Stunden gedacht habe. Manchmal verliere ich mich in schwarzen Löchern. Die Station ist voll davon, ob es sich um Tapetenmuster oder den leeren Monitor des Fernsehers handelt ... Wenn ich das Gedächtnis verliere, so repräsentiert das nur die Vergangenheit. Meine Geschichte endet dort, wo die Natur beginnt. Ich will einzig und allein näher bei mir sein, will zu meiner wahren Bestimmung. Ich habe mich zu diesem Schritt entschlossen, weil es nicht lohnt, über die Welt nachzudenken. Mein Blick geht über die Flachdächer der Hochhäuser, schweift ins Unendliche.

Chamäleon sein

identisch mit der Umgebung, verschwimmend mit der Natur, verströmend mit den Sphären. *Bin grün, bin Gras, bin Licht, bin Gas/ bin Rinde ich und warmer Stein/ zeitlos, ewig, Saurier noch unter Düsenjägern/ gleit ich, rutsch ich, kriech und flieg ich/ durch Luft, durch Licht, durch Blatt, durch Gras/ unterwegs, unsichtbar, im Nichts:* ein Tautropfen, der verschmilzt mit dem Ozean, ziellos, endlos, fließend, nichts bedeutend, nichts verbessernd, nichts übend, ohne Absicht, ohne Gewicht; wach sein ist alles, reine Gegenwart; ihre Fülle genießen, gestreckt in den Sand, unseriös, unmoralisch, das Weite suchen, sich auflösen; etwas fällt ab, eine Definition, eine Frage, aufbrechen ins Namenlose; unterwegs sein ist alles, reisen und reifen. Ich werde auf geheimnisvolle Weise geführt, ich entscheide mich nicht. Alles ist Farbmodulation, Reptilienhaut, Schleuderzunge.

Sehr geehrter Herr Keh[46],

anbei die gewünschten Bauteile in Sondergrößen. Der Selbstbau von Terrarien ist eine günstige Alternative zu den Terrarien aus dem Fachhandel und eine Möglichkeit, Formen und Größen zu verwirklichen, die nicht im Handel erhältlich sind. **Wir bieten über 3000 Terraristik-Produkte**.

Ob das Terrarium für bodenbewohnende oder für baumbewohnende Reptilien geeignet sein soll, ist aus Ihrer Bestellung nicht ersichtlich. Wo sollen die Liegeflächen sein, wo die Klettermöglichkeiten? **Falls Sie noch Baumaterial benötigen oder eine Bauanleitung, geben Sie uns bitte Bescheid**.

Die mitgelieferten Styropur-Platten besitzen eine Maximallänge von 2,50 m..Sollten Sie Ihr Terrarium noch größer bauen wollen, müssen Sie Verlängerungsstücke an den Enden ansetzen. Zum Abdichten verwenden Sie das beigefügte Silikon (es genügt jeweils ein dünner Streifen). Als Grundmaterial nehmen sie trockenen rötlichen Wüstensand (**Bestell nr. 833/34**)

Die Terrarienbeleuchtung ist einer der wichtigsten Aspekte bei der Ausstattung eines Terrariums. Die Beleuchtungselemente sorgen nicht nur für die nötige Helligkeit, sondern sind auch an der

---
[46] *bei Übergabe des Manuskriptes im Konvolut*

Beheizung des Terrariums beteiligt. **Mehr Information dazu in unserem Kalatog.**

Wir wüschen Ihnen viel Spaß auf diesen Seiten, und hoffen, Sie finden alle Informationen die Sie zum Bau eines Terrariums benötigen. **Weitere Hilfestellung und schnelle Antworten auf Ihre Fragen finden Sie im Forum**!

Die nötige LF in Halbfeuchtterrarien ist über eine manuelle Sprühflasche herzustellen, jedoch muss darauf geachtet werden, dass regelmäßig gesprüht wird und die LF nicht unter die benötigten Werte fällt. Bei Feuchtterrarien ist es zu empfehlen, die LF automatisch zu regeln. Dies ist durch mehrere Verfahren möglich, die häufigste ist sicherlich eine Beregnungsanlage. Aber auch ein Wasserfall oder ein Brunnen erhöhen die LF.

Schaffen Sie ein artgerechtes Zuhause für Reptilien und Amphibien. Entdecken Sie die Vielfalt an Terraristik-Zubehör. Kein Mindestbestellwert, riesige Auswahl an Terrarien und Insiderprodukten für Terrarianer!

EPILOG 31.12.25

Stürmischer Herbstwind fährt unter die Pappeln, wirft welkes Laub gegen die Fenster. Kaum betrete ich den Flur, zögere ich, will zurück in die flaumige Geborgenheit. Das Säuseln der Routine, die gleichmäßige Abnutzung der Gefühle auf der Krankenstation hat mich verlassen. Ich blicke auf die Hosenbeine des Pyjamas, meine Füße in Hausschlappen, die ich mühsam hinter dem Rollator herziehe. Ja, richtig. Den Rollator hat eine Streife der policijska patrola gefunden, nicht weit von der Hauptstraße. Sie konnten nichts mit dem Kombi Walker anfangen, also haben sie ihn zurückgebracht. Auf dem Rollator die Henkeltasche mit der Wechselwäsche und dem Zahnputzzeug. Wo ist das Zimmer von Mathias Keh, Nummer 408? Erwischt mich einer dieser Aussetzer, bei denen ich das Stockwerk verwechsele? Nein, alle anderen Apartments sind gekennzeichnet, sind ordnungsgemäß. 7 mal 7; 3 mal 8 ; 36 durch 4; mein Hirn arbeitet, auch wenn ich mich nur an die Rechenaufgaben erinnere und nicht an das Ergebnis ... flackernder Schein aus türlosem Raum – hier war es doch ... der Ort hat eine feierliche Dimension. Projektionen und wechselnde Schatten irritieren mich, dazu das Schild *Kaplnka svätej Alžbety*[47]. An der Schwelle Myriaden von Grablichtern und Kerzen. Wo ist meine UV-Lampe, wo mein Luftbefeuchter? Die Lichter umspielen Vitrinen, die in meiner Abwesenheit installiert wurden; an ihnen taste ich entlang, vorbei an dem wie ein Ex-

---
[47] *slowk. Gebetsraum der heiligen Elisabeth*

ponat ausgebreiteten Büßergewand. Jetzt erkenne ich eine zittrige Handschrift auf einem abgerissenen Zettel, auf dem Kräuternamen vermerkt sind: *Petersilie*, *Brunnenkresse*, *Holunder* und *Mädesüß*; daneben ein Kanten trockenes Brot und die Erklärung *Die heilige Elisabeth ernährte sich von Wassersuppen, Krautblättern und altem Brot*. Broschen, Halsketten, Armreife sind versehen mit dem Kärtchen *Elisabeth verschenkte ihren Schmuck an die Armen*; und weiter sehe ich Näpfe mit buntfarbigen Pasten, langgezogene Erlenmeyerkolben mit Schlacken, Absuden und Aufgüssen; Salmiak in einem Ciborium; ein Lavoir für Haarkränze; mit Seifen gefüllte Flakons – offenbar Werkzeuge, mit der die Heilige Wunder bewirkte. Andere Reliquien sind winzige, mit Haarspitzen belegte Schmuckkapseln und ein antiquierter Schnallenschuh. *Sie spendete ihre Kraft der Pflege von Aussätzigen*. Außerhalb der Glaskästen wiederum sehe ich ein Kniebänkchen mit dem Kärtchen *Für ekstatisches Gebet* sowie Karaffen voller wässriger Essenzen, wahrscheinlich Weihwasser, entdecke Kreuze an der Wand und einen Tabernakel, wo vorher mein Schreibtisch stand; Paramente liegen auf dem Altar, daneben Kandelaber mit Dutzenden von Kerzen; in einem Schrein ein Nähkissen mit quastenbesetzten Stickereien und einer Bibel, schließlich, zu meinem Schrecken, ein gemaltes Bild der heiligen Elisabeth, die in Bratislava, dem ehemaligen Pressburg, geboren wurde. Ach ja, Kakanien braucht eine Nationalheilige … irgendjemand muss ja für die Pflege der Alten und Kranken zuständig sein … Mein chlorophylfarbenes Sofa ist, wie in einem musealen Fürstenzimmer, durch vergoldete, mit dickem Seil verbundene Poller abgesperrt. Das also ist der Platz, an dem ich bis vor kurzem wohnte. Während ich auf der Krankenstation lag, hat man vollendete Tatsachen geschaffen, mein Apartment ausgeräumt und eine Kapelle eingerichtet. Der neue Träger des Sanatoriums setzt auf mittelalterliche Gepflogenheiten, allen voran der Prälat … man hat meinen Tod erwartet, ist davon ausgegangen, dass ich die Enzephalitis nicht überlebe. Niemand hat meinen Platz verteidigt. In diesem Augenblick weiß ich, dass mich nichts mehr hält. Nichts bringt mich davon ab, höher zu steigen, höher

eine seltsame Ruhe befällt mich

bevor es geschieht, gefolgt von einer Euphorie ohnegleichen, einer grenzenlosen Erleichterung. Das Herz klopft wie bei einem Schauspieler, der die Bühne betritt, meine Haut wird heiss, sie kräuselt sich und zeigt einen ersten purpurnen Schimmer. Der Schwanz wächst, der Schädel verlängert und verhärtet sich. Schon immer wollte ich hoch hinaus, aber erst jetzt werde ich vollkommen unsichtbar. Nichts unterscheidet mich von dem Raum, in dem ich gelebt habe, seine Energie durchflutet mich. Gleich werde ich ein Bein vor das andere setzen, eine Pfote vor die andere, die Finger zangengleich. Nichts ist notwendiger als die Wand empor zu klettern mit diesem ungeheuren Geschick des Chamäleons. Meine Berufung, mit Krallen und Lamellen kleinste Unebenheiten und Vorsprünge auszunützen. Emporzusteigen. Was gibt es für ein größeres Glück als dieses freie Spiel der Gliedmaßen? Sich aufzuschwingen zu neuen Perspektiven? Vor allem beglückt mich die Leichtigkeit, mit der alles passiert. Rückgrat, Rippen, Schädeldecke und

Kiefer sind mit Muskeln überzogen, ich spüre meine urwüchsige Kraft. Die Haut zeigt ein mattweißes körniges Muster, ich habe die Zimmerdecke erreicht. Geräusche erreichen mich von fern, der Regen peitscht ans Fenster, und da ich kopfüber hänge, habe ich den Eindruck, es regnet nach oben. Trotz der Taubheit, die sich einstellt, höre ich Schritte, zwei Männer reden, kommen näher. Zwei Beine, schwarz behost, tauchen vor dem Türstock auf. Zwei weitere Hosenbeine erscheinen, sie sind schmutzig und scheinen nach oben zu rutschen. Ich husche in den äußersten Winkel der Decke, erkenne schräg unter mir die Gesellen, Lubomír Galko und Ivan Gašparović, die ein Parament tragen, groß wie das Mailänder Grabtuch, weiß außen, samtig-rot die Innenseite, und es im abgesperrten Teil auf das Bettgestell legen. Sie schlagen es auf, breiten die zum Vorschein kommenden Knochen aus. Lubomir sortiert große und kleine, fügt sie aneinander wie bei einem Puzzle, Hand- und Fußskelett. Die Teile bleiben unvollständig ... es fehlen Fingerknochen, Oberschenkel ... Wirbel, Rippen ... sollte das die heilige Elisabeth gewesen sein (?) Meine Gehörgänge sind verstopft, ich verstehe lückenhaft und wie von ferne: in die Küche, Reliquien, eines Tages, Geld. Ich sehe, wie Ivan den Wischmob an die Wand stellt, sich im Spiegel betrachtet, Knochen jongliert, wie er mit Lubomir streitet und ihm, nach einem Griff zur Kommode, glucksend das Gesicht pudert. Lubomir mit einer teuren, einer überraschend geschmackvollen Uhr am Arm, einer Omega-Uhr mit deutlich sichtbarem Markenaufdruck, die mich an meine eigene erinnert ... ich hatte sie im Kleiderschrank deponiert. Und dann finden sie, bei allem

Schabernack, versteckt unterhalb der Spiegelkommode, das Portemonnaie, schauen sich überrascht an, prusten, lachen, werfen es in die Luft, wir haben es gefunden, zeig her, nein lass, der Sulík macht Ärger, sie verlassen lärmend das Zimmer, das Stockwerk ... – ich kann sie nicht aufhalten ... nichts unterscheidet mich von den Räumen, Fluren, Sälen in denen ich gelebt habe, die Energie meiner Umgebung durchflutet mich, ohne dass ich mich bemerkbar machen kann, bin überall und nirgends ... mein Schädel weitet sich ... das ultimative Kunststück ... der Geist dehnt sich, weiter, weiter ...

der Grüne Salon

in dichtem Nebel. Ein brummender Ton rollt aus der Tiefe, dunkel vernehme ich schlurfende Geräusche, ein im Basslaut gesungenes Wort, auf das die Anwesenden chorusartig antworten. Weihrauchwolken überall, man zelebriert eine Messe zu Ehren der heiligen Elisabeth, die Wunder wirkte und die Aussätzigen pflegte. Allen voran der Prälat mit würdevollen, ausgreifenden Schritten, kostbar die Stola, gespreizt die Manipel; neben ihm ein Akolyth[48], der den rechten Teil des Ornates trägt, damit die Hand des Geistlichen das Turibulum schwingen kann. Die Gemeinde versinkt in festlichen Schwaden, aus denen wiederum der Prälat auftaucht. Auf einen Tisch steigend hebt er eine pompöse, juwelenbesetzte Monstranz, für ihn ein Zeichen des Triumphes: er übernimmt die spirituelle Führung in dem neugegründeten Ordinariat von Kakanien. Nun stimmen die versammelten Bischöfe das

---

[48] *Laie; Helfer bei der katholischen Liturgie*

Kyrie Eleison an, dann fallen die Anwesenden in den liturgischen Gesang ein, Gruppen aus Italien und Polen, Christen aus Serbien, einige aus dem Kosovo und zuletzt ein vereinzelter Franzose, der eine ellenlange Zipfelmütze trägt. Es ist Zeit für einen feierlichen Urbi et Orbi! Der Prälat breitet die Arme, während die Gesellen mit kindlichen Neckereien durch die Schar der Betenden pflügen. Hinter dem aufgereihten Klerus ein Geistlicher mit einem Abiturientengesicht, das unter der Ornamentik der riesigen Bischofsmütze fast verschwindet. Aus ihr ragt sichtbar noch das Etikett des k&k Kostümfundus. Die herabbaumelnden Zierbänder verstärken den Eindruck eines losen Popanzes, der durch die Disproportionalität der übergroßen Kopfbedeckung entsteht. Das kann, das darf nicht das Tribunal der römischen Glaubenskongregation sein! Golden leuchtet auf den Rückseiten der Dalmatik-Gewänder das Wort SANTOMON. Nun schwankt die eimerähnliche Mitra gefährlich nach allen Seiten, als der Geistliche, zusammen mit den Gesellen, auf die Hebebühne klettert, die mit aufgeregtem Quinquilieren abwärts fährt, worauf er dem schwierigen Gleichgewichtsakt mit Hilfe beider Hände ein Ende macht, indem er den Bischofshut stabilisiert, als sie ratternd und quietschend in die Küche rauschen. Von dort der Geruch nach Gebratenem, Gesottenem, von Rapsöl und Zwiebeln. Vor den Tiegeln und Pfannen, in denen es brutzelt, siedet und schmort, die ukrainischen Küchenhilfen, noch Mehlstaub an den Fingern, vermischt mit Eigelb und Hackfleisch, in dem von blechernen Keller- und Lüftungsrohren durchzogenem Raum mit den riesigen Herdplatten, mit Topfregalen und Geschirrablagen, über die Mäuse huschen, mit Sauerkrautfässern und Girlanden aus Knoblauchzehen. Vor einem gigantischen, auf einer Meter großen Platte köchelnden Suppentrog der massige, mit Tattoos übersäte Körper des Kochs, der mit einem Kescher aus der bräunlichen Brühe Knochen fischt, Wirbel, Rippen, Oberschenkelknochen, und sie auf ein samtig-rotes Parament wirft, während eine Bediente ein Wägelchen mit klirrenden Sektgläsern und Champagner heranfährt, und der Verwalter, der alles beaufsichtigt, dem eintreffenden, mit einer Hand die langgezogene Mütze stabilisierenden Bischof eine Tüte fettig glänzender Kartoffelchips reicht und die herbei trollenden Gesellen fragt, ob der Gebetsraum endlich eingerichtet sei

die Büchse der Pandora

ist geöffnet, doch niemand nimmt Notiz. Sie tun sich groß über die Entdeckung, die sie gemacht haben, schwadronieren von einem Vermögen, da kannst du einen drauf lassen, wir sind reich, der Alte hat bestimmt eine Menge Geld hinterlassen ... der Verwalter nimmt die Geldbörse entgegen ... zeigt sie lächelnd dem Abgesandten Roms, oh wie schön, spricht von einem Vermächtnis zu Gunsten der heiligen Elisabeth, einem Legat, schüttelt die Börse, hält sie grinsend an seine weit ausgestellten Ohren ... und hört nicht, wie es draußen tost und tobt ... der Gesang des Kyrie Eleison täuscht sie über den Lärm hinweg. Sie merken nicht, wie sich ein schwarzes Auge über die Fenster schiebt wie ein Deckel ... sie entkorken die Flaschen ... drängeln sich um den Champagner, während wilde Winde kreiseln. Schwarze Cluster und Kleckse breiten sich aus, ballen sich, färben sich mit rötlich flammenden Farben, Funken schlagen ins Gotteslob der verdatterten Gemeinde, energetisierend und elektrisch, bis im grellen Zickzack Blitze zucken und die Oberlichter mit ohrenbetäubendem Knallen zerplatzen ... Windstöße wirbeln Kleider, Hüte, in aller Eile aufgespannte Schirme durcheinander, Donner grollt ... dann dringen Vögel, schwarz und bedrohlich, in den Saal, als hätten sie darauf gewartet, erfüllen ihn mit Schwingenschlag und großen, sich kreuzenden Spiralen, die sich um die Lüster ziehen ... keiner hatte die Vögel bemerkt, ihre Veränderung; alle dachten, ich sei verrückt ... doch nun kreisen sie, Konglomerate aus Flügeln, scharfen Krallen, spitzen Schnäbeln und Federbüschen im gleißenden Licht des Blitzschlages ... Mutanten in urzeitlicher Größe mit ausgefahrenen Rüsseln dringen ein ... flatternde Nager mit helmartigem Schädel lassen sich herab ... glitzernd die Beißwerkzeuge ... ihre Facettenaugen ... der Luftraum des Grünen Salons ein Fresko voller Fabeltiere. Halbwesen auf der Suche nach Nahrung, organoid, mit gespornten Greifern, mit Kiefernplatten aus Chitin, stoßen vor ins ängstlich wogende Biotop, dringen in milchig-weiße Körperwälder, Kaskaden von doppelköpfigen, surrenden Kreaturen fallen herab wie Boten des Todes auf das namenlose Chaos ... die Bewohner, bucklige und gezeichnete Wesen, weichen mit gesenktem Kopf, schlagen um sich in unsinniger und wilder Panik ... eine Stampede ohne Ausweg ... in störrischer Raserei und zugleich befangen in ihrem Wahnsinn vermögen sie sich nicht zu retten ... sie ducken sich unter den glitzernden Messern aus der Luft, senken die Schädel ... dazwischen das Quaaaaröööök und Quaaaadrröökwiiieeeeek der Angreifer, das mächtige Gröööömiöök blaustichiger Scheusale, riesenhaft inmitten der verwirrten Herde, so zitternd und kopflos, so verloren ... Nur das Chamäleon wird überleben ... identisch mit der Umgebung, verschwimmend mit der Natur, verströmend mit den Sphären. Bin grün, bin Gras, bin Licht, bin Gas/ bin Rinde ich und warmer Stein/ zeitlos, ewig, Saurier noch unter Düsenjägern/ gleit ich, rutsch ich, kriech und flieg ich/ durch Luft, durch Licht, durch Blatt und Wald/ unterwegs, unsichtbar, ziellos, fließend, nichts bedeutend, nichts verbessernd, nichts übend, ohne Absicht, ohne Gewicht; alles ist Gegenwart; ist Fülle und Aufbruch ins Namenlose. Ihr sollt wissen:/ Ich lebe Tiertage. Ich bin eine Wasserstunde./

Des Abends schläfert mein Lid wie Wald/ und Himmel/

Meine Liebe weiß nur wenig Worte:/ Es ist so schön

       an Eurem Himmel   so schön an Eurem

Es ist   Blut an Eurem Himmel. Es ist so schön
an
 Eurem
       schön an Eurem   Es ist so

              Blut

       so Gras ist   Licht und Gas   an
Eurem

          ist so schön an Eurem   Es ist so

                              Blut
                                        so schön
Es   ist
sssssssssssssssssssssssssssssssssssssssssssssssss
                                        Es ist
                              Himmel

          schön

sssssssssssssssssssssssss   Es

sssssssssssssssssssss
sssssssssssssssssssssssssss Keine Ahnung, wer ich bin.
SSSSSSSSssssss fällsssssssssss mir nicht ein. Mathias Keh? SSSSSSSSchäkeweessssssssss. Ich bin dasssssssssssssssssssssss Chamäleon! Wer ssssssssssssssssssssonst sssssssssssollte diessse Zssssseilen…???

Nachwort des Herausgebers

Man muss die moorigen Landschaften Kakaniens kennen, seine mannshohen Farne und blubbernden Tümpel, die von Geschwüren gezeichneten Bäume, und den besonderen Charakter der Bewohner, um den Schrecken zu verstehen, von dem „Schäkewees" erzählt. Ich selbst kenne sie nicht – beileibe nicht! Für keines der oben beschriebenen Phänomene würde ich meine Hand ins Feuer legen; es ist mir allerdings zu Ohren gekommen, dass jenseits der EU-Grenzen Alten- und Pflegeheime wie Pilze aus dem Boden sprießen, und Flora und Fauna selten üppig wuchern. Die vorgestellte Grisaille, eine Metapher des blühenden Zerfalls, kann ich nur textgestützt würdigen; man weiß nichts über diesen toten Winkel und ich bin, fast möchte ich sagen Gottseidank, kein in Kakanien ausgebildeter Übersetzer. Das Niveau der von mir (zumeist) ins Schriftdeutsch transferierten Ausdrücke bewegt sich zwischen Dialekten, changiert zwischen Baby- und Zigeunersprache, mutet an wie Kinder-Pidgin oder europäisches Kreol. Von wegen elaborierter Code! Stattdessen musste ich von diversen, kaum beherrschten Halbsprachen ausgehen sowie einer im Verlauf regressiven Sprachkompetenz des Autors. Als Beispiel für die Risiken der Übersetzung mag „Schäkewees" herhalten. Die lexikalisch nicht erfasste Vokabel ist kein distinktives Phonem; vielmehr bezeichnet sie eine ganze Klasse von unglückverheißenden Umständen, von „Übelkeit" und „Erbrechen" bis hin zu „Durcheinander", „Krankheit" und „Erdbeben". Dieses universale Elend ist eng verknüpft mit dem Manuskript, so dass ich die Umstände seiner Übermittlung schildern muss; anders als etwa *die Begriffe "Weltschmerz" oder "Melancholie" wird "Schäkewees" durch Konkretisierung stets zur haptischen, sinnlich spürbaren Tatsache. Ich weilte auf Einladung des Goethe-Instituts einige Tage in Budapest, als eine Katastrophe den Norden Ungarns erschütterte. Ein Sturm, ungewöhnlich für die Jahreszeit, hatte sich zusammengebraut und Böen mit einer Geschwindigkeit von 300 Stundenkilometern durch die Dörfer an der Grenze gepeitscht. Augenzeugen schilderten im ungarischen Fernsehen, wie Bleche, Holz und Stahlplatten durch die Luft flogen wie Herbstblätter, und man sah in den Aufzeichnungen Telefon- und Strommasten umknicken als seien es Grashalme. Selbst in der Umgebung meines Hotels war ich von den Ausläufern der Katastrophe nicht verschont. Nothelfer beluden die Pickups der UNO mit Wasserkanistern, Care-Paketen, Zelten und schwarzen Leichensäcken, während Soldaten auf Armeewagen nach Nordwesten fuhren. Umgekehrt trafen Flüchtlinge ein, denen man die Strapazen ansah, ausgemergelt wie sie waren, Gepäckstücke in der Hand. Als ich nach einer Podiumsdiskussion durch die Gassen der Altstadt streifte, kam mir in der Nähe der Elisabethbrücke eine Frau entgegen, barfuß und mit blutigem Gesicht, ein Handwägelchen nach sich ziehend, das mit schmuddeligen Pastiktüten beladen war. In der Armbeuge trug sie eine Henkeltasche. Sie lief auf mich zu mit verlorenem Ausdruck und sprach mich in einer fremden Sprache an, wahrscheinlich in Romungro-Romani. Ich verstand "Schäkewees", dann deutete sie nach Nordwesten: "zoon Kakania". "Tut mir leid", erwiderte ich, um sogleich mit dem Ipod die gängigen Übersetzungs-Apps zu eruieren. Zu meiner Überraschung wechselte sie auf ein gebrochenes Deutsch, ohne von dem ständigen "Schäkewees" abzulassen, das ihr widerfahren sei. Sie habe mit ihrer Familie ein Abbruchhaus in der Sperrzone bewohnt, erklärte sie. Dass sie eine anständige Wohnung an der Medvedovej bekommen hätten, sei der Hilfe des Spieleerfinders zu verdanken, auch die Idee mit dem Laden und dem Tauschhandel, und dann wiederum „Schäkewees". Erst habe sie ihren Mann verloren, Sider Karamfilov, jetzt die Kinder und das Haus, nur diese lausigen Blätter seien ihr geblieben, die ihr Mathias Keh überreicht habe am Abend der Katastrophe. „Es liegt ein Fluch auf diesen Seiten. Vielleicht können Sie damit etwas anfangen. Wenn Sie Geld für mich hätten, bitte, ich verhungere sonst…" Mit diesen Worten überreichte sie mir ein Konvolut aus handschriftlich verfassten Blättern (Tagebuch I und II), Ipod-Mitschnitten (Printouts) und sonstigen Texten (Antrag, Bedienungsanleitung, Brief). Literaturwissenschaftler mögen das hermeneutische Vorgehen kritisieren, welches sich auf diesen einen Augenblick stützt, in dem die Zigeunerin das Manuskript aus der Henkeltasche zieht und ihre dunkle Formel „Schäkewees" murmelt; diskutieren werden sie, ob der Autor eine Identitätsfindung in der Tradition des Bildungsromans anstrebt oder, in der leitmotivischen Verwendung des Archetyps, eher die gesellschaftskritische Betrachtung. Dagegen sehe ich die Aufzeichnungen als Report aus der Grauzone. Warum schafft es keine Menschenrechtskommission, eine Untersuchung in Kakanien durchzuführen, warum werden die Vorgänge nie zum Topos eines parlamentarischen Untersuchungsausschusses?*

München im September 2026

DIE BÜCHER DER BOROWIAK TRILOGIE

Die Leiche im Kraut

ISBN 978-3-7407-2713-0

Ein Millionenerbe, körperlich und psychisch labil, kommt gewaltsam zu Tode. Peter Tischler verdächtigt seinen Bruder, den kauf- und fresssüchtigen Jay, nimmt aber die Entsorgung der Leiche auf sich. Ein Berliner Geschäftsmann macht sich auf die Suche nach dem Sohn und stirbt in einer Hütte in der Hohen Tatra. Ein Unglücksfall? Ben Borowiak, der ehrgeizige Trainee des LKA Berlin, gerät bei der Untersuchung in berufliche und private Turbulenzen, während die Brüder zunächst einen ungeahnten Aufschwung nehmen. Themen des Romans sind das Getriebe des sozialen Auf- und Abstiegs und Mechanismen der Globalisierung. Ein Klima subtiler Bedrohung entsteht. Detektiv und Täter verlieren sich in isolierten und abgründigen Welten. Der Leser, auf der Suche nach dem Mörder, wird bis zum Ende auf die Folter gespannt. Eine komisch-bittere Parabel auf eine in Widersprüchen erstarrende Gesellschaft.

Santiago sehen oder sterben

ISBN 978-3-7407-1075-0

Zwei brutale Morde im Kloster St. Paulus schrecken die Dominikaner auf. Die Polizei tappt im Dunkeln. Benedikt, der besorgte Erzbischof, beauftragt einen verlotterten Neuköllner Detektiv, der weder bei den Exerzitien noch bei der obligatorischen Beschattung richtig gut aussieht. Als Ben Borowiak bei einem Einbruch in das „Büro für Pilgerreisen" ALDI-Tüten findet, wird eine Kette folgenschwerer Ereignisse in Gang gesetzt. Der Detektiv gerät auf den Jakobsweg. Verfolgt von zwei eiskalten Killern erfährt er mehr über seinen Auftraggeber und dessenj Widersascher. Eine Persiflage der Jakobsweg-Literatur und ein Krimi, der die Kirche aufs Korn nimmt

.

WEITERE BÜCHER VON ULRICH A. BÜTTNER

BERLIN IM SCHNEIDERSITZ

ISBN 978-3937791357

In zwölf "Großstadt-Rhapsodien" schildert Ulrich A. Büttner die Erlebnisse einer Handvoll Figuren im gegenwärtigen Berlin, die, so unterschiedlich sie sind, eines gemeinsam haben: Es sind einsame, irrende und verirrte Personen, die versuchen, ihr Leben zu gestalten, die nach etwas suchen, das sie inmitten der ständigen Ruhelosigkeit, des allgegenwärtigen Egoismus', der allgemeinen Geschwindigkeit und Unverbindlichkeit des zwischenmenschlichen Alltags nicht finden können – mehr noch: Es gelingt ihnen nicht, sich selbst in dieser Welt zu lokalisieren, zu definieren, sich heimisch zu fühlen in diesem Sammelbecken von Historie, Gegenwart, Kulturen und Geisteshaltungen. Psychische Störungen und Aberrationen erscheinen als die logische Konsequenz. Ulrich A. Büttner kreiert eine Welt, die suspekt erscheint, doch tatsächlich die gegenwärtige Lebensrealität und ihre Atmosphäre widerspiegelt: vom Grotesken zum Surrealen, vom Befremdlichen zum Bedrohlichen, vom Komischen zum Mitleiderregenden, vom Verlorenen zum Defätistischen, und von all diesem aus ist es oft nur ein kleiner Sprung zum Absurden

DER ABGETRENNTE KOPF

ISBN 978-3937791418

Der abgetrennte Kopf ist ein weitgefasster Bogen, der sich mit Kolonialismus und Migration auseinandersetzt. Die Titelgeschichte, als Vorwort getarnt, ist ein furioser, rahmensetzender Auftakt für den Streifzug, der von Piraten handelt und dem Afghanistankrieg, der Samoakrise und Königin Elizabeth. Dem Leser enthüllen sich zwischen Kaiserzeit und Internet neue Blicke auf unser Land wie auch bedrängende menschliche Abgründe. Dabei relativiert der Autor den Anspruch auf historische Wahrheit und setzt auf die visionäre Schöpfungskraft des Augenblicks. Es gelingt ihm, literarisch und politisch ein gültiges Bild unserer Zeit zu entwerfen.

Risiken und Nebenwirkungen: *Appetitlosigkeit, Bauchschmerzen, Mundtrockenheit, Durchfall, akute oder chronische Verstopfung des Darmes, Erbrechen, Blähungen, Geschmacksveränderungen, Schluckbeschwerden, Kopfschmerzen, Schlaflosigkeit, Angstgefühle, Benommenheit, Schwindel, Zittern; Archaisierung, Degeneration einzelner Muskelgruppen (Dystrophie), Störungen der Sexualfunktion wie etwa Impotenz, Verminderung der Libido, Priapismus; Missempfindungen wie Kribbeln in den Fingern oder schmerzhaftes Brennen; Hautausschläge, Denkstörungen, Verwirrtheit, magisches Denken, exzessives Hochgefühl; übermäßiges Schwitzen, verschwommenes Sehen, Juckreiz, Herzklopfen, Hitzewallungen; Brustschmerzen, Brustschwellungen, Rückbildung der Knochen, Hyperkeratose; Gedächtnisstörungen bis hin zur Amnesie (Totalverlust), Hypersensibilität, Wahrnehmungsveränderung; anaphylaktoide Reaktionen wie etwa Häutungen (Ecdysis) oder Störungen von Organfunktionen, Kreislaufschock mit Organversagen, Verkrampfung der bronchienumspannenden Muskulatur, Faszikulation, Nesselsucht, Bläschenbildung, Leukozytose; Atemnot, Gähnen, Beeinträchtigung der Konzentration; Hypomanie, Hammerzehen, Zucken der Zunge (amoyotrophe Lateralsklerose); Entzündungen von Arterien, Kapillaren und Venen durch autoimmunologische Prozesse, entzündliche oder fibrotische Prozesse der Lunge und Atemnot, Leberfunktionsstörungen wie Gelbsucht oder Hepatitis, Auftreten oder Verschlimmerung extrapyramidalmotorischer Symptome (Morbus Parkinson); Krampfanfälle, Blutdrucksteigerung oder -senkung, Nasenbluten oder extreme Blutarmut sowie Panzytopenie, neuroleptisches Syndrom, Verhornung, abnorme Drüsensekretion, Entzündungen der Bauchspeicheldrüse, Herzrhythmusstörungen, Haarausfall, Hyperprolaktinämie, aggressive Verhaltensweisen, Veränderung des Erbgutes, abnormes Denken, Suizidgedanken, Stimmungsschwankungen, Selbstmord*